KB008908

아프기만 한 어른이 되기 싫어서

난치병을 딛고 톨킨의 번역가가 된
박현묵 이야기

강인식 지음

아프기만 한 어른이 되기 싫어서

윈더박스

저자 강인식 기자가 내가 치료한 한 환자의 흔치 않은 사정을 책으로 만들기 위해 인터뷰를 요청했을 때 처음에는 무척 망설였다. 진실을 전달하는 직업이라는 점에서 논문을 쓰는 나 같은 교수나 기사를 쓰는 기자가 다를 리 없으나, 지극히 개인적인 내가 가진 기자에 대한 선입견이 그리 좋지 않았기 때문이다. 그러나 죽음의 문턱을 수없이 경험하며 더 이상 잃을 것이 없는 환자 박현묵 군의 이야기를 전하는 강 기자의 글에서 진정성을 느낄 수 있었다. 결국 지천명이 넘도록 가져 왔던 나의 마지막 선입견, 즉 기자라는 직업에 대한 지극히 개인적인 생각이 변화됨을 느꼈다. 저자는 학문을 하면서 논문을 쓰는 사람들처럼, 진실을 전달하는 데 틀림이 없었고, 작가가 품기 쉬운 과장이나 억지 감동의 과함이 없었다. 대신 담담한 필체와 기승전결이 여운으로 이어지는 수려한 글의 구성은 그가 기자임을 떠나 좋은 문필가임을 느끼게 했다.

무엇을 위해 글을 쓰는가? 학자의 논문은 진실에 대한 전달로 그만이지만, 기자이자 문필가인 저자는 이 책을 통해 우리가 마주하는 신랄한 현실과 함께 그 속에 담긴 희망과 감동을 전하고 있어 일면 부러웠다. 쌓인 논문거리들을 다 쓰고 나면 퇴임 후 나도 등단을 고려해 보아야겠다.

김준범_의사, 한림대학교 의과대학 한강성심병원 소아청소년과 교수

"신神은 공평하다"는 믿음은 늘 도전받는다. 현묵이 육체의 고통을 받아들인 대신 그 고통의 크기에 못지않은, 혹은 그보다 더 찬란한 지적 능력과 그것을 발휘할 수 있는 의지를 부여받은 것이라 해도 그것을 '공평함'으로 치부할 수 없다. 저자가 책에 쓴 대로 고통은 면역이 되는 것도 아니니까……. 그럼에도 이 젊은이는 그 불공평을 개의치 않는 것처럼 보인다. 아니 그렇게 보이는 것이 아니라 그렇게 보여 준다. 서울대든 무엇이든 그가 성취해 낸 유형有形의 것들은 그저 결과물일 뿐 내가 그리 감동할 대상은 아니다. 삶을 대하는 그의 '태도'에 계속 놀라고 있을 뿐이다. 앞으로는 새끼손톱 하나 다쳤다고 엄살 부리지 않으려 한다.

손석희_언론인

이 책이 눈물 나는 인간 승리의 서사로 읽히지 않는 건 주인공 박현묵의 놀라울 정도의 긍정적 사고와 낙천성, 지적 탐구로 빛나는 얼굴 때문이다. 그의 삶은 실로 아름다운 감동이다.

심재명_영화인

저자는 이 이야기가 '장애인의 인간 승리'로 소개되는 걸 원치 않는 다고 했다. 나도 동의한다. 나쁜 표현이라고 할 수는 없겠지만, 독 자를 진부한 독법과 신파 분위기에 가둘 위험이 있다. 박현묵의 서 사에도 전형적인 요소는 있다. 그러나 여기에는 뜻밖의 기이한 에 너지와 낯선 유쾌함도 있다. '찐덕후 감성'도 그중 하나다.

　나로 말하자면 영웅 서사시의 앞부분으로 읽었다. 그 자체로 일 단락되는 흥미진진한 모험이지만, 미래의 이야기는 분명히 더 장 쾌할. 이 책을 『호빗』이나 '반지의 제왕' 1부 『반지원정대』에 빗대 면 박현묵을 비롯한 톨키니스트들이 얼마나 고개를 끄덕여줄지 모 르겠다. 나는 박현묵은 아라고른이고, 김준범 교수는 간달프, 박현 묵의 어머니는 갈라드리엘, 책을 쓴 강인식 기자는 레골라스나 김 리라고 상상하기도 했다.

　톨킨이 창조한 캐릭터건, 여러 문화권에서 오랜 과거부터 내려 온 전승 속 인물이건 간에, 우리가 영웅이라 부르는 존재에게는 몇 가지 공통점이 있다. 그들은 자신만의 가혹한 시련을 겪고, 조력자 를 만나 성장하며, 소명을 깨닫고 도전해 불가능해 보였던 일을 해 낸다. 그 과정은 언제나 설레고 감동적인데, 아마 우리가 그런 삶을 소망하면서 그렇게 살지 못하기 때문일 것이다. 나는 조금도 주저 하지 않고 박현묵을 영웅이라고 부르련다. 고귀한 용기를 얻고 싶 은 모든 분께 추천한다.

장강명 _ 작가

대입 추천서

Q. 우리 대학 지원자를 평가하는 데 도움이 되는 내용을 기술해 주시기 바랍니다.

A. 안녕하십니까. 박현묵 군을 치료하고 있는 주치의 한림대학교 의과대학 한강성심병원 소아청소년과 김준범 교수입니다. 박 군은 국내외적으로 매우 드문 유전질환인 중증 혈우병 환자입니다. 본인과는 2년 6개월 전(2018년 6월) 기존 병원들에서 치료가 어려워 치료를 포기한 상태로 본인이 근무하는 병원에 전원되어 만나게 되었습니다. 이후 약 1년간 본원에서도 기존의 모든 치료제에 잘 반응하지 않아 과다한 출혈이 지속되어 응급실과 중환자실 입원을 수없이 반복하며 매번 사망 직전의 상태를 경험했습니다. 놀라운 사실은 출생 후부터 계속된 이 같은 상황을 경험한 박 군에게서 지난 2년여간 어두움과 절망감을 찾아보기 어려웠다는 점입니다. 죽

음의 가능성을 인지한 많은 환자들에게서 드러나는 부정, 분노, 비관 등에 익숙한 의료인들에게 시사하는 바가 매우 컸으며, 오히려 박 군은 어려운 매 순간 긍정의 힘으로 극한의 상황을 기적처럼 이겨 냈습니다. 1년 6개월 전 의료진은 기존의 모든 치료제가 박 군의 생명 연장에 도움이 될 수 없다는 의학적 판단을 내렸으며, 마지막으로 아직 안전성이 최종 검증되지 않은 해외 신약의 국내 임상시험 참여 선택을 박 군과 가족에게 무거운 심정으로 안내했습니다. 이에 박 군은 가족과 의료진의 우려와 달리 흔쾌히 임상시험 참여를 자처했습니다. 이유인즉슨, 지금보다 더 힘든 고통은 세상에 없다는 확신이었다고 합니다.

임상시험에 참여해(2019년 6월부터) 지난 1년 6개월간 신약 치료를 받으며 박 군은 한 번도 이전에 경험한 출혈과 응급실 및 중환자실 입원 없이 생활하고 있습니다. 출생 후 지속된 반복적인 과다 출혈로 관절이 굳어 10년 이상 휠체어에 의존해 정상적인 보행과 움직임이 불가능한 생활을 하고 있지만, 탁월한 지적 능력과 성실함으로 생사를 넘나드는 투병 중에도 틈틈이 학업에 몰두해 검정고시를 통과하고, 이제 서울대학교 입학전형을 준비한다고 합니다. 박 군이 사용 중인 신약은 현재 전 세계적인 임상시험을 끝내고 안전성과 효과가 입증되어 박 군과 같은 환자들의 사용을 위해 시판을 앞두고 있습니다. 박 군이 보여 준 지혜와 성실함, 그리고 그의 용기는 본 추천인이 경험한 많은 인연을 통틀어 가장 위대하고 무한한 가능성을 확인한 사례입니다. 나이에 걸맞지 않은 극한의 시련을 삶에 대한 열정으로 승화하며 살아온 그의 경험이 체계적인 교육을 발판으로 향후 사회적 약자를 비롯한 많은 사회 구성원들에게 희망과 기회로 반영될 수 있기를 바라는 마음으로 박 군의 입학을 강력히 추천하는 바입니다.

2021학년도 서울대 입시에서 현묵이 제출한 추천서의 내용이다. 중, 고등학교를 다니지 못한 '어떤 낯선 지원자'의 스펙은 다양하지 않았다. 하지만 누구의 것보다 선명하고 깊었으며 유일무이했다. 지금까지 현묵을 제외하곤 서울대 입시를 치른 학생 중에서 '자신을 치료하는 의사'가 쓴 추천서를 제출한 경우는 없었을 것이다. 치료가 거의 불가능한 난치병을 앓던 소년, 사망 직전의 상태를 수없이 경험했던 아이, 자신의 침대가 거의 세상의 전부였던 지원자, 의사는 그런 현묵을 "본 추천인이 경험한 많은 인연을 통틀어 가장 위대하고 무한한 가능성을 확인한 사례"라고 소개했다.

나는 현묵과 2021년 여름 내내 인터뷰를 진행하며 추천서의 내용이 모두 사실이라는 것을 알게 됐다. 나는 현묵의 스토리가 '장애인의 인간 승리'로 소개되는 것을 원치 않는다. 이것은 '매우 드문 어떤 기적'에 관한 이야기이다. 한편으론 '공부의 본질'에 대한 탐구일 수도 있다. 이 책을 시작하는 데 주치의 김준범 교수의 추천서보다 더 완벽한 글은 없었다.

contents

1

2021년 1월 20일
면접

통증은 늘 저 심연의 깊은 곳에서부터 올라와 영혼까지 잠식하듯 덮쳐왔다. 통증은 다른 감각과 달리 익숙해지지 않는다. 면역되는 통증이란 없다. 한번 찾아온 통증은 잦아들지 않고 결국엔 몸을 망가뜨리고 영혼까지 태워 버린다. 현묵은 그런 고통에 질식되지 않고 10대를 버텨 냈다. 의학적 희망이 보이지 않던 시절에도 분명한 목표를 향해 천천히 앞으로 나아갔다. 그리고 2019년 여름 신약 임상시험에 참여한 뒤 기적처럼 다시 태어났다. 평생을 괴롭혔던 내출혈—관절, 근육, 또는 장기 내출혈—문제가 해결되기 시작한 것이다. 혈우병 환자가 현대 의학의 발전에도 불구하고 이렇게까지 육체가 망가지는 경우도, 그리고 이런 식으로 극적으로 좋아지는 경우도, 아주 드문 일이었다. 이미 망가진 관절 탓에 지체 장애는 남았지만 처음으로 '진로'라는 걸 계획할 수 있었다.

'아프지 않은 현묵'은 최강이었다. 2019년 여름 신약 임상시험에 참여했는데, 그 이듬해인 2020년 봄 고졸 검정고시를 패스했다. 그해 여름엔 국내에 번역된 적이 없었던 J. R. R. 톨킨의 책 번역 원고를 탈고해 출판사에 넘겼다. 역시 같은 해

12월 수능을 보고 서울대학교 입시에 도전했다. 겉으로 보기엔 단 1년 만에 서울대생이 되고 번역가가 됐다. 2013년 초등학교 졸업 이후 근 7년간 침실이 거의 세상의 전부였던 현묵의 이후 '1년'은 이렇게 정리할 수 있다.

2021년 1월 20일 정시 면접이 다가왔다. 현묵은 면접을 앞두고 잠을 좀 설쳤다. 긴장 때문이 아니었다. 이틀 전부터 시작된 어깨 쪽 내출혈 때문이었다. 비쩍 마른 현묵의 몸에서 오른쪽 어깨만 풍선처럼 부풀어 올랐다. 신약으로 나았다더니 왜 갑자기 다시 아프기 시작한 걸까. 입시를 앞두고 신약에 대한 임상시험이 일시 중단됐다. 부작용 사례가 발생하면서, 전 세계에서 진행되던 임상시험이 잠깐 멈춘 것이다. 중단된 시기를 현묵은 어떻게든 버티고 있었다. 약효가 남아 있어 이전처럼 심각하게 아프진 않았지만 내출혈을 막을 순 없었다.

사람의 몸속에서는 수많은 작은 출혈이 발생하고 곧 지혈되곤 한다. 그런데 중증 A형 혈우병 환자는 피가 응고하도록 만드는 정상 인자(8인자)가 유전적으로 없거나 많이 부족하다. 그럼에도 혈우병 환자들은 대개 정상적인 삶을 살아갈 수 있다. 정상 인자를 보충하는 강력한 약이 존재하기 때문이다. 그러나 현묵은 세계적으로 그 사례를 찾아보기 매우 힘든 특이한 몸을 가지고 있다. 혈우병의 희망이라 불리는 고가의 약도 듣지 않았다. 소방호스로 물을 퍼붓듯 약을 써도 아주 미세하게 반응할 뿐이었다. 김준범 교수는 이렇게 설명했다.

몇 년 전 외국에 현묵이의 혈액 샘플을 보내 고가의 새 응고
인자 치료제에 대한 항체 유무 검사를 시행한 적이 있습니다.
약이 너무 듣지 않았기 때문이었어요. 이 약에 대해 항체 반
응을 일으켜 치료 효과를 무력화시키는 사례가 드물게 보고
돼 있어요. 하지만 당시 검사에선 현묵이는 약에 대한 항체는
없는 것으로 나왔죠. 그렇다면 두 가지 가능성이 있습니다. 첫
째, 검사 이후 항체가 생성되었을 수 있습니다. 둘째, 개인의
독특한 지혈 기능의 차이로 인해 이 약에 대한 반응성이 현저
히 낮은 경우입니다. 쉽게 말해 특이 체질이라는 겁니다. 면
역 기능에 비유하면, 같은 코로나19 백신을 맞아도 일부 접종
자들에게 해당 병원체에 대한 면역력이 잘 생기지 않는 경우
랄까요. 아무튼 이 두 가지 중 어떤 경우라도 현묵이는 국내
에서 가장 이례적인 환자라고 볼 수 있습니다.

보통 사람들에겐 아무 일도 아닐 관절과 장기에 생기는 내
출혈은 종종 현묵을 사망 직전까지 몰고 갔다. 의사가 보기에
그건 10대 아이가 견뎌 낼 수 있는 종류의 고통이 아니었다.
하지만 현묵은 그 기간 동안 놀랍도록 단단한 퇴적물을 만들
어 왔다.

어깨 통증이 현묵을 성가시게 한 면접날 아침은 금세 밝아

왔다. 현묵은 그날 통증에 대해 "신약을 만나기 전의 암흑기에 비하면 이날 통증은 아무것도 아니었"다고 했다. 그날 엄마는 공부방 수업을 뺄 수 없었다. 엄마는 논술과 역사를 가르치는 학습지 선생님이다. 학생의 집에 가는 대신 집에 공부방을 차렸다. 현묵과 늘 함께 있어야 하는 엄마는 그렇게 직장 환경을 만들었다. 그날은 아버지와 함께 서울대 면접장으로 향했다. 무심한 듯 보이는 아버지와 가는 것이 오히려 다행이었는지 몰랐다. 걱정도 즐거움도 많은 수다쟁이 엄마는 이날 아침엔 말을 많이 하지 않았다.

아버지는 휠체어를 트렁크에 실었다. 현묵이 앉을 수 있게 조수석 의자를 최대한 뒤로 뺐다. 현묵은 소설 『광장』한 권을 챙겨왔다. 1월이라 추웠다는 걸 빼곤 날씨는 기억나지 않았다. 입학관리본부에서 면접을 진행한다는 안내를 보고 내비게이션에 맞춰 따라갔다. 교문을 지나 좌회전하니 곧바로 오르막이 이어졌다. 현묵에게는 마치 산처럼 느껴졌다. 합격해도 여기를 다니려면 '장난 아니겠다'라는 생각이 문득 들었다. 학교는 텅 비어 있었다. 아무리 방학이라지만 교정을 걷는 학생을 단 한 명도 찾아볼 수 없었다.

입실 시간보다 조금 빨리 도착했기 때문에 주차장에서 아버지와 함께 차에 대기하고 있었다. 현묵은 벼락치기하듯 『광장』을 읽었다. 자기소개서에는 네 개의 질문이 제시되어 있었다. 그중 마지막 질문은 자신이 읽은 책 세 권을 정해 그 책들을 고른 이유를 기술하는 것이었다. 현묵이 답한 첫 번째 책은 톨킨의 『반지의 제왕』이었다. 두 번째는 조지 오웰의 『1984』, 마지막 책은 억지로 최인훈의 『광장』을 끼워 넣었다. 현묵은 제발 『광장』에 대해서만은 묻지 않기를 빌면서 책을 읽었다. 곧 입실 시간이 됐다. 현묵은 아침에 서두르다 장갑을 놓고 왔다. 휠체어를 타고 잠시 이동하는 사이 얼음 같은 날씨에 손이 곱았다. 아들을 들여보내며 아버지는 두 손을 잡아 데워 줬다. 봄처럼 따뜻했다.

면접장이 마련된 입학관리본부로 들어가자 입구부터 모든 사람이 방역복으로 단단히 무장하고 있었다. 열을 재고 기록을 하고 안내를 했다. 어린 시절부터 응급실을 집처럼 드나들던 현묵은 마치 집에 온 것 같은 기분이었다. 낯익은 의료진의 풍경이 대학 면접장에서도 펼쳐지고 있었다. 현묵이 지원한 부문은 정시의 '기회균형선발특별전형2'였다. '기회균형1'이 농어촌, 소득, 장애 등을 망라한다면 '기회균형2'는 대개 장애 학생 대상이었다. 대기실로 들어가니 벌써 여러 명의 지원자가 대기하고 있었다. 그날 본 지원자 중 휠체어를 탄 건 현묵뿐이었다. 목발을 짚은 이도 없었다. 적어도 겉으로 장애가 드러나는 학생은 없었다. 대개 청각 혹은 시각 장애인일 것이라고 현묵은 생각했다. 대학 입시를 준비하는 장애인들의 카페가 있어 가입했고 거기서 만난 한 학생도 청각 장애인이었던 것으로 기억한다. 같은 날 같은 장소에서 면접을 본다고 했다. 그 학생은 면접장에서 현묵이 누군지 정확히 알아봤고, 나중에 합격을 축하는 메시지도 보내왔다.

실제로 서울대 전형에서 현묵과 같은 지체 장애인이 입학하는 경우는 드물다. 입학관리본부의 화장실은 이런 사실을 뒷받침했다. 현묵은 면접의 맨 마지막 순서여서 중간에 화장실을 가야 했다. 방역복을 입은 직원 한 명이 동행했다. 분명히 시설이 잘 갖춰진 장애인 화장실이었지만, 휠체어를 사용하는 장애인은 사용하기 어려운 곳이었다. 입구의 동선 때문이었다. 90도로 꺾어지는 ㄱ자 모양의 동선 탓에 휠체어의 회전반경으로는 진입이 불가능했다. 마치 자동차가 좁은 공간을 빠져나올 때 전진과 후진을 수없이 반복하듯, 직원은 비지땀을 흘리며 앞뒤로 왔다갔다 밀며 휠체어를 지그재그로 움직여 줘야 했다. 그나마 수동휠체어여서 다행이었다. 전동휠체어였다면 업혀 들어가야 했을 것이다. 목발을 짚고 다닐 정도는 돼야 이용할 수 있는, 현묵에게는 거의 무용지물에 가까운 장애인 화장실이었다.

긴 대기 시간이 지나 마지막으로 현묵의 차례가 됐다. 이름이 호명됐다. 장애인 전형이 실시된 그날, 면접실을 향한 첫 휠체어는 마지막 순서였던 현묵의 것이었다. 면접실에 들어가니 세 명의 교수가 앉아 있었다. 모두 중년이었고 안경을 끼고 있었다. 얼굴 높이의 투명 가림막 뒤에 앉은 마스크를 쓴 교수들이 안경 너머로 현묵을 응시했다. 짧은 스포츠머리를 한 현묵 역시 뿔테 안경을 끼고 휠체어에 앉아 교수들을 바라봤다. 짙은 눈썹과 단정한 눈매를 가지고 있는 청년. 지원서에 있는 얼굴 사진만 보면 건장할 것 같은 인상을 주기에 휠체어에 앉아 있는 모습이 반전처럼 느껴진다. 실제로 현묵의 키는 180cm가 훌쩍 넘는다. 하지만 몸무게는 50kg대에서 60kg대를 왔다갔다 한다. 겨울이라 두꺼운 옷을 입은 덕에 가냘픈 팔다리는 겉으로 드러나지 않았다.

현묵은 고개를 숙여 인사했다. "안녕하세요." 현묵의 목소리 톤은 조금 낮고 발음은 명료한 편이다. 비교적 얇은 입술은 말을 잘할 것 같은 느낌을 준다. 면접관의 첫 질문은 톨킨에 관한 것이었다. 실은 현묵이 그렇게 질문할 수밖에 없는 자기소개서를 썼다. 자기소개서의 질문들은 이랬다.

1. 고등학교 재학 기간 중 학업에 기울인 노력과 학습 경험을 통해, 배우고 느낀 점을 중심으로 기술해 주시기 바랍니다.

2. 고등학교 재학 기간 중 본인이 의미를 두고 노력했던 교내 활동(3개 이내)을 통해 배우고 느낀 점을 중심으로 기술해 주시기 바랍니다. 단, 교외 활동 중 학교장의 허락을 받고 참여한 활동은 포함됩니다.

3. 학교 생활 중 배려, 나눔, 협력, 갈등 관리 등을 실천한 사

례를 들고, 그 과정을 통해 배우고 느낀 점을 기술해 주시기 바랍니다.

독자 중 어떤 분은 눈치 챘을지 모르겠다. 모든 질문이 같은 말로 시작한다. "고등학교 재학 기간 중"이라는 피할 수 없는 전제. 당연히 그것을 거쳐야, 아니 그중에서 가장 좋은 학교를 거쳐도 들어오기 힘든 대한민국에서 가장 높은 상아탑이 앞에 있었다. 탑의 입구에 선 현묵에게 질문이 던져졌다. "당신은 고등학교를 다닐 때 무엇을 했나요?"

현묵은 단 하루도 중학교와 고등학교를 다닌 적이 없다. 그러니 현묵의 어떤 대답도 질문에 대한 적확한 답은 될 수 없었다. 현묵은 그저 자신의 공부를 소개할 수밖에 없었다. 현묵은 우연히 『반지의 제왕』을 만나고, 그로 인해 톨킨의 거대한 세계를 탐닉한 그만의 덕질에 대해 품격 있게 설명하는 길을 택했다. 현묵은 이 질문들에 어떻게 대답했을까.

A1. 어릴 때부터 다양한 매체로부터 영어를 접해 왔고, 또 언어의 세계에 관심을 갖고 있었습니다. 우연히 에스페란토라는 인공어에 흥미가 생겨서 기초적인 어휘와 문법을 배웠던 적이 있습니다. 에스페란토는 인공어지만 어휘의 대부분을 유럽의 자연어에서 따왔다는 게 특징인데, 에스페란토의 수를 배우던 도중 7, 8, 9, 10이라는 뜻의 sep, ok, naŭ, dek가 영어

의 September, October, November, December와 비슷하다고 느꼈습니다. 실제로 인터넷에서 라틴어 사전과 에스페란토 사전을 통해 에스페란토의 이 낱말들은 라틴어에서 같은 숫자를 뜻하는 septem, octō, novem, decem에서 유래했으며, 오늘날 영어에서 9, 10, 11, 12월을 뜻하는 말도 동일한 어휘에서 유래했다는 것을 알게 되었습니다. 그런데 9, 10, 11, 12월을 뜻하는 말이 왜 7, 8, 9, 10을 뜻하는 말에서 유래했는지가 궁금해져 영어 월 이름의 유래도 알아봤습니다. 그 결과 고대 로마의 달력에서 7, 8, 9, 10번째 달에 붙였던 이름이 책력이 바뀌면서 순번이 뒤로 밀려나 9, 10, 11, 12번째 달이 되었고, 그것이 오늘날 September부터 December까지의 뿌리가 되었음을 알게 되었습니다.

이러한 기초적인 영단어에도 파고들면 역사적 맥락이 있다는 것이 너무나 재미있었고, 나아가 다른 영단어들의 기원에도 호기심이 생겼습니다. 가장 흥미로웠던 것은 Thursday가 '토르의 날'이라는 뜻의 고대 영어에서 유래했다는 점이나, Villain이 '농노'를 뜻하는 고대 프랑스어에서 유래했으며 이는 오늘날 영어의 Village와 같은 조상을 가진 단어라는 점 등이었습니다.

이와 같이 오늘날 쓰이는 영어의 원류를 조금이나마 알아 본 경험을 통해 단순히 영어 실력을 키우기보다는, 영어의 역사와 다른 언어와의 연결 고리 등 더 깊은 언어학적 이해를 바탕으로 영어를 탐구하고 싶다는 생각을 갖게 되었습니다.

A2. 2015년경에 소설 『반지의 제왕』을 접하고 나서 J. R. R. 톨킨의 작품 세계에 깊게 빠졌습니다. 이후 톨킨의 작품 세계를 탐구하던 도중 톨킨의 세계를 다룬 책과 해설서 들이 여럿 있다는 것과, 그 대부분이 국내에 번역 출판되지 않았다는 것을 알게 되었습니다. 그래서 언젠가 우리나라 최초로 그 책들을 완전 번역하는 사람이 되고 싶다는 막연한 꿈을 가졌습니다. 2016년부터 그 책 중 하나인 『끝나지 않은 이야기Unfinished Tales』 — 원제목은 『누메노르와 가운데땅*의 끝나지 않은 이야기Unfinished Tales: of Númenor and Middle-earth』이다. 누메노르는 2시대 인간들이 살던 축복받은 땅이며 아라고른은 그 혈통을 간직한 인물이다. 영화 <반지의 제왕>의 배경은 3시대다 — 를 해외 사이트를 통해 직접 구입해 읽고, 읽은 다음에는 아마추어 번역을 올리기 시작했습니다.

톨킨의 글을 읽는 것은 이전까지 보아 온 영문 텍스트와는 완전히 다른 경험이었습니다. 톨킨의 글은 문장의 어순을 유연하게 뒤바꾸기도 하고, 문장 중간에 다른 구를 삽입하면서 문장의 호흡을 조정하는 동시에 풍성한 맥락을 제공하며, 수식

* '가운데땅'은 고유명사임을 드러내기 위해 붙여 쓴다. 뒤에 나오는 '서끝말의 붉은책'도 같은 이유로 붙여 쓴다.

어 뒤에 또 수식어가 붙기도 했습니다. 고풍스러운 어투를 사용하고, 자연이나 풍경을 묘사할 때는 비슷한 대상도 다양한 어휘로 표현되기도 했습니다. 예를 들어 똑같은 협곡 지형을 가지고도 valley, dale, ravine, gorge, vale 등의 다양한 어휘가 쓰이곤 했습니다. 마치 영어에서 생동감이 느껴지는 것 같았습니다. 한국어로 된 문학 작품에서 느낄 수 있는 한국어만의 맛이 있듯이, 영어에도 영어만의 맛이 있다는 것을 처음으로 깨닫는 순간이었습니다.

이렇게 톨킨의 글을 보며 느낀 감흥을 번역에도 담고 싶었지만, 막상 제 번역문을 보면 원문의 감동이 살아나지 않을 때가 많았습니다. 원문을 볼 때는 자연스럽게 의미가 이해되던 문장인데 번역하고 나니 이해하기 어려워지거나, 원문에서는 문학성이 느껴지던 문장이 막상 번역하면 딱딱하게 바뀌기도 했습니다. 자연스레 한국어 표현력과 어휘력에 대한 고민이 뒤따랐습니다. 소설이나 글을 볼 때도 문장을 주의 깊게 보면서 어휘, 문체, 표현을 습득하고자 하고, 평소에 말을 할 때도 좋은 표현이 생각날 때마다 이를 의식적으로 기억해 두었다가 활용했습니다. 자연이나 풍경을 묘사할 때 쓰인 다채로운 어휘를 표현하기 위해 사전을 찾아보면서 한 가지 대상에 대해서도 표현할 수 있는 여러 어휘를 메모해 두곤 했습니다. 가령 강을 표현할 때만 해도 시내, 물줄기, 강물, 개울 등으로 어휘의 폭을 넓혔습니다.

혼자서 아무리 고민해도 뜻을 이해할 수 없는 문장이나 단어가 있을 때는 직접 영국 현지의 출판사에 메일을 보내 문의하는 방법으로 의문을 해결하기도 했습니다. 한번은 원문에서 오류를 찾아낸 적도 있습니다. 작중 지형을 묘사하는 대목에서, 제가 책을 보면서 기억한 지도대로라면 분명 eastwards가 되어야 하는데 westwards로 적힌 부분이 있었던 것입니다. 혹시 이것이 오류가 맞는지 출판사에 직접 문의했더니 출판사에서도 지적에 감사드린다는 답변을 해 왔습니다. 이후 최신 판본을 읽어 봤더니 문의했던 부분이 eastwards로 고쳐져 있었습니다. 비록 사소한 부분이었지만 좋아하는 작가의 서적을 바로잡는 데에 기여했다는 것에 희열이 느껴졌습니다.

A3. 선천적으로 중증 혈우병을 지니고 태어나 걷기 시작했을 때부터 여러 심한 출혈을 겪으며 침대에 누워서 생활할 때가 많았고 입원도 잦았습니다. 이로 인해 정상적인 일상생활이 힘들어 타인의 도움을 받아야 했습니다. 초등학교에 다닐 때에도 전체의 절반 정도만 출석할 수 있을 정도였고, 이 때문에 중, 고등학교는 진학할 엄두도 내지 못했습니다. 초등학교를 졸업한 해에 고입 검정고시를 통과하긴 했지만, 계속되는 출혈 탓에 장래에 학업이나 사회생활을 해 나갈 수 있으리란 희망이 적어 이후의 학업은 포기해야 했습니다. 그 기간 동안 제가 만날 수 있었던 사람은 가족과 몇몇 주변인 외에는 온라

인에서 만나는 사람들뿐이었습니다.

하지만 제 가족과 주변인들은 저를 장애를 이유로 부정적으로 바라보지 않고 엄연한 인격체로 대해 주셨습니다. 주변의 긍정적인 배려와 도움 덕분에, 비록 학창시절에 마땅히 해야 할 경험을 쌓지는 못했지만 스스로를 비관하지 않고 긍정적인 자아를 형성할 수 있는 발판이 만들어졌습니다. 다행히도 작년부터 신약의 도움으로 19년간 제 발목을 잡던 내출혈 문제로부터 한결 자유로워지면서 미래에 대한 꿈을 꿀 수 있게 됐습니다. 그래서 올해 초부터 고졸 검정고시를 준비해 6월에 합격했고, 이후 남은 기간 동안 독학으로 수능을 준비했습니다. 비록 장애는 남았지만 이제 주위의 도움으로부터 독립해 어엿한 사회생활을 할 수 있다는 기대가 현실로 다가왔습니다. 이러한 제게 대학은 사회의 첫걸음을 뗄 기회가 될 것이라고 생각합니다.

제가 긍정적인 사회성을 발휘하기 위해서는 많은 노력이 필요함을 알고 있습니다. 남에게 도움을 받아 온 세월이 길다 보니 스스로 베풀고 돕는 것에 익숙해지지 못했고 능동적인 부분이 많이 결여되었기 때문입니다. 하지만 그렇기에 더더욱 제게 부족한 점을 보완하고 배워야겠다는 생각을 갖고 있습니다. 대학이라는 세상에 진출해 그동안 부족했던 사회 경험을 쌓고, 여러 가지를 배우며 도움을 받는 사람에서 도움을 나누는 사람으로 성장할 기회를 얻고 싶습니다.

중, 고등학교는커녕 그 흔한 학원도 다니지 못했다. 초등학교 졸업 후 8년을 자기 방에 갇혀 있었다. 하지만 더 넓은 세상을, 네트워크로 무한하게 펼쳐진 링크를 거쳐, 원정대처럼 지식을 향해 뻗어 나갔다. 그 소년이 누구의 도움도 없이 작성한 자기소개서였다.

면접관들은 당연히도 2번 대답에 흥미를 느낀 듯 보였다. "톨킨은 원래 무슨 직업이었는지 아십니까?" 첫 질문에 짧게 대답했다. "옥스퍼드에서 영문학을 가르쳤습니다." 질문한 교수의 눈이 마스크 위로 만족스럽게 움직였다. '리즈 대학에서 영문학을 가르치고 옥스퍼드 대학에선 앵글로색슨어도 강의했으며 언어학자이기도 하다'고 말하고 싶었는데, 그 순간 입에서 저 말만 떨어졌다. 톨킨은 영국에서 셰익스피어만큼 존경받는 문호다. 영국 언론《가디언》은 톨킨에 대해 "반세기 남짓한 작업 기간에, 어떻게 한 인간이 민족 하나가 일구어 낼 만한 창작 성과를 만들어 낼 수 있었는가?"라고 평하기도 했다.

아마도 면접 교수는 『반지의 제왕』 그 이상을 현묵이 알고 있는지 일종의 '잽jab'을 던져 본 것 같다. 그리고 본격적인 검증이 들어왔다. "톨킨의 원서 『끝나지 않은 이야기』를 읽으면서 번역까지 해 봤다는 얘기죠? 그런데 원문에서 오류를 찾아냈다고요? 그것에 대해 문의하기 위해 이메일을 보낸 출판사는 어디였습니까?"

"영국의 하퍼콜린스HarperCollins였습니다. 공식 판권을 가진 곳입니다."

"이의 제기로 인해 결국 오류가 수정됐다고 하셨는데……, 영국 출판사가 이를 수정한 사실을 어떻게 알았나요?"

"출판사와 이 같은 의견을 주고받고 몇 달 뒤, 책의 새 판본을 볼 일이 있었습니다. 제가 지적한 표현이 새 판본에선 어떻게 바뀌었는지, 그대로 있는지 확인하고 싶었습니다. 그런데 새 판본에는 제가 보낸 메일 그대로 바뀌어 있었습니다. 이후 출간된 책은 제가 지적한 대로 바뀌었습니다."

"아……"

현묵의 대답과 동시에 몇 개의 작은 탄성들이 마스크 너머로 터져 나왔다. 그리고 더 자세한 부분에 대한 질문이 이어졌다. "책에서 톨킨이 서술한 국경이 '서북쪽westwards and northwards'이 아닌 '동북쪽eastwards and northwards'으로 기술돼야 맞는데, 이게 원서에 잘못 기술돼 있다는 거잖아요. 그것이 오류라고 처음에 판단한 근거는 뭡니까?"

갑자기 현묵은 신이 났다. "제가 알고 있는 톨킨의 '가운데 땅—『반지의 제왕』 등 톨킨 작품의 무대— 지도'를 보면, 톨킨이 기술한 지역, 그쪽 국경선의 방향은 분명 동북쪽이어야 합니다. 톨킨의 지도를 잘 아는 사람이라면 절대 그 방향이라고 말할 수 없습니다."

한 번도 번역 출간된 적 없는 톨킨의 원서를 읽으며 현묵은 갑자기 이상하단 생각이 들었다. 가운데땅 지도는 현묵의 머릿속에 늘 선명하게 그려져 있다. 그리라고 하면 한 번에 다 그릴 수 있을 정도였다. 혹시 자신이 모르는 더 심오한 뜻이 이 오류에 담겨 있는지도 모른다는 생각도 잠시 들었다. 심연에서 올라오는 통증보다 이런 생각이 더 잠을 이루지 못하게 했다.

결국 현묵은 메일을 보내기로 결심했다. 처음엔 톨킨의 후손들이 관리하는 톨킨 재단에 이메일을 보냈는데 답이 오지 않았다. 그래서 『끝나지 않은 이야기』 등 톨킨 저서의 판권을 가진 하퍼콜린스의 공식 북스토어에 있는 이메일 주소로 편지를 썼다. 이메일 발신 시각은 2020년 7월 19일 아침 8시였다. 아침 일찍 일어나 보낸 게 아니라 밤을 새고 보냈다.

현묵의 10대에는 난치병이 지배하는 육체의 시계와 다른, '현묵의 시계'가 작동하고 있었다. 자기소개서에 말한 아마추어 번역은 2016년, 열일곱 살부터 수년간 현묵이 인터넷 카페에 올린 100건에 육박하는 기록을 의미한다. 현묵의 10대는 육체는 참혹할 정도였지만, 그것으로 그 시기의 현묵을 규정할 수 없는 것은 바로 이 때문이다. 참혹한 육체를 가졌던 10대의 현묵이 올린 번역은 그 누구의 것보다 집요하고 장대하며 일관됐다.

그렇게 현묵이 인터넷 한 귀퉁이에서 천천히 쌓아 올린 퇴적물은 결국에는 누구나 알아볼 수 있는 견고하고 높은 탑이 되어 있었다. 2020년 초였다. 전혀 모르는 사람이 출판사 팀장이라며 현묵에게 연락해 왔다. 『반지의 제왕』 국내 공식 판권을 가진 출판사 관계자였다. 그리고 한 번도 한국어로 출간된 적 없는 『끝나지 않은 이야기』의 번역을 맡아 달라고 했다.

"저한테 왜 그런 제안을?"

"검토는 다 끝났습니다. 부탁드립니다, 부매니저님."

출판사 팀장은 인터넷 톨킨 카페의 부매니저인 현묵에 대한 검증은 다 끝났다는 취지로 말했다. 그리고 번역과 관련된 경력이 하나도 없는 현묵에게 연락한 뒤 거의 즉각적으로 계약을 진행했다. 2020년 2월의 일이다. 그해 대학 입시를 준비하고 있던 현묵이 여름 넉 달을 온전히 번역 원고 정리에 쏟아 부은 것은 바로 이런 배경 때문이었다. 그러니까 7월 하퍼콜린스 담당자들과 메일을 주고받은 것도 더 완벽한 번역을 위해서였다.

엄마는 걱정이 됐다. 단 하루도 학교를 다니지 않고 입시 공부도 전혀 하지 않은 현묵이 입시에만 집중해도 시간이 빠듯한 상황에서 번역 계약을 했기 때문이었다. 하지만 말리지 못했다. 그것은 현묵의 별이기 때문에.

다시 이메일 얘기로 돌아와야겠다. 현묵이 영국 출판사로 메일을 보낸 발신 시각은 7월 19일 오전 8시 10분. 아마도 현묵은 지도를 보며 번역을 하며 한발도 앞으로 나가지 못하고 이 지점에 머물러 있었으리라. 그 밤을 그렇게 지새웠을 것이다.

2020. 7. 19. 08:10

담당자께

제가 『끝나지 않은 이야기』에서 오류를 찾은 것인지 궁금합니다. 문제가 되는 부분은 '키리온과 에오를 Cirion and Eorl' 장에 주어진 지리 묘사 중 에오를 영토의 경계에 대한 서술입니다. "에오롤의 영토의 경계는 다음과 같이 정해졌다. 서쪽으로는 앙그렌 Angren 강이 아도른 Adorn 강과 교차하는 지점에서 시작해 앙그레노스트 Angrenost 의 외벽까지 북쪽으로 이어지고, 거기서부터 팡고른 Fangorn 숲의 처마를 따라 서북쪽으로 이어지다 맑은림강 Limlight 까지 닿으며……"

여기서는 앙그레노스트의 외벽부터 국경선이 '서'북쪽으로 이어진다고 적혀 있습니다만, 지도에 따르면 여기서 맑은림강으로 이어지기 위해서는 '동'북쪽으로 진행해야 합니다.

혹시 이것이 아직 교정되지 않은 오류인가요? 아니면 저자의 의도일까요? 어느 쪽이든 알게 되면 기쁘겠습니다.

하퍼콜린스 담당자의 답장은 시차를 고려하면 빛의 속도로 왔다. 현묵에게 메일이 도착한 것은 다음날인 20일 18시 32분 (영국에선 출근 시간이 막 지난 이른 오전이었을 것이다). 영국에 있는 담당자는 출근하자마자 메일을 확인하고 몇 가지 확인을 거쳐 곧바로 답장을 보냈던 것 같다. 현묵은 기뻤다.

박 씨께

시간을 내어 『끝나지 않은 이야기』에서 실수로 의심되는 부분을 제보해 주신 것에 감사드립니다.

의심되는 오류를 확인할 수 있도록 귀하가 가진 판본의 ISBN 번호를 보내 주시겠습니까?

현묵은 판본의 ISBN, 사람으로 치면 주민번호쯤 되는 그 번호를 다시 메일로 보냈다. 하지만 과거의 것을 비롯해 거의 모든 판본을 찾아본 현묵으로선 모든 책이 같은 오류를 가지고 있다는 것을 이미 알고 있었다.

2020. 7. 20. 22:26

사실 제가 소장 중인 판본은 호튼 미플린Houghton Mifflin 사에서 낸 것입니다만, 하퍼콜린스 판본도 마찬가지라고 생각합니다. ISBN 번호는 다음과 같습니다. 9780547951997. 아래의 링크에서 찾았습니다.

https://www.hmhco.com/shop/books/Unfinished-Tales-of-Numenor-and-Middleearth/9780618154043

『끝나지 않은 이야기』는 톨킨이 남긴 원고 일부를 아들 크리스토퍼Christopher Tolkien가 모아 책으로 엮은 것이다. 1980년에 영국에서 처음 출간됐다. 그런데 여기엔 『반지의 제왕』이나 『호빗』에서 다 설명하지 않았던 다양한 배경들이 담겨 있다. 어떤 가상의 세계를 설정하며 가장 기초적인 가상의 언어를 구축하고 그 위에 가운데땅의 역사를 쌓았다. 우리가 알고 있는 『반지의 제왕』 시리즈는 바로 가운데땅 역사의 일부분이다. 크리스토퍼 톨킨은 『반지의 제왕』 저술부터 참여한 톨킨 권위자다. 아버지 사후에도 아버지가 남긴 원고를 정리해 출간하는 일을 수십 년간 계속해 왔다. 톨킨의 책은 톨킨 자신이 출간한 것보다 아들이 낸 것이 더 많다.

『끝나지 않은 이야기』는 톨킨의 습작을 있는 그대로 담은 유명한 책이다. 어쨌든 이 책을 국내 출판사가 출간한다는 계획을 발표했을 때 『반지의 제왕』 팬들은 환호했다. 그런 소식이 들렸을 때만 해도 현묵은 본인이 『끝나지 않은 이야기』의 공식 번역을 맡을 줄 꿈에도 몰랐다. 그저 한 번도 번역되지 않은 톨킨 원서에 도전해 번역을 마치고 싶었다. 톨키니스트Tolkienist―J. R. R. 톨킨을 좋아하고 그의 저작물을 사랑하는 사람―로서 마땅히 해야 할 일처럼 느껴졌다. 고통의 시간을 보내던 10대의 어린 현묵은 그런 마음으로 수년간 번역을 지속했다. 『끝나지 않은 이야기』를 서둘러 출간해야 하는 출판사는 성실하고 견고한 번역 작업이 이미 탑처럼 존재하고 있음을 발견하고 놀라지 않았을까. 공부하는 즐거움으로 시작된 난치병 10대 소년의 작업은 이렇게 공식 번역으로까지 이어진 것이다.

현묵은 하퍼콜린스의 담당자들과 여러 차례 메일을 주고받았다. 한국의 독자 현묵은 다양한 질문을 쏟아 냈고 늘 답이 왔다. 그런 과정을 통해 '오류가 수정됐다'는 사실이, 현묵은 놀라웠다.

현묵은 "본인이 의미를 두고 노력했던 교내 활동을 통해 배우고 느낀 점"을 쓰라는 자기소개서 질문에 깊이 고민했다. 현묵에게 학교라 부를 수 있는 것은 오직 톨킨의 개척자들이 모인 인터넷 카페, 톨킨 팬덤의 총본산이라 일컬어지는 '중간계*로의 여행Journey to Middle Earth'뿐이었다. 현묵의 학교 '중간계로의 여행'에서 했던 활동 중에 가장 크게 '배우고 느낀 점'은 바로 번역이었다. 아마추어로 시작한 번역은 결국 프로의 일이 되어 버렸다. 이것은 입시와 전혀 상관없는 것이었지만, 어떤

---

* 한때는 Middle-earth를 '중간계'로 번역했으나 지금은 '가운데땅'이라고 표기하는 추세다. 이는 모국어에 기반해 번역해 달라는 톨킨의 번역 지침과 연관돼 있다. Middle-earth는 설정상 세계관 안의 특정 대륙을 지칭하는 표현이나, '~계'로 쓰면 세계 전체를 함의한다는 오해를 불러일으킬 수 있다는 지적도 있다. 다만 오랜 팬들은 과거부터 사용하던 '중간계'란 표현을 애용하기도 한다. 톨킨 팬카페 '중간계로의 여행'은 고유명사여서 카페를 지칭할 땐 중간계로 쓴다.

누구의 도움 없이 온전히 본인의 힘만으로 원서의 오류를 고쳐 낸 난치병 소년의 놀라운 성취였다.

메일을 주고받고 석 달 정도 흐른 10월의 어느 날이었다. 『끝나지 않은 이야기』의 최신 판본을 볼 수 있는 기회가 있었다. 현묵은 가벼운 마음으로 전자책의 파일을 열어 자신이 오류라고 생각해 출판사에 문의했던 부분을 찾아봤다. 아! 'westwards and northwards'는 'eastwards and northwards'로 수정되어 있었다! 아들 크리스토퍼가 1980년 출간한 후 40년간 '서북쪽'으로 표기됐던 그 부분이 현묵이 지적한 대로 고쳐져 배포되기 시작한 것이다. 현묵은 이에 대해 겸손하게 말했다. "누구도 눈치 채기 힘든 아주 사소한 부분을 수정한 것이라고 생각해요."

하지만 이 사실은 아주 많은 것을 웅변하고 있다. 10대 소년이 어떻게 지식을 쌓아 하나의 체계를 이뤄 냈는지, 지식의 디테일이 얼마나 풍부한지, 잘못된 것을 바로잡기 위해 어떤 고민을 했으며, 변화를 위해 어떤 행동을 했는지, 그 모든 것이 압축된 일화였다. 결국 소년의 행동은 영국의 출판사를 움직여 변화를 만들어 냈다.

이토록 완벽한 자립성과 놀라운 자기주도성을 갖춘 이야기를 학교 활동으로 제시한 학생이 과연 몇 명이나 될까. 현묵은 입시를 위해 이 활동을 하지 않았으며 '공부의 본질'에 충실하게 그 길을 걸었을 뿐이었다.

현묵은 2020년 여름을 자신의 방에서 오로지
톨킨의 『끝나지 않은 이야기』를 번역하며 보냈다.

2

강점은 없고
약점은 있습니다

면접 교수들의 쏟아지는 질문 속에서, 2020년 여름의 그 메일들이 떠올랐다. 현묵은 "내가 지금 잘하고 있는지 확신이 없었지만, 모든 질문이 자연스럽게 느껴졌다"고 면접 당시를 떠올리며 말했다.

한 교수가 한 걸음 더 들어간 질문을 했다. "그 오류는 어디서부터 잘못된 것이라고 생각하죠? 출판사가 잘못 적은 걸까요? 아니면 톨킨이 처음부터 잘못 쓴 원문의 오류일까요?" 톨킨의 습작과 낙서를 아들이 모아서 엮었다면 가능성이 가장 큰 것은 역시 원문의 오류일 것이다. 물론 초기 편집자의 잘못이 계속 인쇄로 이어졌을 수도 있다.

"여러 가능성이 있지만 일단은 원문의 오류로 보입니다. 구글을 통해 전 세계 여러 판본을 찾아 비교해 봤습니다. 모두 같은 오류였습니다. 다르게 인쇄된 경우는 없었습니다."

교수는 재차 물었다. "오류를 확인한 순간 어떻게 그것을 고치면 된다고 생각했습니까?"

"단순하게 생각했습니다. 출판사에서 한 단어만 고치면 됩니다. 서쪽이 아닌 동쪽이라고요."

교수들은 압박 면접을 진행하려 했던 것 같지만 현묵은 이런 질문들로 압박당하지 않았다. 오히려 압도당한 건 면접관이었는지 모른다. 2021학년도 서울대 입시에서 과학고나 하나고 같은 영재고 출신들이 강세를 보였다. 여러 가지 정치적 사건이 이어지면서 입시의 공정성이 사회적 이슈가 됐다. 코로나로 교육 격차가 커지고 있다는 지적이 이어졌다. 교육부는 대학 입시에 '블라인드 제도'를 도입한다. 대입 지원서에 고등학교 이름을 가리고 지원해야 하는 제도였다. 부모 찬스가 적나라하게 개입되는 대외 활동을 자기소개서에 쓰는 것도 더 많이 제한되기 시작했다.

편견이 사라졌으므로 일반고 출신들은 상위권 대학으로 더 많이 진학했을까? 아니었다. 그것은 관료의 착각이었다. 그들의 생각과 정반대로 최상위권 학생들이 있는 영재고가 약진했다. 서울대를 기준으로 일반고의 비율은 떨어졌다. 심지어 외고 등 특목고도 힘을 쓰지 못했다.

서울대 입학 시스템에 정통한 한 교수에게 이유를 묻자 이렇게 말했다. "학교의 이름을 가리자 입학을 위해 최고의 시스템을 갖춘 학교에 다니는 입시 수재들이 강세를 보인 거죠. 그전까진 입학사정관들이 일반고 출신들에게 정성적인 평가를 더 해 줬다면 블라인드로 그런 고려가 불필요해진 겁니다. 블라인드로 인해 경쟁주의가 더 강하게 작동하게 된 것 아닐까요."

수시와 정시를 치르며 입학생 평가에 참여한 교수들은 그야말로 선수들이 쓰고 다듬은 자기소개서와 추천서를 수없이 봐 왔을 것이다. 그런 자기소개서를 들고 온 학생들과 수없이 면접을 치렀을 것이다. 그런 것들에 대해 면접 교수들이 어떤 생각을 했는지 필자인 나는 알 수 없다. 다만 이런 흐름 속에서 대학 교수들은 어떤 고민을 하고 있었던 것 같다. '우리는 정말 제대로 뽑고 있는 것일까?' 거칠게 말하자면, 그들은 제도권에서 잘 단련된 학생들에게서 조금 지루함을 느끼고 있었는지 모른다. 그때 현묵이 나타난 것일 수도 있다. 전혀 다른 경로를 밟고 온 신박한 지원자.

"당신은 고등학교 때 무엇을 했습니까?" 이 질문에, 침대가 세상의 거의 대부분이었던 현묵은 톨킨에 대해 얘기했다. 고등학교 때 무슨 일을 했는지 전혀 답할 수 없었으나, 어쩌면 대학교가 학생에게 묻고 싶은 본질에 가까운 이야기를 현묵은 하고 있었다.

면접 시간이 흐르면서 교수들은 더 이상 현묵을 평가하려 하지 않고 그저 그의 이야기가 그저 궁금했던 것 같다. 교수 한 명이 물었다. 목소리는 이미 나긋했다. "학생, 내가 『반지의 제왕』을 좀 읽은 사람이에요. 오류가 있는 그 지역이 간달프가 죽은 모리아Moria 쪽인가요?"

그 질문에 현묵이도 무장해제되었다. '오! 『반지의 제왕』에 대해 묻다니!' 유쾌하게 대답했다.

"아닙니다. 로한Rohan 쪽입니다."

"아, 로한이구나 거기가."

로한은 영화 2편의 주무대인 기마민족이 있는 곳이다. 듣고 있던 다른 교수가 질문을 또 던졌다. "저는 『반지의 제왕』을 읽지 않았습니다. 모르는 어떤 사람에게 이 책을 추천한다면 뭐라고 얘기하겠습니까?"

정색한 질문에 순간 말문이 막혔다. 『반지의 제왕』 얘기로 무장해제됐는데…… 이곳은 면접장이었다. "당황 100배!" 현묵은 이렇게 그 상황을 표현했다. "어, 그러니까, 이 책은 소설의 재미 이외에도…… 작가가 짜 놓은 깊고 정교한 세계를 볼 수 있는데요…… 가상으로 만들어진 언어의 설정이 워낙 정교합니다. 그 언어와 작중의 가상 역사가 연결되는 설정을 발견해 가는 즐거움도……"

이 대답이 면접에서 중요하진 않았던 것 같다. 교수는 이 대답을 더 파고들지 않고 가볍게 받아넘겼다. 사실 자기소개서에서 그에 대한 설명은 한 것과 다름없었다. 옆에 앉은 가장 나이 있어 보이는 교수가 다른 것을 물었다.

"수능 공부는 어떻게 했어요?"

"동네 서점에서 산 책과 EBS 인터넷 강의로 했습니다."

"독학으로요?"

"네. 혼자 했습니다."

"검정고시 성적이 아주 좋네요. 어떻게 공부했어요?"

"동네 서점에서 교재를 샀고요. 집에 이전 교육과정 때 나온 책들이 있어서 그것을 활용했습니다."

"역시 독학으로?"

"네, 그렇습니다."

면접이 마무리되는가 싶더니, 다시 질문이 툭 하고 나왔다. "마지막 질문입니다. 캠퍼스 생활을 하게 된다면, 본인의 강점과 약점은 뭘까요?"

잠깐의 침묵 뒤에 현묵답게 답했다. "강점은 잘 모르겠습니다. 제게 무슨 강점이 있을지…… 솔직히 잘 모르겠습니다. 약점이라면…… 물리적인 장애는 차치하고 사회생활 경험이 거의 없다는 것이 제 약점입니다."

강점은 모른다고 하고 약점만 얘기한 지원자를 교수들은 응시했다. 그리고 동시에 고개를 돌려 서로를 쳐다보고 약속한 듯 고개를 끄덕였다. "나가셔도 좋습니다."

나오면서 현묵은 생각했다. '와, 『광장』은 안 물어봤다. 큭큭.' 아버지와 차를 타고 오며 면접 얘기를 했다. "아버지, 캠퍼스 생활에 내가 무슨 강점이 있는지 물어봤는데, 모르겠어서 모르겠다고 말했어요."

"솔직히 말했으니 잘했다." 아버지의 대답은 늘 간단했다.

집의 작은 방에 차려진 공부방. 어머니는 그 일터에서 일을 끝내고 베란다로 나왔다. 겨울의 짧은 해는 벌써 서쪽에 걸려 찬란하게 하늘을 물들이고 있었다. 그보다 훨씬 찬란한 나의 아이도 지는 해와 함께, 학교의 서쪽에 있는 집으로 오고 있을 것이었다.

갑자기 몇 년 전 어느 날이 떠올랐다. 바로 이 베란다에서 이렇게 지는 노을을 바라본 날이었다. 현묵이 지독히 아팠다. 입원이 길어졌다. 친구에게 전화를 해서 현묵을 한나절만 봐 달라고 했다. 그리고 부리나케 집에 있는 공부방으로 달려와 아이들을 가르쳤다. 노을이 질 때쯤 수업이 끝났다. 그 찬란한 노을이 너무 서러웠다.

오늘 현묵은 병원이 아닌 학교에 갔다. 그리고 웃는 얼굴로 집에 돌아왔다. 저녁을 먹으며 현묵은 면접 본 얘기를 했다. 엄마의 잔소리가 터져 나왔다. "EBS로 공부했습니다라고 그렇게 단순하게 말하는 애가 어디 있냐! 무슨 교재를 샀는지 궁금해서 교수님들이 물어 보셨겠니? 그렇게 짧은 시간에 어떻게 준비를 그렇게 잘할 수 있는지 그 이야기를 물어보신 거잖아. 아 진짜 애가!"

현묵은 그냥 웃었다. 그날은 2021년 1월 20일. 스물두 살, 2000년생 현묵의 생애 첫 면접날이었다.

아, 하나 짚고 넘어갈 것이 있다. 많은 대학들은 부모 찬스를 통제하기 위해 출판, 번역 등 교내 활동을 벗어난 대외 활동을 자기소개서에 쓰는 것을 엄격히 제한하고 있다. 물론 그런 활동을 한 것은 전혀 상관없다. 알릴 순 없었다는 얘기다. 우린 여러 정치인과 부자 들의 이야기를 통해 자기소개서가 부모의 작품일 수 있다는 불공정에 대해 알게 됐다. 엄청난 비판에 직면한 대학들은 자기소개서에 대외 활동을 쓰는 것도, 면접 때 그것으로 평가하는 것도 제한했다.

현묵은 2020년 2월에 이미 출판사와 번역 계약까지 맺은 상태였다. 지독히 아팠던 시기 중에서도 가장 어두웠던 2016년부터 2019년까지 현묵은 그저 재미있어서 번역에 도전했다. 바위 위에 물방울이 떨어져 결국엔 구멍을 뚫어 내듯 현묵의 번역은 끊이지 않고 지속됐다. 그것은 현묵에게 입시보다 훨씬 본질적인 삶의 목적이었다. 현묵은 규정상 자기소개서에 "아마추어로 한 번역"이라고 겸손하게 표현할 수밖에 없었다. 하지만 현묵과 대화한 어떤 면접관이라도 부모 찬스는 1도 없이 자신의 생에 대한 의지와 지적 능력으로 끝내 여기까지 왔다는 것을 알 수 있었을 것이다.

3

악에 물들다

2021년 여름 내내 현묵의 집에서 인터뷰를 했다. 매주 수요일은 현묵을 만나는 날이었다. 현묵은 경기도 시흥의 한 아파트 단지에 산다. 엄마는 단지의 학생들을 대상으로 공부방을 운영한다. 집에 들어서면 현묵은 바퀴가 달린 의자에 앉아 있는 경우가 많다. '워커'라고도 부르는 보행보조기에 잠깐 의지해 서서 인사를 할 때도 있었다.

현관을 들어서면 마주보이는 작은 방, 엄마의 직장인 공부방엔 책이 빼곡하게 꽂혀 있다. 아이들이 논술 시험을 본 것으로 보이는 시험지 뭉텅이도 보였다. 신발을 내던지듯 벗고 공부방으로 뛰어 들어가는 어린아이들의 모습도 종종 보았다. 엄마의 수업은 늘 유쾌해 보였다. 어떤 아이는 현관에서 공부방으로 가는 2m도 안 되는 공간을 "여긴 꽃길"이라며 길에서 따온 꽃잎을 뿌리며 즐거워했다. 공부하는 길이 꽃길이라고 선생님이 슬하게 말했으므로 아이들은 그렇게 꽃을 뿌리며 놀았다.

현묵의 방은 공부방에서 거실을 가로질러 반대편에 위치했다. 화장실이 따로 있는 방이니 보통은 안방으로 쓰는 공간이라고 설명하면 이해하기 쉬울 것 같다. 현묵 방의 화장실엔 턱이 없고 문도 없다. 현묵은 보통 바퀴가 달린 의자로 이동한 뒤 화장실에 설치된 손잡이를 잡고 볼일을 본다.

현묵의 집에는 군더더기가 없다. 어떤 장식 같은 것이 거의 없다. 큰 의자도 없다. 엄마는 집 전체를 아주 단순하게 그리고 걸림돌 없이 만들어 놨다.

현묵의 집만큼이나 현묵의 책은 깨끗하다. 책에는 메모는 커녕 줄 하나 쳐져 있지 않다. 책 모서리를 접은 흔적도 없다. 현묵은 책등에 자국이 남을까 활짝 펴서 읽지도 않는다. 번역을 하는 원서에도 그 어떤 흔적이 없다. 중간중간 표시는 어떻게 했는지 의아할 정도다. 심지어 참고서와 문제집도 그렇다. 책은 오래되어 낡았을 뿐 인공의 흔적이 거의 없다. 현묵에겐 결벽증 같은 것이 분명히 있다.

하지만 여기엔 더 큰 이유가 있다. 내출혈은 관절에서 가장 많이 발생했다. 흘러나온 피가 고이고 혈종이 되고 이내 염증을 일으켜 극심한 통증으로 이어졌다. 염증이 다 낫지 않은 관절에선 또 내출혈이 일어나곤 했다. 관절은 파괴되고 또 파괴됐다.

"어렸을 때부터 늘 그런 공포가 있었어요. 그래서 글씨 쓰는 것도 잘 하지 않았어요. 연필을 쥐고 글을 쓰려면 굉장히 많은 관절을 써야 하잖아요. 손가락 마디마디, 손목의 복잡한 관절, 그리고 팔꿈치…… 정확히 그게 그것 때문이냐고 묻는다면 잘 모르겠지만 어렸을 때부터 연필로 글씨 쓰는 것조차 꺼렸던 것 같아요. 책을 그저 눈으로 보고 소화하려 했어요."

줄 하나 긋지 않은 깨끗한 책은 실은 현묵이 가진 병의 무게를 보여 주는 것이었다.

2013년 2월 초등학교 졸업식이 마지막 등교였다. 아주 작은 충격에도—충격이 없어도—내출혈이 생기고 혈액 응고 인자를 보충해 주는 약을 쏟아부어도 듣지 않는, 국내에서 가장 드문 사례인 현묵의 육체로는 더 이상 학교에 다닐 수 없었다.

그래도 현묵은 2013년이 육체의 최전성기였다고 기억한다. 휠체어 없이 집 앞 편의점을 "어떻게 어떻게" 다녀올 수 있는 유일한 시기였다. 거창한 미션을 수행하듯 다녀온 것이지만 그래도 한두 번은 가능했다. 사실 그건 다 오른무릎 덕분이었다. 악에 물들지 않는 최후의 보루. 무너지지 않은 시온$_{Zion}$의 땅이었다. 오른무릎 덕에 초등학교 땐 아이들과 공을 찬 적도 있었다. 아, 물론 휠체어를 타고 공을 찬 것이다. 무쇠 다리 오른무릎. 친구들과 어울릴 수 있었던 그때를 지금도 인생에 가장 행복한 순간으로 기억한다.

내출혈이 잘 발생하지 않았던 오른무릎. 그 외의 관절은 거의 대부분이 그 어린 나이에 표적 관절처럼 돼 버렸다. 류머티즘을 심하게 앓는 사람이라면 이 말의 의미를 잘 알 것 같다. 염증이 자주 발생하는, 고통이 상습적으로 침투하는 관절이 바로 표적 관절이다. 현묵은 염증을 통제할 수 있는 기간이 극히 짧았기 때문에, 다시 말해 늘 아팠기 때문에, 관절은 회복되지 않고 크게 망가져 갔다. 그런데 오른무릎만큼은 그렇지 않았다. 이것이 2013년 열네 살 현묵의 몸 상태였다.

'너만은 악에 물들지 않을 줄 알았는데, 내가 분명히 얘만은 건드리지 말라고 그렇게 되뇌었는데……' 하지만 버티던 오른무릎도 결국 악에 물들고 말았다. 영화 〈매트릭스〉의 시온처럼 기어코 공략당했다. 성벽이 무너졌다.

한번 발생한 오른무릎 내출혈은 걷잡을 수 없었다. 염증이 가라앉지 않은 사이에 또 출혈이 이어졌고 결국 관절은 망가져 갔다. 대개 보통의 혈우병 환자는 약을 투입하고 곧 효과가 나타난다. 염증이 가라앉으면 물리치료에 들어간다. 그렇게 근력을 유지하고 관절이 회복할 시간을 번다. 겉으로 보기에 보통 사람과 같은 몸이 유지되는 것이다. 하지만 현묵의 몸은 그런 시간을 허락하지 않았다. 그리고 더 이상 걷지 못했다. 지금까지.

"전혀 걷지 못하는 시간이 다시 찾아왔죠. 못 걷는 세월의 재림인 거죠." 현묵은 자신의 고통을 이렇게 얘기했다. 이 얘기 사실 직접 들어야 그 어감을 분명히 알 수 있다. 막무가내 체념 같은 것이 결코 아니다. 분명하게 상황을 인식하면서도 그것에 함몰되지 않는다. 그리고 특유의 넉살로 위트 있게 상황을 얘기한다. 남 얘기하듯. 여기서 김준범 교수의 추천서를 상기해 볼 필요가 있다. "놀라운 사실은 출생 후부터 계속된 이 같은 상황을 경험한 박 군에게서 지난 2년여간 어두움과 절망감을 찾아보기 어려웠다는 점입니다."

김준범 교수와도 인터뷰를 진행했다. 나와 김 교수가 똑같이 감탄한 것이 있다. 그것은 현묵의 긍정적 사고 그리고 놀라울 정도의 단순함, 바로 낙천성이었다. 인간이 가장 스트레스 받는 경우를 실험을 통해 측정한 연구가 있었다. 결과는 바로 '망설일 때'였다. 망설이면서 선택하지 못하고 결국 행동하지 못하는 경우. 이것이 인간이 직면한 가장 큰 스트레스 상황이라는 설명이었다. 철학자 A. N. 화이트헤드는 "인간은 생각보다 행동이 앞설 때 진보했다"고 말했다. 현묵은 내가 지금껏 만난 사람 중 가장 단순했으며, 망설이는 시간이 적었고, 빠르게 행동했다.

검사를 정식으로 해 본 것은 아니지만, 현묵은 극한의 어려움이 짓누르면 곧바로 '퉁' 하고 다시 튀어 오르는 회복 탄력성resilience이 대단히 높은 것 같다. 회복 탄력성은 현묵이 타고난 재능 중에 가장 큰 축복일지 모른다. 현묵은 현실 인식이 분명했으나 그것에 묶여 있는 경우가 거의 없었다. 단순하게 상황을 정리한 뒤 곧 잊었다.

악에 물들기 시작한 2014년 말은 암흑기의 본격적인 시작이었다. 이듬해엔 고관절에 심각한 내출혈이 일어나고 장기까지 큰 손상을 입었다. 2019년 신약을 만나기 직전 현묵의 팔다리엔 거의 모든 근육이 소실돼 있었다. 나무젓가락같이 심각하게 가늘어져 있었다. 골밀도는 80대 수준이었다. 바퀴가 달린 의자에 앉고도 다리로 바닥을 밀어 움직일 수 없을 정도로 근력이 사라졌었다. 기계가 지배하는 〈매트릭스〉의 현실처럼 희망은 하나도 없어 보였다.

그런 현묵에 대해 김준범 교수는 이렇게 말했다. "현묵이보다 상황이 좋은 환자들도 잘 견디질 못해요. 그래서 가족까지 도미노처럼 무너집니다. 하지만 현묵이는 그 누구보다 심각한 상황에서도 전혀 다른 모습을 보였어요." 유전병 전문가로서 할 수 있는 모든 처방을 다 했는데 도저히 해법을 찾아낼 수 없는 순간도 적지 않았다고 한다. 의사로서 과학자로서 현묵을 보면서 좌절감과 슬픔이 밀려들었다. 그날따라 더 좌절감이 컸다고 한다. 그때 현묵이랑 이런 대화를 했다고 김 교수는 회상했다.

"안 아프냐?"

"전생에 무슨 죄를 지어서 이러는지 모르겠어요."

너무너무 힘들 텐데…… 어떻게 이렇게 말할 수 있을까. 현묵이 의사인 자신의 감정까지 읽고 있다는 생각이 퍼뜩 들었다. 10대 꼬마가 이렇게 의연하게 맞서고 있는데 스스로 분발해야겠다고 생각했다. 의사로서 슬럼프를 이렇게 해결할 수 있었다고 김 교수는 인터뷰에서 말했다. 현묵을 처음 만났을 때 이미 열아홉 살이었지만 김준범 교수는 '꼬마'란 표현을 종종 사용했다.

믿었던 무릎은 악에 물들고 암흑은 하루하루 더 짙어져 갔다. 하지만 아이러니하게도 꼬마는 바로 이때부터 진정한 '스트라이더strider'—『반지의 제왕』에 나오는 아라고른의 별명으로 '앞으로 성큼 걷는 자'를 의미한다— 로 성장하기 시작했다.

4

중간계로의 여행

중학교에 진학하지 않기로 한 뒤 현묵은 하루하루 견뎌 내는 일이 가장 중요했다. 너무 어리기도 했고 늘 아팠으니까. 그건 현묵의 부모도 마찬가지였다.

집에 『해리 포터』 1, 3, 4권이 있었다. 읽다 보니 즐거웠다. 어린 현묵은 근처 공립도서관에 휠체어를 타고 가서 2권을 빌렸다. 그렇게 『해리 포터』를 정주행했다. 책은 영화와 달랐다. 거기엔 더 많은 세상과 언어가 층층이 겹쳐져 있었고 더 넓은 세계가 펼쳐져 있었다. 그리고 또 5권, 6권을 빌렸다.

『해리 포터』를 빌리러 도서관에 간 어느 날이었다. 『반지의 제왕』 시리즈가 눈에 들어왔다. 묵직한 책을 꺼내 이리저리 살펴봤다. 정주행하려면 상당한 시간이 필요할 것 같았다. 왠지 만만치 않을 거라고 직감했다. 『해리 포터』는 시리즈 거의 전 권에 손때가 잔뜩 묻어 있었다면, 『반지의 제왕』 시리즈는 1권만 낡아 있었다. 『수학의 정석』을 보면 대부분의 학생들 책은 앞의 3분의 1 정도만 까맣게 때가 묻어 있다. 도서관에 있던 『반지의 제왕』도 그랬다. 1권만 새까맸을 뿐 2, 3권은 깨끗했다. 영화의 영향으로 많은 이가 책을 집어 들었을 것나 일독하는 데 성공하지 못한 것 같았다. 그것도 대부분 1권에서 좌절하고 다음 책을 빌려 보지 않은 듯했다. 갑자기 '내가 해야겠다'는 정복욕이 생겼다. 책을 집어 들고 집에 왔다. 그리고…… 죽는 줄 알았다.

1권 초반부를 읽다 지쳤다. 프롤로그부터 정말 길고 난해했다. 호빗족에 대한 길고 긴 설명이 주구장창 이어졌다. 호빗의 키는 어느 정도 되어서 얼핏 보면 어린아이로 보이고, 종족은 이런저런 분파가 있고, 그들의 문화와 사회상은 어떠하며, 이런 역사를 이루고 있으며…… 『반지의 제왕』 1권은 이야기가 아니라 나열처럼 느껴졌다. 그렇게 1권은 현묵의 손때를 탔지만, 2, 3권은 손때가 묻지 않았다. 일단 포기. 그리곤 잠시 잊었다.

침대에 누워 있던 어느 날 열다섯 현묵은 톨킨이라는 사람이 문득 궁금해졌다. 블로그와 유튜브로 탐색을 하며 톨킨에 대해 알아보다 사람에 먼저 빠졌다. 톨킨은 정말이지 엄청난 사람이었다.

톨킨은 자신의 작품을 자신이 창작한 것이 아니라고 했다. 고대의 언어로 된 '서끝말의 붉은책Red Book of Westmarch'이라는 문헌을 현대 영어로 옮긴 것이라고 했다. 그러니까 톨킨의 세계에서 톨킨은 창작자가 아니라 '신화의 번역가'였던 셈이다. 자신만의 신화가 없는 영국에 신화를 만들고 싶었던 톨킨은 그야말로 하나의 세계를 창조하기 시작한다. 세계의 기반이자 모든 것의 토대인 언어부터 만들었다는 점이 가장 특별했다. 이상적인 언어를 만들고 싶어서 이야기를 쓰기 시작했다고도 했다. 요정족 및 난쟁이족과 인간이 함께 사는 세계를 창조해, 그들이 이 가상의 언어를 사용하게 했다. 그 신화의 세계가 바로 '가운데땅'이다. 언어를 위해 인물을 만들고 세계를 구축하고 그것들의 역사를 써 내려갔으며 심지어 역법까지 만들었다. 『호빗』시리즈와 『반지의 제왕』시리즈는 그 거대한 세계를 설명하는 작은 이야기일 뿐이었다. 현묵이 번역한 『끝나지 않은 이야기』도 바로 이 가운데땅의 어떤 이야기고 역사적 기록이다.

톨킨은 가상의 언어를 그냥 만들지 않았다. 고유의 철자법, 문법, 발음, 어원까지 창조했다. 그 언어가 어떤 변천 과정을 거쳤는지까지 설명했다. 생동감 있는 진짜 언어이기 때문에 우리가 쓰는 언어가 그렇듯이 문법적 불규칙까지 있다. 그러면서 영어 외에 다른 언어를 쓰는 독자를 위한 '번역 지침'까지 별도의 책으로 정리했다.

체급이 다른 책과 저자를 만났다. 현묵은 감탄했다. 그리고 그 세계를 더듬어 찾아가기 시작했다. 반지원정대가 그랬듯 난관을 만나면 어떻게든 답을 찾기 위해 노력했다. 톨킨이 창조하고 스스로 생명력을 얻어 거대해진 가운데땅의 하나하나를 알아가기 위해 공부했다. 그래서 언젠가는 가운데땅 전체를 조망할 수 있는 톨키니스트로 성장하기를 바랐다.

톨킨이 구축한 가상의 언어가 어떤 것인지 현묵이 나에게 설명해 준 적이 있다.

"톨킨의 언어엔 그 나름의 변천사가 있어요. 어원에 대한 탐구가 있구요. 그리고 언어는 가운데땅의 문화와 매우 밀접한 관계를 맺고 있어요."

"그런 예를 하나 들어 줄 수 있을까?"

현묵은 뭔가를 설명할 때면 버릇처럼 안경을 고쳐 쓰며 "어디 보자……"라고 말한다. 그러곤 스마트폰이나 태블릿을 꺼내 전자펜으로 간략한 그림이나 글을 써서 보여 줄 때가 많다. 어깨 관절도 많이 상한 터라 핸드폰과 펜을 집고 들어 올릴 때 어색한 모양이 될 때도 있다. 힘이 좀 들어가야 하는 경우엔 팔을 길게 뻗어 잡는 대신, 팔을 몸에 붙여 어깨 관절보단 이두근에 힘이 들어가게 물건을 집는 경우도 있었다. 하지만 초등학교 시절 만화가를 꿈꿨던 현묵은 늘 일필휘지로 자기가 설명하고자 하는 걸 빠르게 그려 냈다.

"퀘냐Quenya, 이게 요정의 언어 중 하나인데요. 한글이나 알파벳 같은 문자인 거죠. 아무튼 이것을 공부하다 알게 됐어요. '오른쪽'이란 단어는 '북쪽'이란 단어와, '왼쪽'은 '남쪽'과 유사하다는 것을 알 수 있었어요. (스마트폰에 전자펜으로 써서 보여주며) 북쪽은 포르멘Formen, 오른쪽은 포랴Forya예요. 남쪽은 햐르멘Hyarmen, 왼쪽은 햐랴Hyarya고요."

"어원에 따라 전혀 상관없어 보이는 단어들이 아주 비슷한 발음을 가지고 있을 때가 종종 있지. 그런데 오른쪽과 북쪽, 왼쪽과 남쪽은 어떻게 연결되는 거야?"

"〈반지의 제왕〉 영화 보셨죠?"

"봤지. 20년 정도 된 거 같네."

"절대반지를 지닌 호빗족 기억나세요? 프로도."

"그래 잘 생긴 애."

"네. 프로도가 배를 타고 간 곳은 서쪽이에요."

"서쪽으로? 왜?"

"서쪽은 가운데땅에선 굉장히 중요한 설정이에요. '아만 Aman'이라고 정신적 이상향이 바로 서쪽에 있어요."

"아만? 처음 듣네."

"네, 이건 정말 덕후의 이야기지요. 영화에 전혀 안 나와요. 가운데땅의 세계관에 정통한 덕후가 돼야 알 수 있죠."

"그런데 서쪽 얘긴 왜?"

"자 보세요. 서쪽을 바라보고 서 있으면, 북쪽(Formen)은 오른쪽(Forya)이 되잖아요. 남쪽(Hyarmen)은 왼쪽(Hyarya)이 되고요."

"와…… 그랬구나. 이상향을 바라보는 요정이든 인간이든 그들은 서쪽을 향해 서 있을 때가 많았겠구나. 그러면서 오른손은 늘 북쪽을, 왼손은 남쪽을 향하고 있겠네."

"톨킨은 정말 대단한 사람이에요. 정말 그 세계가 진짜로 있어서 톨킨이 발견했고, 이후 이것을 영어로 번역해 인간에게 알린 것은 아닐까…… 이런 생각이 들 때도 있어요."

현묵의 말을 들으면서 스포츠에서 자주 사용되는 '사우스포southpaw'라는 표현이 자연스레 떠올랐다. 사우스포는 왼손잡이 투수나 왼손잡이 복싱 선수 등을 의미하는 단어로 광범위하게 쓰인다. 서쪽에 있는 이상향 아만을 바라보는 자의 왼손은 늘 남쪽을 향하고 있기에 두 단어가 거의 같아졌다는 톨킨의 언어 설정은 사우스포라는 단어의 생성 과정과 굉장히 닮아 있다.

100여 년 전 야구를 할 땐 야간 조명이 없었다. 보통은 정오를 넘긴 오후부터 해지기 전까지 경기를 했다. 타자들이 서쪽으로 지는 태양의 방해를 받지 않기 위해, 타석은 동쪽을 향하게 돼 있었다. 반대편에서 공을 던지는 투수는 늘 서쪽을 향해 서 있었다. 그때나 지금이나 귀한 대접을 받는 왼손잡이 투수를 언론은 좀 특별하게 묘사했던 것 같다. 1880년대 시카고 언론은 서쪽을 향해 서 있는 좌완을 묘사하며 '사우스포'—남쪽의 앞발—이란 표현을 썼다. 서쪽을 향해 서 있는 투수의 왼팔이 남쪽을 향했기 때문이다. 왼손잡이에겐 남쪽이라는 방향이 하나의 정체성이 됐다.

1892년에 태어난 톨킨은 19세기부터 쓰이기 시작한 사우스포라는 표현을 들어 보지 않았을까. 햐르멘(남쪽)과 햐랴(왼쪽)를 거의 동일하게 표현하기 위해 '서쪽'을 설정한 것은 혹시 스포츠에서 힌트를 얻은 것이 아닐까…… 이런 전혀 근거 없는 생각이 잠깐 들었다.

햐르멘과 햐랴에 대한 설명을 현묵에게 들으며 정말 놀란 점은, 톨킨이 만든 가상의 언어는 이 세상에 존재하는 실제 언어—왼손잡이와 사우스포의 기원—와 그 설정이 매우 비슷하다는 사실이다. 언어는 사회가 구축해 온 문화, 그리고 역사와 밀접한 관계를 맺으며, 이를 통해 변화하고 정착한다는 것을 톨킨은 자신이 만든 가공의 언어를 통해 보여 주고 있다.

열다섯 현묵에겐 이런 모든 것이 매혹적이었다. '처음에는 좀 재미없지만 계속 보면 이런 모든 것을 알 수 있지 않을까!' 그래서 다시 도서관에서 『반지의 제왕』을 빌렸다.

"묘하게 그때랑 겹치네요."

'그때'라고 한 그 시점은 오른무릎이 침투당하기 시작한 때였다. 걸을 수 없게 된, 물리적 세계가 갑자기 확 좁아졌던 사춘기의 어느 날을 의미했다. 2014년 말, 친구들이 중2에서 중3으로 넘어가며 질풍노도의 시절을 보내던 시기. 현묵은 『반지의 제왕』, 정확히는 톨킨에 대한 정주행을 시작했다.

인터뷰를 진행하며 이것이 스트라이더로서 현묵이 큰 발걸음을 내딛은 시작점이라고 믿게 됐다. 스트라이더라는 단어를 사용하는 데는 이유가 있다. 스트라이더*는 아라고른—『반지의 제왕』에서 왕의 자리에 오른—을 부르는 호칭 중 하나다. 서양에선 '거인, 키가 큰 자'가 '선각자, 앞서가는 자'를 의미할 때가 종종 있다. 『반지의 제왕』에서도 그런 의미가 내포되어 있다.

10대의 현묵은 더 이상 걸을 수 없게 됐다. 2019년 신약 임상시험에 참여하기 전까지 현묵은 지독한 암흑기를 겪었다. 아플 때마다 매번 뼛속 깊이 침투하는 고통을 견뎌야 했다. 하지만 어떤 의미에서 현묵은 스트라이더처럼 성큼 내딛기 시작했다. 자신의 세계 속에서, 실은 그 밖의 세계도 인정할 수 있는 방향으로 성큼.

정주행을 시작한 뒤 세상이 온통 모르는 것들로 가득 차는 느낌이었다. 하나를 알면 열 개의 질문이 이어졌다. 열 개의 질문을 따라가면 수백 개의 질문이 생겨났다. 화성에 막 착륙한 것처럼 그 별에 대해 알아 가야만 했다. 그런데 다행히도 그 별엔 이미 오래전에 도착한 개척자들이 적지 않았다. 개척자들은 그들만의 전진 캠프를 구축해 놓고 있었다. 인터넷 카페 '중간계로의 여행'이 바로 그곳이었다.

현묵은 2015년 1월 2일 이 카페에 가입했다. 현재 현묵은 '중간계로의 여행' 카페의 부매니저로 가장 핵심적인 멤버가

* 『반지의 제왕』 번역판에서는 스트라이더를 톨킨의 번역 지침에 따라 '성큼걸이'로 번역하고 있다. 스트라이더도 결국 가운데땅의 언어를 영어로 번역한 것에 불과하기 때문이다.

됐지만, 처음엔 일개 팬일 뿐이었다. 현묵은 생각했다. '여기서 뼈를 묻어도 되겠다.' 〈트랜스포머〉 시리즈, 영화 〈스타워즈〉 그리고 스미소니언 박물관 등에 대한 자잘한 덕질을 정리하고, 이곳이 마지막 종착역이 될 것 같은 마음이 들었다. 지금껏 그렇게 생각된 곳은 이곳이 유일했다. 침실이 거의 세상의 전부인 현묵에게 이곳은 세상과 만날 수 있는 완벽한 문처럼 보였다.

사회생활이 초등학교 6학년 이후 멈춰 있었으나 '시간의 몸'은 이미 열여섯 살이 된 현묵은 여기 사람들과 같이 '놀고' 싶었다. 현묵에게 가장 즐거운 인생의 한때는 친구들과 어울릴 수 있었던 초등학교 고학년 시절이다. 다시 그렇게 지내고 싶었다. 10대의 현묵에겐 같이 놀 사람이 필요했다. 카페의 사람들은 어른의 말을 써서 좋았다. '아싸리 버카충' 같은 어린이의 말이 아닌 있어 보이는 고급 언어. 품위가 있으며 논리에 충실한 어른의 말. "전 현학적인 표현에 혹하는 경향이 있어요."

다음 단계로 성장하고 싶었던 '초졸' 현묵에게 인터넷 카페 '중간계로의 여행' 가입은 상급 학교로의 진학과 같은 것이었다. 현학적이라는 표현은 어떤 똑똑한 10대의 지적 욕구를 드러낸 것이라고 생각한다.

5

끝나지 않은 이야기

『반지의 제왕』 정주행을 마치고 카페 활동을 본격적으로 시작하면서, 현묵은 톨킨의 광대한 신화 세계를 보여 주는 책들이 많다는 사실을 알게 됐다. 보통 국내 독자들은 『반지의 제왕』 시리즈를 읽고 그에 반해 그 전작인 『호빗』 시리즈를 읽는 경우가 많다. 톨킨이 『반지의 제왕』 집필을 시작한 것도 『호빗』의 대성공 때문이었다. 『호빗』과 『반지의 제왕』의 무대가 되는 가운데땅을 창조하면서 톨킨은 그야말로 엄청난 신화의 세계를 구축하게 된다. 《가디언》이 톨킨의 업적을 가리켜 말한 "한 민족이 만들어 낸 것 같은 사회문화적 유산"은 그렇게 만들어진다.

톨킨의 아득한 세계를 보여 주는 책들 중엔 한국어 번역서도 있다. 『실마릴리온』과 『후린의 아이들』이다. 『실마릴리온』에는 가운데땅 전반의 역사가 기술돼 있다. 흔히 생각할 수 있는 '세계사'라고 보면 된다. 『후린의 아이들』은 『반지의 제왕』, 『호빗』과 같이 가운데땅에서 일어난 어떤 사건들을 엮은 책이다. 두 책 모두 아들인 크리스토퍼가 아버지 톨킨이 남긴 유고를 모아 다시 쓴 책이다. 『실마릴리온』으로 들어섰다는 것은 가운데땅의 세계로 본격적으로 들어왔다는 것을 의미한다.

어머니는 10대가 된 현묵을 데리고 가급적 외출을 많이 하려고 했다. 조금이라도 몸 상태가 좋으면 외식도 하고 마트도 가고 짧은 여행도 다녀왔다. 집에 공부방을 차린 것도 돈을 벌면서 현묵을 돌볼 수 있고, 시간이 나면 아들과 즐거운 외출을 할 수 있어서였다.

2015년 5월의 좋은 날이었다. 현묵은 집에서 가장 가까이 있는 대형 서점을 찾았다. 문득 그런 생각이 들었다. '초등학교 졸업을 하고 바로 고입 검정고시를 패스했는데, 혈우병과 싸우는 사이에 2년이 훌쩍 지났구나. 고졸 검정고시도 준비할까.' 문제집을 보러 가던 중 참새가 방앗간 들르듯 세계문학 코너를 기웃거렸다. 『실마릴리온』! 『후린의 아이들』! 나란히 꽂혀 있는 책들이 눈에 확 들어왔다. 카페 가입 후 넉 달 만에 이 책들을 손에 넣을 수 있는 기회가 생긴 것이었다. 바로 사서 집에 와 곧장 읽어 내려갔다.

'실마릴리온'은 요정의 언어로 '실마릴의 노래'란 뜻이다. 실마릴의 보석을 둘러싸고 벌어지는 이야기다. 그 내용은 고대 그리스 영웅의 이야기를 담아낸 『오디세이아』와 같은 웅장한 대서사시다. 톨킨은 그리스 신화와 북유럽 신화처럼 영국을 위한 고유의 신화를 만들고 싶었다. 그러면서 가상의 언어와 이를 기반으로 한 신화 세계를 만들었다. 그 위에 가운데땅의 역사를 쌓았다. 그러니까 『실마릴리온』은 『반지의 제왕』,『호빗』 같은 이야기가 어떤 세계 위에서 펼쳐졌는지 보여 주는 서사시자 역사책, 경전 같은 것이다. 톨킨이 그 어떤 작품보다 공을 들였고 평생에 걸쳐 작업한 것이 바로『실마릴리온』이다. 소설보다는 역사서에 가깝고 워낙 그 양이 방대해서 출판이 쉽지 않았다고 한다. 톨킨은 직접 출판사를 설득하기 위해 편지를 쓰기도 했다. 하지만 결국 출간하지 못하고 사망했다. 이후 아들 크리스토퍼가 그 내용을 수백 페이지 정도로 요약 정리해 출간했다.

『실마릴리온』을 읽은 현묵의 가슴도 웅장해지는 느낌이었다.『후린의 아이들』은『실마릴리온』에 나오는 여러 일화 중 하나다—『끝나지 않은 이야기』에도『후린의 아이들』 일화가 나온다—. 톨킨이 죽고 난 뒤 서재에서 미완성 원고를 발견한 크리스토퍼가 마무리해 출간했다.『호빗』이나『반지의 제왕』처럼 가운데땅을 배경으로 한 하나의 이야기라고 보면 되겠다.

이렇게 톨킨의 한국어 번역판을 모두 떼고 있던 현묵에게 빅뉴스가 도착했다. 2015년 6월 7일, 서점에서『실마릴리온』과『후린의 아이들』을 발견하고 한 달 정도 지난 시점이었다. '중간계로의 여행' 카페 책임자(매니저)가 국내에 번역 소개된 적이 없는『끝나지 않은 이야기』를 공동으로 번역하자고 회원들에게 제안했다.

이 책 역시 톨킨 사후에 아들이 정리해 출판한 것이지만『실마릴리온』등의 책과는 달랐다. 미완성 유고를 거의 손대지 않고 미완성인 채로 해설만 붙여서 낸 책이었다. 그래서 『끝나지 않은 이야기』라고 이름 붙였다. 이 책은 1980년에 영국에서 출간됐는데 예상보다 반응이 좋았다고 한다. 수십 년에 걸쳐 쌓인 『호빗』과 『반지의 제왕』 팬층은 매우 두터웠고 이들은 가운데땅의 숨겨진 이야기, 즉 『끝나지 않은 이야기』의 수요층이 됐다. 우리가 아는 영화 〈반지의 제왕〉이 2000년대 초반에 나온 것이니 100년 가까이 팬층을 확보하고 있는 톨킨의 힘은 정말 위대한 것이었다. 그 힘에 이끌려 2000년생 현묵도 1892년생 톨킨이 쓴 글에 매혹되었다.

왜 그런 느낌이 들었는지 모르겠다. 열여섯 살 현묵은 선수를 빼앗기기 싫었다. 발등에 불이 떨어진 기분이었다. "『끝나지 않은 이야기』 번역이 운명처럼 느껴졌어요. 너의 꿈이 뭐냐고 묻는다면, 이 책을 번역하는 일이라고 말할 수 있을 정도였죠." 현묵은 아주 기본적인 문제를 간과했다는 생각이 퍼뜩 들었다. 초등학교를 졸업한 이후 영어를 제대로 공부한 적이 없었던 것이다. 『실마릴리온』을 본 사람들은 알 것이다. 톨킨의 책을 다른 나라 언어로 옮긴다는 것은 그저 번역의 문제가 아니라는 것을. 그것은 총체성의 문제다.

그래도 일단 책을 구해 보자는 마음으로 온라인을 헤매던 중 앱스토어 구글 플레이에 『끝나지 않은 이야기』의 전자책이 있다는 것을 알았다. 구글 플레이는 첫 장을 무료 샘플로 제공했다. 이 샘플을 통해 이 책을 넘볼 수 있는지 없는지 시험해 보기로 마음먹었다. 책은 난해했지만 그간 톨킨을 공부한 덕분인지, 한 페이지를 읽는 데 반나절이 걸렸을 뿐 불가능하지는 않았다. 읽을 수 있었다. 현묵은 갑자기 전자책이 아닌 실물로 사고 싶었다. 책의 질감을 느끼며 한 페이지, 한 페이지 넘기고 싶었다. 시간이 지나면 헤지기 쉬운 보급판보단 하드커버의 양장본을 갖고 싶어 호튼 미플린 판본을 선택했다. 바로 직구했다.

2015년 7월 14일 『끝나지 않은 이야기』가 대륙과 대양을 건너 현묵의 집으로 배송됐다. 카페에 책을 찍어 올렸다. "가독성이 떨어지는 개미 머리만 한 글자들로 가득 채워진 원서"가 두렵다고 엄살을 떠는 귀여운 10대의 글이었다. 하지만 본심은 그와 반대였다. 마지막 문장에 진심을 담았다. "참으로 톨키니스트로의 길은 멀고도 험합니다……" 어린 현묵은 톨키니스트를 언급하며 '이 번역은 내 것'이라고 선언하고 싶었던 것 같다. 당대의 고수 MW와 베렌이 현묵의 이 글에 응원 댓글로 화답했다—'찐덕후'의 위대함을 보여 주는 두 고수의 이야기는 이 책에서 곧 만날 수 있다—.

그리고 그해 하반기로 접어들며 현묵의 육체는 더 깊은 암흑기로 접어든다. 그날이 정확히 언제라고 특정할 수는 없다. 관절과 장기에 내출혈이 생겨 응급실에 실려 간 뒤 입원을 하고 또 퇴원을 하는 것은, 늘 반복되던 이야기다. 집에서도 밖에 나갈 일은 거의 없으므로 그 날이 그날 같았다. 하지만 현묵에겐 또 다른 시계가 있었으므로, 그것의 시간과 기억에 따라 지금까지 '즐거운' 이야기를 더 많이 서술했을 뿐이다. 고관절에 출혈이 종종 일어나긴 했지만 지금까진 그리 치명적이지 않았었다. 하지만 이번에 찾아온 왼쪽 고관절 출혈은 차원이 다른 것이었다.

"왼쪽 고관절 출혈은 더 깊은 암흑기로 접어드는 계기가 됐어요. 일단 약이 듣지 않아서 큰불이 났는데도 그냥 지켜봐야 하는 상황이었고요. 병원으로 이동하는 것 자체가 엄청나게 고통스러운 상황이었어요. 병원에 가면 응급 처치를 해 주겠지만, 약이 듣질 않으니 치료는 안됐고요. 희망이 없다는 느낌이 들었어요."

스스로 몸을 일으켜 바퀴가 있는 의자로 이동한다. 의자에 앉은 뒤 근력이 남아 있는 다리로 땅을 민다. 원하는 장소로 간다. 이것이 현묵의 이동 방법이었다. 고관절에 심한 염증이 생겨 아예 힘을 줄 수 없는 상황이라고 상상해 보자. 발목만 삐어도 아예 발을 디딜 수 없다는 점을 상기하면 좀 쉬울지 모르겠다. 일단 침대에서 자력으로 일어나는 것이 불가능해진다. '앉기'는 고관절을 바닥에 대는 것을 의미하므로 엄청난 고통을 수반하게 된다. 그러니 의자를 활용할 수 없다. 한마디로 그냥 누워 있어야 한다. 현묵은 그때 상황을 이렇게 심플하게 정리했다. "화장실도 갈 수 없게 된 거죠."

상황이 발생하면 혈액 응고 인자를 투약한다. 점차 지혈이 된다. 강한 진통제와 소염제로 염증에 대응한다. 염증이 가라앉으면 물리치료 등을 통해 관절이 훼손되는 것을 막는다. "후유증이 남지 않게 대응해야 한다는 이런 설명이 저에게 아무 의미가 없다는 것을 냉정하게 받아들이게 된 사건이었다고 해야 할까요. 고관절 출혈이 멎는다 해도 내 육체는 더 좋아지지 않을 거란 냉엄한 현실 인식…… 그런 것이죠. 열여섯이었는데."

그리고 처음으로 이런 생각을 했다. "혈우병 환자의 수명이 일반인보다 크게 짧은 건 아니에요. 죽을 만큼 아플 때는 많아도 실제로 죽기는 쉽지 않죠. 이렇게 어른이 되는 것이죠. 그럼 난 앞으로 어떻게 살아가야 하는 걸까…… 이런 생각이 들었어요. 아파서 잠이 안 오니까 더 그런 생각을 떨칠 수 없었어요."

고관절은 가장 크고 가장 깊이 있는 관절이다. 아주 깊은 심연처럼 현묵은 지하로 1000m 깊이 더 들어가야 고관절에 닿을 수 있을 것 같았다. 고통은 아마도 그 깊이에서부터 시작되는 것 같았다. 고통은 심연을 타고 올라오면서 더 커지는 것 같았다. 그리고 정말 천천히 회복됐다. 겨우 다시 앉게 되었을 때쯤이었을까. 그해 12월, 이번엔 오른쪽 고관절이었다. 이날의 출혈은 거의 모든 것을 명료하게 기억할 수 있는 대사건이었다. 추워서 두꺼운 이불을 덮고 있던 어느 날이었다. 갑자기 고관절에 설치된 폭탄이 터진 것 같았다. 통증이 폭발했다. 비명이 터져 나왔다. "아악!"

이 갑작스런 내출혈이 얼마나 강력한 것이었냐면, 통증 직후 극심한 어지럼증이 찾아올 정도였다. 한꺼번에 많은 피가 새고 있음을 직관적으로 알려 주는 빈혈 증세였다. 이때의 내출혈의 충격이 워낙 커서 지금도 오른쪽 고관절은 가동 반경이 매우 작다.

섬광처럼 고통이 몸을 뚫고 지나가는 것 같았다. 밤새 시달린 정신은 고통과 옅은 잠을 오가며 환각을 만들어 냈다. 섬광이 환각처럼 머릿속에서 그려졌다. 고관절을 뚫고 지나 광선처럼 뻗어 나갔다. 육체는 섬광에 갈가리 찢겼다. 광선은 잔상을 남기며 서로 부딪혔다. 다스베이더의 검처럼. '아…… 다스베이더……'

"2015년 12월은 절대 침범당해선 안될 시간이었어요. 〈스타워즈: 깨어난 포스〉가 12월 17일에 개봉했거든요. 벼르고 벼르던 일생일대의 개봉이었어요. 반드시 아이맥스로 봐야 할 내 인생 최고의 기대작 중 하나였어요." 섬광의 끝에서, 갑자기 서러움이 해일처럼 밀려왔다. 온몸이 출렁일 정도로 서러움에 북받치는 울음이 터져 나왔다. 서럽고 또 서러웠다. 초인적인 낙천성을 지닌 현묵이 이토록 서럽게 운 적은 지금껏 없었다. 아무리 아파도 이렇게 어깨를 들썩이며 울지 않는 아이였다. 어떤 아픔도 현묵을 잠식한 적이 없었다. 하지만 그날은 달랐다. 완전히 잠겨 버렸다. 엄마도 현묵이 가장 서럽게 울었던 2015년 12월을 선명하게 기억하고 있다.

엄청난 고통 속에 현묵은 12월 영화 관람을 포기했다. 크리스마스를 겨냥한 〈스타워즈: 깨어난 포스〉는 캐롤과 함께 상영을 이어 갔다. 그러는 사이 현묵은 고통 속에서 잠들고 깨어나기를 반복했다. 그리고 해가 바뀌었다.

정신을 조금 차린 연초의 어느 날, 현묵은 아직도 이 영화가 아이맥스에 걸려 있다는 것을 알게 되었다. 인천에 있는 한 멀티플렉스였다. 현묵은 부모님을 졸랐다. 엄마와 아버지는 쉽게 설득당했다. 그 정도 못 들어주랴.

영화 관람 미션은 아버지가 맡았다. 고관절 통증이 아직 심하게 남아 있었으므로 조수석을 최대한 뒤로 눕힌 뒤 푹신푹신한 방석을 두껍게 깔았다. 최대한 앉아 있는 시간을 줄이기 위해 집에서 나와 차로 이동할 때는 업는 방법을 택했다. 허벅지와 고관절이 이어지는 부분은 크게 굽힐 수 없으므로 어정쩡하게 업어야 했다. 그렇게 업다 보니 180cm가 훌쩍 넘는 아들의 발이 바닥에 끌렸다. 겨울이라 옷을 껴입었지만 아들은 그리 무겁지 않았다.

영화관에 도착해서는 휠체어를 써야 했다. 방석을 두껍게 깐 휠체어에 앉아 극장으로 이동했다. 아버지는 현묵의 요청대로 장애인 좌석이 아닌 한가운데 좌석을 예매했다. "아이맥

스관 J열이어야 해요." 모든 영상과 오디오가 집중되는 자리여야 한다는 주장이었다. 휠체어로 접근할 수 없는 자리였다. 아버지는 이동 방법을 고민했다. 방법은 한가지였다.

군인들이 부상자를 옮기듯, 아버지는 현묵의 등 뒤에서 겨드랑이 사이로 팔을 꼈다. 깍지를 세게 끼고 현묵을 들어올렸다. 다리에 아무 힘도 가할 수 없는 현묵은 마치 꼭두각시 나무 인형처럼 아버지의 완력에 의존해 질질 끌려 상영관으로 들어갔다. J열까지 계단은 왜 이리 많은지…… 아버지는 '끙' 소리 한 번 내지 않고 J열로 향했다. 그리고 아버지도 현묵의 바로 옆 좌석에서 〈스타워즈〉를 관람했다. 아들은 그런 상황을 적어도 겉으론 창피해하지 않았다. 미안해하지도 않았다. 그저 헤헤 웃는 밝은 표정으로 자리에 앉아 있었다. 사실 앉아 있는 것 자체가 상당히 고통스러운 일이었는데도 말이다.

영화가 끝난 뒤 웅장한 음악과 엔딩 크레딧을 끝까지 느긋하게 감상했다. 사람들이 대부분 극장을 빠져나간 뒤 두 사람은 움직이기 시작했다. 그리고 앞서 그 과정을 정확히 거꾸로 밟아 집으로 돌아왔다. 무리한 탓인지 현묵은 그날 밤 잠을 자지 못할 정도로 통증에 시달렸다. 하지만 〈스타워즈〉를 아이맥스에서 그것도 J열 한가운데서 봤으므로, 괜찮았다.

아이러니하게도 그날은 현묵이 〈스타워즈〉 덕질을 졸업하게 된 계기가 됐다. 어린 시절부터 정처 없이 온라인 세상을 떠돌며 일궈 왔던 덕질들이 하나의 강물 『반지의 제왕』으로 모이고 있었다. 그러므로 '졸업'이라는 표현은 현묵에게 상당히 타당했다. 친구들은 2월이면 중학교를 졸업하고 곧 고등학교에 진학할 것이다. 현묵의 여러 덕질 중 한 줄기인 〈에반게리온〉도 졸업이란 것에 의미를 부여해 줬다. 2016년 1월 1일은 〈엔드 오브 에반게리온〉(1997년 일본 개봉)에서 세상이 멸망하는 날이다. 에반게리온의 세계보다 더 오래 살게 됐으므로 뭔가 계획을 갖고 싶다는 생각이 문득 들었다. 그런 맥락과 잡념의 잔상이 겹치는 지점에서 '남들처럼 고등학교에 가고 싶다'는 생각이 찾아왔다. 현묵은 갑자기 너무나 학교에 가고 싶었다. 날이 갈수록 나이가 들수록 더 깊은 고통이 찾아오고 있으므로, 그래서 더 가고 싶었다.

몸을 일으키기 힘든 현묵은 그날도 침대에 누워 있었다. 엄마가 들어와 그 옆에 벌렁 누웠다. 눈을 감고 있던 현묵이 불현듯 물었다. "어무이 나 고등학교 가면 안 돼?" 초등학교 졸업 후 중학교 진학을 포기했을 때보다 훨씬 더 몸 상태가 나빠졌다. 열세 살 때 아주 짧은 거리는 걸을 수 있었다. 하지만 오늘의 대화도 두 사람은 누워서 하고 있지 않은가. 학교에 가지 않는 것에 대해서 아들과 이미 합의를 봤다고 생각한 엄마였다. 당혹스러웠다.

"어? 안 되는 건 아닌데…… 왜?"

"그냥 가고 싶은데. 남들처럼."

엄마는 아득해졌다. 정신을 부여잡고, 밝은 목소리로 왜 그게 힘든지, 현묵도 잘 알고 있는 이야기를 조곤조곤 했다. 현묵이 듣기엔 엄마의 말은 모든 면에서 타당했다. 현묵은 고개를 엄마의 반대편으로 살짝 돌렸다. 눈물이 볼을 타고 내려왔으므로. 엄마가 바라본 아들의 등은 길고 얇았다. 작은 아들의 어깨가 울음을 내뱉느라 살짝살짝 들렸다. 〈스타워즈〉 관람처럼 시원하게 들어줄 수 없는 요구와 아들의 서러움 사이에 엄마는 누워 있었다. 그날은 아들의 어깨조차 만질 수 없었다. '오늘 아들의 마음'은 엄마는 도저히 다다를 수 없는 고통과 서러움의 영역이었다. 아들이 약을 먹고 겨우 잠든 모습을 한참 바라보다 부엌으로 나와 식탁 앞에 앉았다. 현묵의 방문을 겨울이지만 열어 놨다. 아프다고 내는 소리가 들려야 하니까. 2015년 12월과 2016년 1월, 중학교를 졸업할 나이에 터진 두 번의 서러운 울음. 엄마가 기억하는 '유이'한 깊은 울음이었다.

다음날 아침 눈을 뜬 뒤 반사적으로 현묵의 방으로 몸을 향했다. 밤새 몇 번을 깼는지 모르지만 지금은 자고 있었다. 거실에서 부엌으로 연결되는 곳에는 가족의 4인용 식탁이 놓여 있다. 네 개의 의자가 놓인 평범한 식탁이다. 그중 하나는 늘 엄마의 자리다. 그 자리는 아들의 방이 한눈에 들여다보이기에, 엄마의 자리였다. 엄마는 그 자리에 앉았다. 잠시 후 현묵이 잠에서 깨는 모습이 눈에 들어왔다.

"현묵아 괜찮니?" 늘 아프니까, 이 말은 일상이 된 인사말이었다. 아들이 장난처럼 대답했다. "맴이 아파요." 넉살 좋은 현묵의 말에는 어젯밤의 서러움이 이어져 있지 않았다. 안심이 됐다. "맴이 아픈 게 제일 좋은 거야." '몸이 아픈 것보단 낫잖아.' 이 말은 삼켰다. 이후 아들은 본인이 먼저 진학에 대해 얘기를 꺼낸 적이 단 한 번도 없다.

현묵이 진학을 얘기한 것에는 카페 '중간계로의 여행'도 영향을 준 것 같다. 카페의 '온라인 정팅(정기 채팅)'에 대해 현묵이 얘기한 적이 있다. 육체의 모든 부분이 동시다발적으로 문제를 일으키기 시작한 2015년 어느 날 얘기다. 갑자기 혈뇨가 쏟아져 나왔다. 관절 내출혈과는 또 다른 장기의 문제였으므로 서둘러 응급실로 향했다. 의사조차 내출혈이 콩팥인지 방광인지 아니면 다른 어디에서 일어나고 있는지 정확히 파악하지 못했다. 급기야 새어 나온 피가 혈전이 되어 요도를 막았다. 요로 결석처럼 어마어마한 통증이 면도날처럼 날카롭게 파고들었다. 면도날이 배 속을 휘젓는 것 같은 고통이 이어졌다. 그렇게 또 입원 생활이 시작됐다.

카페는 매달 마지막 토요일에 정팅을 했다. 몸 상태가 조금 좋아졌으니 탈진할 대로 탈진한 엄마도 토요일 저녁은 집에서 자고 오기로 했다. 사춘기 사내 녀석은 환호했다. '오, 어무이가 없네!' 게다가 6인실이었는데 절반은 비어 있었다. 주말이라 간호사 수도 적었다. 현묵은 저녁 8시에 시작하는 정팅에 참여하기로 결심하고 노트북을 켰다.

『반지의 제왕』 캐릭터에 대한 이야기, 거기서 가지치기한 톨킨의 세계에 대한 수많은 이야기들로 정팅은 활기가 넘쳤다. 그러다 마블의 세계관 같은 전혀 엉뚱한 얘기를 하기도 했는데, 온라인 여행으로 다져 놓은 덕질 덕에 현묵은 어느 대화에도 낄 수 있었다.

현묵의 닉네임은 '팩맨'이었다. 팩맨으로 정팅을 하는 현묵에겐 어떤 걸림돌도 없었다. 그저 지력만 반짝반짝 빛났을 뿐이었다. 카페 매니저가 몇 가지 프로그램도 준비해 왔다. 키워드를 제시하면 이것이 공통으로 설명하는 정답을 찾는 문제였던 것 같다. 그중 어떤 문제는 키워드를 제시하자마자 곧바로 현묵이 맞힐 수 있었다. 여러 키워드를 단단히 준비한 매니저의 말이 메신저를 향해 어감까지 전달됐다. "팩맨님 미워!"

현묵은 사람들의 그런 반응이 황홀했다. 정말 너무나도 오랜만에, 그러니까 초등학교 졸업 후 처음으로 여러 사람과 떠들고 웃으며 놀았다. 커튼이 쳐진 침대 뒤로 환자복을 입은 길쭉하고 가느다란 현묵의 실루엣이 펄럭였다. 킥킥대는 현묵의 웃음이 병실을 넘나들었다.

현묵에게는 초등학교 시절 아이들과 어울려 놀았던 것이 지금껏 가장 즐거운 기억 중의 하나다. 병실에서의 정팅도 바로 그때처럼 즐거웠다. 키워드 게임으로 팩맨의 존재감은 확 커졌다. '저런 친구가 있다'는 것을 카페 멤버들이 대부분 알게 됐다. 주변을 맴돌며 눈팅이나 하는 아웃사이더가 아니라 카페의 진정한 일원이 된 것 같았다.

현묵은 그렇게 연결지어 말하지 않았지만, 칠흑 같은 육체의 어둠 속에서 카페의 일원으로 인정받은 2015년을 거치면서, 친구가 있는 학교에 가고 싶어졌던 것 같다. 덕질을 혼자하는 것이 아니라 그것을 함께 지향하는 이들의 인정을 받을 때 가장 기쁘다는 것을 알게 됐다. 누가 뭐래도 동료 그룹의 평가가 최고인 것이다.

현묵은 가장 즐거웠던 초등학교 얘기를 들려주며 주로 축구나 피구 얘기를 했다. 휠체어를 탔지만 오른발로 공을 받아 넘길 수 있는 그때 얘기를 주로 했다. 운동회 달리기 순서가 되면 학교에 있는 전동휠체어를 타고 출발선 언저리에 같이 서기도 했다. 정식 레인에서 멀찌감치 떨어져서 친구들에 비해 말도 안 되는 속도지만 달리기 경주를 했다.

엄마도 그때 얘기를 들려줬다. "현묵이 얘는 창피해하지도 않아요. 휠체어 타고 달리기하는 친구들 따라간다면서 아무렇지도 않게 그 속에서 어울렸어요. 그러곤 그냥 뭐 아무렇지도 않게 그 속에서 웃었어요."

엄마는 6학년의 어느 날도 떠올렸다. 많이 아픈 현묵이 더 이상 상급 학교에 진학할 수 없을 거라는 것이 거의 기정사실로 받아들여지고 있을 때였다. 현묵이 느닷없이 전교회장 선거에 출마하겠다고 엄마에게 얘기했다. 정확히는 이미 출마를 했노라고 말했다. 엄마는 말리지 않았다. 다만 여러 가지 염려가 머리를 스쳐 지나갔다. 아파서 절반은 결석하는데 전교 회장이 되면 어떡하지? 대체 어떤 생각으로 전교 회장에 나간다고 했을까? 그런 생각을 하다 그냥 웃으며 대답하기로 했다. "그래 우리 아들 회장 한번 돼 보자!"

다음 날이 투표일이었다. 아침엔 강당에서 출마 연설도 해야 했다. 서울대 면접날 그랬듯이—아니 사실 안 아픈 날보다 아픈 날이 많으니 그건 그저 일상일 뿐이었지만— 마침 또 현묵이 아팠다.

"저는 어릴 때부터 아픔의 정도를 네 가지로 나눴어요. 1단계는 아프지만 일상에 지장이 없는 정도. 2단계는 욱신거려서 불편해 진통제를 먹어야 하는 정도. 3단계는 아픔을 견디기 위해 숨을 잠깐 멈춰야 하는 정도—숨을 잠시 참는 것은 현묵이 고통을 타고 넘는 하나의 방법이다—. 4단계는 큰 소리로 비명이 터져 나오는 정도예요."

"전교 회장 투표 전날 밤은 어땠니?"

"2단계에서 3단계 사이였던 것 같아요. 어려서 자세히 기억나지 않지만요. 잠을 못잘 정도로 심했던 건 아니었을 거예요."

하지만 엄마는 현묵이 밤새 한숨도 못 잤다고 당시를 기억했다. 뭔가가 잔뜩 쓰인 종이 한 장을 붙들고 끙끙 앓았다고 기억한다. 그리고 아침에 일어나 "난 학교에 꼭 가겠다"고 고집을 피우던 현묵을 기억하고 있다. 엄마가 운전하는 차를 타고 학교에 도착한 현묵은 엄마의 등에 업혀 학교 안으로 들어

갔다. 그리고 학교에 준비된 전동휠체어를 타고 엘리베이터로 3층 강당으로 올라갔다.

지체 장애 학생을 위한 전동휠체어와 엘리베이터는 모두 현묵이 4학년이던 2010년 즈음에 학교에 설치됐다. 그 당시 장애 학생에 대한 시설 예산이 대대적으로 집행됐던 것 같다. 현묵에게 이것은 학교 생활의 대전환점이었다. "전동휠체어와 엘리베이터가 생긴 뒤 처음으로 3층 대강당에 갈 수 있었어요. 보통 체육을 대강당에서 했는데, 엘리베이터가 설치되기 전엔 거의 못 갔어요. 근데 이젠 과학실도 갈 수 있었죠. 아이들과 거의 모든 것을 같이 할 수 있게 됐어요." 현묵이 말한 인생에서 가장 즐거웠던 초등 학창 생활은 더 정확히 말하면 엘리베이터가 설치된 4학년 이후부터 6학년까지를 의미한다.

현묵이 도착한 강당엔 전교 회장 투표가 준비되고 있었다. 전교생이 속속 들어와 자리에 앉았다. 후보들은 준비해 온 연설문을 읽고 있었다. 투표소와 투표함이 설치돼 있었다.

시간이 됐다. 모든 후보가 연단에 올라 웅변하듯 자신의 공약을 얘기했다. 현묵의 순서는 맨 마지막이었다. 계단을 거쳐야 하는 연단에 오를 수 없었으므로 마지막 순서에 배치됐다. 선생님의 안내를 받아 연단에 오르는 대신 그 밑에서 얘기해야 했다. 선생님들은 부지런히 마이크 줄을 길게 늘려 연단에 오르지 못한 현묵에게 갖다 줬다. 연단 밑에서도 서 있는 것이 아니라 휠체어에 앉은 채 말했으므로 뒤에 앉은 아이들은 후보자의 얼굴을 잘 볼 수 없었다.

현묵은 원고 없이 연설문을 외워 얘기한 유일한 후보였다. 어젯밤 끙끙 앓으면서도 끌어안고 있던 종이는 바로 외워야 하는 연설문이었다. 엄마는 강당까지 따라 들어갈 순 없었으므로 이 모습을 목격하지 못했다. 인터뷰하며 현묵에게 이 일이 기억나느냐고 물은 적이 있다. "하나도 기억나지 않아요. 하하."

투표 결과를 받아 보지 못한 채 현묵은 집으로 와야 했다. 그러곤 앓아누웠다. 오후 늦게 학교 선생님으로부터 전화가 걸려 왔다. 저 멀리 부엌에서 "아이고, 네네, 감사합니다"라는 엄마의 통화 목소리가 희미하게 들려왔다. "현묵아! 니 부회장 됐단다."

전화를 걸어온 사람은 교감선생님이었다. 교감선생님이 놀란 것은 부회장이 되었다는 결과가 아니라, 현묵이 연설문 종이를 들고 연설하지 않은 유일한 후보라는 점이었다. 이 말을 전해 들은 현묵은 별다른 반응을 보이지 않았다고 엄마는 기억하고 있다. 인터뷰 중에 이때의 일을 현묵에게 물어본 적이 있었다.

"아쉬웠니?"

"어떤 느낌이었는지 전혀 기억나지 않아요."

"아무 느낌도 없었다?"

"그냥 투표하기 전에 그런 생각을 했던 것도 같아요. 회장이 굉장히 되고 싶다, 그리고 될 수 있다고 생각했다, 이 정도

감정이 생각난달까요."

그보다 1년 전 5학년 때는 6학년 누나와 학예회 사회를 보기도 했다. 현묵은 사회를 봤던 사실 정도만 기억에 남는다고 했다. 엄마는 유창하게 장기자랑 순서를 소개하며 애드리브까지 하는 현묵을 보며 정말 많이 놀랐다고 했다. 하지만 현묵을 인터뷰하면서 나는 이런 이야기에 전혀 놀라지 않았다. 현묵은 문장가고 달변가니까.

이런 학교 생활을 포기한 것…… 그건 아마 현묵에게 완전한 포기라기보단 유예에 가까운 것이 아니었을까, 그리고 시간이 흐르고 더 암흑기에 접어들수록 갈구는 커지지 않았을까, 현실 인식과 이런 갈구가 끊임없이 10대 소년의 내면에서 교차하지 않았을까, 카페의 일원으로 그 존재를 인정받으면서 현묵에게 진정한 의미의 상급 학교 진학이 이뤄진 것이 아닐까라는 생각이 들었다. 현묵의 탐구 생활도 체급이 높아지고 있었다.

6

나 태 합

"사춘기 시절 질풍노도는 늘 침대 위에서 끝났어요. 그렇다고 해도 아프다는 것으로 나를 정의하거나, 무엇을 못 한 것에 대한 변명으로 삼고 싶지 않아요. 내가 무엇을 못 했다면 그것은 나태함 때문이에요. 장애 때문이 아니죠. 나의 10대는 나태함에 아픔이 양념처럼 뿌려져 있는 상태였어요. 혈우병도 장애도 저의 주인은 아니었어요."

현묵의 말을 들으며 '정말 저렇게 생각할 수가 있는 걸까, 저 말은 진심일까' 이런 고민을 할 수밖에 없었다. 현묵은 '아무리 아파도 고통의 중간에 틈은 있었으므로 얼마든지 앞으로 나아갈 수 있다'고 생각하는 것 같았다. 누구보다 그 틈이 너무나 짧았지만 사실 그건 나태함만 제거하면 별 문제가 아니었다고 현묵은 진짜 그렇게 생각하고 있다.

지금까지와 차원이 다른 극강의 내출혈이 양쪽 고관절과 장기를 공격한 2015년 하반기, 현묵은 『끝나지 않은 이야기』를 기어코 읽어 내려갔다. 아프거나 혹은 읽거나. 그러다가 〈스타워즈: 깨어난 포스〉를 봤고. 병원에 실려 간 중에도 카페 정팅에 참여함으로써 멤버가 됐다.

고관절 훼손이 심해져 의자에 앉아서 작업을 하는 게 쉽지 않아졌기 때문에 현묵은 침대에 누워 노트북을 배 위에 올려놓고 거의 모든 일을 처리했다. 이 자세가 목에 부담을 줄 수 있었기 때문에 옆으로 누워서 하기도 했다. 노트북을 ㄱ자로 꺾어 옆으로 세우면 옆으로 누운 자세에서 느리지만 무엇인가 할 수 있었다.

현묵이 열여섯이던 2015년 6월 '중간계로의 여행' 책임자인 매니저가 『끝나지 않은 이야기』의 공동번역을 해 보자고 제안했다. 이 말을 듣고 '운명처럼' 저 번역은 내 것이라고, 현묵은 받아들였다. 카페에선 매니저의 이 같은 제안 이후 공동번역 얘기는 큰 호응을 얻지 못하고 흐지부지됐다. 하지만 현묵은 고통에 틈이 생길 때마다 번역을 정주행하고 있었다. 그것이 톨키니스트의 자세라고 생각했다.

그리고 조금 더 시간이 지난 2016년 2월 10일, 매니저가 다시 번역 프로젝트 얘기를 꺼내 들었다. 지난해엔 지지부진했는데 다시 시작하자, 이런 내용이었다. 그러고는 『끝나지 않은 이야기』 번역만 올릴 수 있는 비공개 게시판을 만들었다. 현묵은 그간 읽어 왔던 부분을 추려 곧바로 번역을 시작했다. 당대의 고수들이 지켜볼 것이므로 대충 할 수 없었다. 이 공간에선 개인의 스펙과 환경과 사정을 모두 제거하고 오직 올린 글만 본다. '이 번역은 내 거야!'라는 생각이 워낙 강했으므로 현묵은 제일 먼저 번역을 올리고 싶었다.

그해 2월 18일 게시판에 첫 글이 올라온다. 현묵의 번역이었다.

<u>2016. 02. 18.</u>

(『끝나지 않은 이야기』 번역 프로젝트) 1부 1장

[Of Tour and his coming to Gondolin] 첫째 줄.
Rian, wife of Huor, dwelt with the people of the house of hador; but when rumour came to Dor-lomin of the Nirnaeth Arnoediad, and yet she could hear no news of her lord, she became distraught and wandered forth into the wild alone.

후오르의 아내 리안은 하도르가家의 사람들과 함께 살았다. 하지만 도르로민에 니르나에스 아르노에디아드에 관한 소문이 전해졌을 때, 남편의 소식을 어디서도 듣지 못한 그녀는 이성을 잃은 채 야생에서 홀로 방황하게 되었다.

현묵은 3~4일에 한 건씩은 올린다는 계획으로 번역에 임했다. 한 문장을 올리더라도 이 시간은 지키고 싶었다. '번역'은 현묵에게 초등학교 졸업 이후 처음 이뤄지는 '등교'였다. 그리고 등교인 동시에 진도를 빼는 것과 같았다. 그것이 학교 공부와 다른 점은 이건 너무 즐겁다는 사실이었다.

현묵만 열심히 글을 올리는 것이 공동번역을 제안한 매니저 입장에서도 부담이 됐던 것일까. 4월 6일에 매니저가 "등업 이벤트를 한다"는 공지를 올렸다. 6일에서 13일까지, 일주일간 번역을 올리는 사람들 중에 한 사람을 택해 등업—온라인 카페에서 등급을 올리는 행위—시켜 준다는 내용이었다. '중간계로의 여행' 카페엔 주민, 경비병, 경비대장, 영주, 섭정, 왕 이렇게 여섯 개의 계급이 있다. 당시 경비대장이었던 현묵은 일주일간 일곱 개의 번역을 미친 속도로 올렸다. 그리고 영주로 등업이 됐다. 현묵의 학년이 올라간 느낌이었다. 참 이상하게도 다른 사람의 번역 글은 올라오질 않았다. 톨키니스트로 상상을 초월하는 활동을 하는 고수들이 많았지만 이상하리만치 『끝나지 않은 이야기』의 번역에 나서는 이들은 없었다. 이것도 하나의 가상의 작은 동아리라고 한다면, 아니 어떤 조별 과제를 수행해야 하는 거라고 한다면 현묵 혼자 다 해야 하는 상황처럼 느껴졌다. 10대의 현묵은 외롭고 힘들다는 생각이 들어서 번역과 함께 이런 투정 섞인 글도 올렸었다. "저와 같이 번역을 해 주실 분을 찾습니다ㅠㅠ. 혼자서 하자니 솔직히 말하자면 버겁네요ㅠㅠ."

하지만 곧 마음을 고쳐먹었다. 이 번역은 '내 것'인데 누가 같이 해 주지 않는다고 힘들어한다는 건 이상했다. 그것은 오히려 좋은 일 아닌가…… 그러다가 4월 27일에 번역을 올리는 다른 사람이 드디어 나타났다. 현묵이 무려 스물다섯 개의 글을 올린 뒤였다. 그 사람은 장문의 번역을 빠른 속도로 올렸다. 현묵은 압도당하는 느낌이었다. 하지만 그는 곧 레이스에서 사라졌다. 세 번째 사람이 7월 25일에 나타났다. 이 사람도 '와 대단하다' 싶을 정도로 좋은 번역을 올렸다. 하지만 오래 같이 뛰진 못했다. 400페이지짜리 원서를, 그것도 하나의 이야기로 완성된 것이 아닌, 여러 미완성 원고가 이어진 이 책을 어떠한 참조 자료 없이 번역하는 일을 재미있게 느낄 사람은 많지 않은 것 같다고 현묵은 생각했다.

이렇게 번역 업데이트는 수년간 이어졌다. 갑자기 병원에 실려가 실종되기도 했으므로 어떨 땐 두 달 만에 글이 올라오는 일도 있었지만 현묵은 멈추지 않았다. 『끝나지 않은 이야기』 게시판을 본 사람은 이것이 오직 현묵 혼자의 미션이고 홀로 뛰는 마라톤이었다는 것을 알 수 있다. 현묵은 2016년부터 2019년까지 총 93건의 번역 원고를 올렸다. 놀라운 지구력으로, 씩씩하게 탑을 쌓으며 암흑기를 걸어왔다. 눈에 띄지 않을 정도로 천천히 전진했지만 그 결과물은 스트라이더다운 것이었다.

이 시기 현묵의 팔다리는 계속 가늘어지고 있었다. 내출혈로 인한 관절염은 더 심해졌고, 의자에 앉은 채 살짝 발을 내딛는 것조차 힘들어지고 있었다. 중력에 저항하지 못한 현묵의 뼈는 성기고 성겼다. 골밀도는 80대 노인처럼 됐다. 그런 뼈로 인해 근육은 더 빠르게 소실됐다. 뼈만 남은 듯 앙상한 다리가 헐렁한 바지 속에 숨어 있었다. 몸무게는 깃털처럼 가벼워졌다. 하지만 현묵의 지적 체급은 계속 올라갔다. 『반지의 제왕』으로 대표되는 톨킨의 세계에만 빠져 있지는 않았다. 더 많은 다른 저자의 책을 원서로 읽고 그것이 어떻게 번역됐는지 살펴보며 자신의 번역을 되돌아봤다.

아프지 않은 틈이 생기면 엄마는 현묵을 데리고 어디든 나갔다. 현묵이 『실마릴리온』과 『후린의 아이들』을 발견한 대형 서점은 단골 나들이 장소 중 하나였다. 거기서 오랫동안 갖고 싶었던 『얼음과 불의 노래A Song of Ice and Fire』 원서를 발견했다. "오!" 함성을 지르지 않을 수 없었다. 1부 『왕좌의 게임』부터 4부까지 비치돼 있었는데, 엄마를 졸라 모두 사 버렸다.

『얼음과 불의 노래』. 국내에서 이 시리즈를 좀 안다는 사람들은 줄여서 '얼불노'라고 부른다. 현묵은 동의하지 않을 수 있겠으나, 미국의 작가 조지 R. R. 마틴의 이 소설을 두고 "영국에 『반지의 제왕』이 있다면 미국엔 『얼음과 불의 노래』가 있다"라고 말하는 사람도 있다. 다만 두 역작의 창작 시간대는 매우 다르다. 『반지의 제왕』이 영국에서 출간된 것이 1954년이 었고, 『얼음과 불의 노래』의 출판은 그보다 42년 후 인 1996년에 시작됐다. 『얼음과 불의 노래』가 낯선 독자라면 HBO 시리즈 〈왕좌의 게임〉을 떠올리면 된다. 흥행에 크게 성공한 드라마 〈왕좌의 게임〉은 『얼음과 불의 노래』의 1부 제목이다. 1996년 1부를 시작으로 7부까지 나왔고 8부가 나올 수도 있다.

아프거나 혹은 읽거나. 현묵은 『얼음과 불의 노래』를 읽어 내려갔다. 1부의 15번째 장('산사 스타크')을 읽을 때였다. 드디어 이 단어와 마주쳤다. "a two handed greatsword". 이것은 『얼음과 불의 노래』에 관심 있는 사람들에겐 굉장히 유명한 번역 일화다. 정식 한국어 번역본에서는 이 단어가 "손잡이가 두 개인 그레이트소드"라고 되어 있다. 하지만 이 칼은 『반지의 제왕』뿐 아니라 〈리니지〉 같은 게임에 종종 등장하는 '양손으로 손잡이를 잡는— 잡을 수밖에 없는— 길이 180cm 가량의 양날 장검'을 의미한다. 한국어로 번역하자면 '양손대검'이 되어야 할 것 같다. 포털에서 검색하면 쉽게 찾을 수 있다. 아라고른이 두 손으로 거대한 양손대검을 쥐고 오크를 내리쳐 두 동강 내는 장면이 영화에서 종종 나온다. 그런데 역자가 '손잡이가 두 개 달린 그레이트소드'라고 옮기면서 졸지에 '덕후들의 성지'가 되어 버린 사건이었다.

가상의 세계를 배경으로 한 판타지물에는 예스러운 표현들이 많이 나온다. 그중에는 지금은 쓰지 않는 것들도 적지 않다. 처음엔 그 맥락을 이해하기 힘든 것 투성이다. 작가의 다른 작품들을 모두 읽고 나서야 그 뜻을 정확히 알 수 있는 경우도 많다.

현묵의 개인 블로그에는 'a two handed greatsword'가 나오는 페이지의 사진이 올려져 있다. 그저 낄낄대며 웃기 위해서가 아니었다. 책과 랜선으로 작가의 세계와 영어를 접한 현묵에게 이 사건은 특별하게 느껴진 것 같다.

다른 나라 말을 우리말로 옮긴다는 것은 쉬운 일이 아니다. 기자인 내게는 번역에 대한 상당히 부끄러운 기억이 있다. 15년 전의 일이다. 서울대와 하버드대 학부생들이 어떤 책을 많이 읽고 구매하는지 비교하는 기사를 썼다. '가벼운 실용서와 소설 위주의 서울대 리스트'와 '고전이 대부분인 하버드대의 리스트'를 비교하며 우리나라 학부의 교양 교육을 되돌아보자는 취지의 내용이었다.

영어로 된 리스트를 구해 한국어로 옮겨 적었다. 10위까지는 검색도 해 보고 물어보기도 하며 틀린 것은 없는지 점검했는데, 10위 밖은 그렇게 하지 않았다. 하버드대의 16위는 *The plague*라고 표기되어 있었다. 역병이라는 이 단어를 별 생각 없이 한국어로 『플레이그』라고 그대로 옮겨 적었다. 기사 본문에는 없었지만 함께 붙여 놓은 표에는 『플레이그』라는 책 이름이 16위에 기재돼 있었다.

다음날 나의 이메일 '받은 편지함'이 난리가 났다. 세상에서 가장 유명한 고전이 무엇인지 알아보지도 못하는 자가 교양 운운하며 대학 교육을 지적하고 있다는 항의 메일들이었다. 이 책은 알베르 카뮈의 『페스트La Peste』였다. 그것을 영어로 옮기니 *The plague*가 된 것이다. 기사의 표에 나와 있는 이 책의 제목은 당연히 '페스트'여야 했다. 결국 나는 다음날 '플레이그'라는 표기가 '페스트'라고 해야 맞다는 것을 고백하는 '바로잡습니다'라는 글을 지면에 실어야 했다.

고단한 번역의 마라톤에서 10대의 현묵은 어떻게 저렇게 버텨 낼 수 있었을까, 이런 생각을 하다 과거 나의 부끄러운 기억이 스치듯 지나갔다. 다른 언어를 우리 언어로 옮기는 건 번역가의 밑천을 쉽게 드러내는 일이다. 번역가는 언제든 우스운 실수를 저지를 수 있다. 번역이 사람을 우습게 만든 사례는 수없이 많으며, 『반지의 제왕』 초기 판본들은 그런 사례의 결정체다. 알려지지 않거나 관심을 받지 못했을 뿐이다. 독자의 이해를 돕기 위해, 정말 유명한 사례를 들어 보자면 바로 영화 〈어벤저스: 인피니티 워〉의 오역 사건이다.

인피니티 스톤을 모두 모은 타노스가 손가락을 튕겨 존재의 절반을 소멸시키면서 영화가 끝난다. 엔딩 크레딧이 올라간 뒤 다음 시리즈와 연결되는 쿠키영상이 나온다. 사람들이 사라지는 엄청난 사건을 목도한 닉 퓨리가 캡틴 마블에게 연락하려는 순간 재가 되어 사라지면서 이런 대사를 뱉는다. "Mother

Fu……(이런 젠……)" 하지만 번역 자막은 이렇게 떴다. "어머니……" 갱 영화에서 거칠게 내뱉은 "Jesus Christ!"를 "예수님!"이라고 번역한 꼴이었다. 이 사건으로 인해 〈어벤저스〉의 유명한 번역가는 다른 오역까지 탈탈 털려버렸다. 사실 밝혀지지 않았을 뿐 우리나라의 내로라하는 번역가들의 과거 번역을 들추면 엄청난 오역들을 수없이 밝혀낼 수 있을 것이다.

번역이란 이렇게 위험한 일이다. 그런 일을 아무 경험도 없는 10대의 현묵이 부여잡고 해나갔다는 것이 놀라웠다. 무엇보다 카페에 올린 그 번역을 출판사가 검토하면서 "경력은 중요하지 않으니 맡기면 된다"고 판단했다고 하니, 그것이 정말 놀라웠다.

톨킨이 좋고 영어가 재미있어서 '아프거나 읽거나 번역하거나' 이렇게 계속 즐길 수 있는 것은 아니었다고, 인터뷰를 하면서 나는 생각했다. 현묵을 꿈틀하게 만들고 지속적으로 동기 부여를 한 '지적 세계의 아이돌'의 역할 또한 무시할 수 없다. 그중 최고의 아이돌은 단연 '테시'였다. 카페 '중간계로의 여행' 초기 멤버로 카페의 초석을 닦은 인물이자 2대 매니저다. 테시는 의심의 여지가 없는 진짜 톨키니스트다. 톨킨의 세계에 대한 이해가 완벽하고 사소한 것까지 놓치지 않고 찾아내 읽었으며 날카로운 비평 능력을 가졌다. 심지어 문장력까지 대단했다. 테시가 자신의 블로그에 올린 '톨킨에 대한 이야기'는 늘 현묵의 상상을 초월했다. 경외감이 들 정도였다. 현묵은 '테시처럼 되고 싶다'는 생각을 수없이 했다. 톨키니스트로서 국내에 번역되지 않은 책에 도전한 것도 테시처럼 어떤 세계를 구축하고 싶어서였다.

테시는 자신의 블로그에 '『반지의 제왕』의 국내 번역사'에 대해 여러 차례 글을 올렸다. 1954년 영국에서 출판된 『반지의 제왕』이 한국에선 어떻게 번역되어 왔는지 추적하는 글이다. 판본마다 번역이 어떻게 바뀌어 왔는지 단어 하나하나 변천사를 기록했을 뿐 아니라, 그것에 대한 엄격한 비평까지 남겼다. 이것은 진정한 톨키니스트라면 당연히 해야 할 일을 한 것인지도 모른다. 톨킨은 "신화 세계의 번역가, 전달자"로 스스로를 칭했다. 후대에 글을 읽는 모든 이에게 '번역의 근원, 번역의 지침'을 끊임없이 고민하게 만든 위대한 작가이자 학자였다.

테시는 글의 끝에 "이 영광을 톨킨 교수님에게 돌린다"는 문장을 마치 기도문처럼 올리곤 했다. 덕질이 아니라 탐구이며, 탐구 대상에 대한 무한한 존경 같은 것들이 그의 글에서 느껴졌다.

1988년 동서문화사는 일종의 문학 전집 시리즈를 냈다. 그중 열일곱 번째 책이 톨킨의 『반지의 제왕』이었다. 테시는 이 책에 대해 "일본어판을 그대로 한국어로 번역한 것"이라고 설명했다. 공식 판권을 얻어 출판한 것이 아닌 해적판이었다. 어린이 독자를 겨냥한 듯 전래동화처럼 옮겨진 번역은 끔찍했다. 어쨌든 이것이 최초로 한국에 소개된 『반지의 제왕』

이었다. 테시는 1991년 예문에서 낸 『반지 전쟁』을 사실상 첫 한국어 번역판으로 봐야 한다고 했다. 예문의 이 번역본에는 '개척자로서' 번역가들의 상당한 고민이 담겨 있는 것으로 보인다고 평가했다. 하지만 이것도 정식으로 저작권을 확보하지 않은 해적판이었다.

번역에 대한 평가보다 더 놀라운 것은 이런 대목이었다. "(19)91년 예문 판본은 오래 전에 절판되었습니다. 딱 한 번 제가 어떤 헌책방 점포정리 현장에서 목격한 적이 있긴 해요." 테시 당신은 도대체……

그리고 영화 〈반지의 제왕〉이 개봉된 2001년, 역사적인 번역서가 나온다. 저작권사로부터 공식적으로 저작권을 획득하고 완역한 최초의 책으로 출판사 황금가지에서 낸 『반지의 제왕』이었다. 당연히 이 책은 단번에 국내 번역본 중 독보적인 위치에 오르게 된다. 'The Lord of the Rings'의 Lord를 '제왕'으로 번역하는 것이 맞느냐는 논쟁과 번역에 대한 여러 아쉬움이 있었으나 그 가치는 큰 것이었다. 영화의 인기에 힘입어 이듬해인 2002년 동서문화사가 황당하게도 또다시 해적판을 내놓았다. 테시는 이것이 최악의 번역이며, 심지어 1988년 번역을 사실상 그대로 옮겼고, 말도 안 되는 허위광고를 했다고 지적했다. 표지 제목 위에 "한국톨킨학회번역상 수상"이라고 쓰여 있는데, 테시의 취재에 의하면 이런 단체는 존재하지도 않았다. 그는 "이런 허튼 책을 사는 데 돈을 쓰지 말라"

는 말로 일갈했다.

영화의 인기에 영합하려는 이런 황당한 책이 나온 해에 출판사 '씨앗을 뿌리는 사람'에서 두 번째로 저작권을 사서 『반지의 제왕』시리즈 완역판을 냈다. 하지만 테시는 이 번역본을 신랄하게 비판한다(자세한 내용은 테시의 블로그 https://blog.naver.com/waitmorning에 담겨 있다).

테시의 글은 2010년대 중반에 쓴 것이어서 이 내용이 담겨져 있지 않지만, 2021년 초 출판사 아르테에서 『반지의 제왕』시리즈를 재출간한다. 그러면서 『실마릴리온』과 『후린의 아이들』그리고 지금까지 번역 출간되지 않은 『끝나지 않은 이야기』의 출판 작업을 진행한다. 특히 『끝나지 않은 이야기』는 한때 덕후들에게 '상위 문서'라고 불릴 정도로, 톨킨의 더 깊은 세계로 들어가는 징표와도 같은 느낌을 주는 그런 책이었다. 이들 번역서의 '옮긴이의 말'에는 씨앗을 뿌리는 사람 번역판본에 참가했던 이들의 반성과 번역에 대한 결연함이 담겨 있다. 그리고 당대의 덕후 고수들이 이른바 '번역 원정대'라는 애칭을 받으며 번역 자문으로 대거 참여한다. 현묵 역시 그 멤버 중 하나이며 공식적으로 『끝나지 않은 이야기』를 번역한 최초의 한국인이 된다.

테시가 대단한 것은 그저 시중에 난무하는 비난 수준의 언급에 멈춘 것이 아니라, 직접 번역된 표현들을 하나하나 정리, 분석, 비교하는 작업을 했다는 점이다. 무엇보다 탁월한 작업은 예문, 황금가지, 씨앗을 뿌리는 사람에서 출간한 『반지의 제왕』의 세 가지 판본의 표현들을 비교한 글이다. 원문 표기가 이들 세 판본에서 어떻게 변화했는지 한눈에 들어올 수 있게 장대한 표를 만들어 제시했다. 테시는 "며칠 동안 비지땀을 흘려 작업한 결과"라고 느긋하게 얘기했으나, 이 글을 읽은 사람들은 알 것이다. 테시는 이 모든 것을 다 읽었을 뿐만 아니라 완벽하게 이해하고 있었기 때문에 며칠간의 정리로 가능했으리란 사실을 말이다. 로마는 하루아침에 만들어질 수 없다.

이런 것은 사실 테시가 올린 글의 아주 일부에 불과하다. 『반지의 제왕』에 등장하는 인물의 나이를 유추해 나가는 과정도 기가 막히다. 소설에 등장하는 문장紋章의 의미를 추적하고 각 인물의 가계도를 완성하기도 했다. 톨킨의 작품에 등장하는 요정의 언어로 된 시를 그 시어 하나하나에 담긴 요정족의 역사까지도 반영해 번역해 올리기도 했다. 테시의 지평은 톨킨을 넘어 『그리스 신화』, 『성경』, 『아서왕 이야기』, 심지어 영국의 록 그룹 퀸Queen의 프레디 머큐리Freddie Mercury까지 광대했다. 테시는 『실마릴리온』의 내용을 본격적으로 국내에 알린 인물이기도 하다. 무엇보다 세상에 이처럼 '있어 보이는 글'을 쓰는 사람은 현묵에겐 처음이었다.

테시는 현재 법조인이며 2016년 4월에 변호사 시험에 합격했다. 오랜 기간 글을 올리기 힘들 때 그 이유를 블로그를 통해 공개했는데, 거기엔 시험 합격 소식도 포함돼 있다. 그가 공개한 실명과 정황 등으로 그가 여성이라는 점도 알 수 있다. 판타지 덕후에는 스테레오 타입이 존재한다. 왠지 남성일 것 같고, 전형적인 룸펜으로 보이는 외모일 것 같은 느낌. 하지만 여기 이 절대 고수는 그런 고정관념을 깨는 사람이었다.

테시의 등장은 현묵에게 어떤 면에서는 시기적으로 유효 적절했던 것 같다. 그가 블로그를 통해 변호사 합격 소식을 알린 것이 2016년 4월이었다. 열일곱 현묵이 『끝나지 않은 이야기』 번역과 고군분투하고 있을 때였다. 테시의 표현을 빌리자면 '중간계로의 여행'은 '톨킨 팬덤의 총본산'이다. 바로 그 총본산에서 현묵의 계급이 경비대장에서 영주로 올라간 것이 바로 2016년 4월, 테시가 변호사 합격을 알린 그해 그달이었다. 나는 테시가 현묵에게 톨키니스트가 되겠다는 동기 부여 그 이상을 했다고 생각한다. 한편으론 공자가 말한 '공부의 즐거움'을 깨우쳐 주기도 했겠으나, 때론 가장 세속적인 목표를 제시한 것은 아니었을까. 현묵은 카페 '중간계로의 여행'에 존재하는 몇몇 고수들을 언급하며 말할 수 없는 존경을 표했으나 '아이돌'이라는 표현을 쓴 것은 테시가 유일하다. 테시는 10대 현묵의 아만이 아니었을까. 톨킨의 세계에선 최고의 실력자, 현실 세계에선 멋진 직업을 가졌으며 취향 또한 다채롭고 고급스러운 어떤 어른. 그것은 난치병과 중증 장애를 가진 현묵이 생각할 수 있는 최고의 경지이며, 그래서 그건 다다를 수 있는 경지가 아니라 하늘에 떠 있는 별, 스타, 아이돌이라고 부를 수밖에 없지 않았을까. 저렇듯 번듯한 덕후를 보며 열일곱 현묵의 마음은 몹시 뛰지 않았을까.

어제보다 퇴보한 내일을 그리는 사람은 세상에 없다. 누구나 내일은 오늘보다 나을 것이라고 기대한다. 이런 바람은 인간의 본능이다. 그 본능의 발현 지점에 있던 아이돌 테시는 현묵이 끝까지 미션을 완수하는 데 큰 동력이 됐을 것이다.

앞서 현묵의 번역을 '홀로 뛰는 마라톤'에 비유한 적이 있다. 하지만 이제는 단단한 암석, 돌멩이라고 표현하고 싶다. 오랜 기간 아주 일관되게 쌓이고, 때론 열과 압력으로 단련된 매우 밀도가 높은 단단한 퇴적물, 돌멩이.

2011년 5학년 운동회 날.
학교에 마련된 전동휠체어를 타고 친구들과 어울렸다.

7

최초의 공적 호명

그리하여 그 퇴적물은 누가 봐도 괜찮은 멋진 탑이 되어 있었다.

2018년 출판사 아르테는 『반지의 제왕』의 저작권을 사들인 뒤 이 책을 다시 번역하기 위해 왕년의 번역가들을 다시 모셨고, '중간계로의 여행'을 찾아 일종의 '번역 자문 길드'를 구성했다. 그뿐 아니었다. 국내에 아직 번역된 적 없는 『끝나지 않은 이야기』도 번역 출간하기로 계획했다. 문제는 번역가였다. 『끝나지 않은 이야기』의 이야기를 이해하고 있는 번역가는 『반지의 제왕』, 『호빗』, 『실마릴리온』, 『후린의 아이들』을 번역하느라 시간이 되지 않았다. 출판사 측은 이 장대하고 난해한 번역을 누구에게 맡길 것인지 여기저기를 탐문했던 것 같다.

역시 기대한 대로 톨킨 팬덤의 총본산 '중간계로의 여행'에서 그 주인공이 기다리고 있었다. 『끝나지 않은 이야기』를 번역해 낼 수 있는 사람. 아니 정확히는 이미 많은 부분을 번역한 사람. 수년에 걸쳐 정기적으로 카페에 올라온 번역을 보며 출판사 담당자는 계획한 시간 내에 탈고가 가능할 것이라고 판단했던 것 같다. 그리고 번역가들에게 이 번역이 괜찮은 것인지 묻지 않았을까. 이미 네트워크가 형성된 '중간계로의 여행'의 고수들에게도 팩맨의 평판을 묻지 않았을까. 그렇게 검토를 하고 팩맨 아니 카페의 부매니저 현묵에게 연락하지 않았을까.

2020년 초였던 것으로 현묵은 기억한다. '아르테'라는 닉네임을 가진 사람이 현묵에게 자신의 번역 프로젝트에 대해 설명하는 메시지를 카페 채팅을 통해 보냈다.

"저희가 2018년 7월 출판 권리를 샀습니다. 그런 뒤에 여러 작업을 준비하느라 시간이 좀 흘렀습니다."

"아, 알고 있죠. 저희가 그 소식을 듣고 얼마나 열광한 줄 모르실 거예요. 드디어 『끝나지 않은 이야기』가 번역돼 나오다니!"

"실은 그 번역을 부매니저님께 부탁드려도 될지, 저희가 고민하고 있습니다."

그런 채팅이 있고 얼마간 또 시간이 흘렀다. 기대를 한다기보다, 정말로 그들이 다시 연락해 올 것이란 예감이 들었다. 기분 좋은 상상이었다. 현묵은 그때를 떠올리며 이런 말을 했다. "지금까지 내 세상은 이 방구석이 전부였는데 이제 드디어 양지로 나오는 것인가, 이런 생각을 하면서 혼자 실실 웃기도 했죠." 그리고 곧, 2020년 2월 12일 출판사에서 메일이 왔다. 사실상 번역 계약을 제안하는 공식적인 메일이었다.

부매저니님께.

채팅으로 인사드린 지 한참인데 이제야 메일을 드립니다.

반갑습니다~. 어떤 분이실까 무척 궁금합니다.

(중간계로의 여행)운영진 측에 이런저런 경로로 저희 기획 방향을 말씀드렸기에, 어느 정도는 아실 거라고 생각합니다만, 특히 팩맨님과는 『끝나지 않은 이야기』 관련 번역과 콘텐츠 개발 쪽을 좀 더 깊이 의논하고 싶었어요.

저희가 2021년까지 출간하려는 톨킨 책들이 꽤 됩니다만, 문제는 톨킨 책을 번역하기가 정말 쉽지 않다는 것이죠. 현재 번역가 세 분이 계시지만, 함께해 주실 톨킨 전문 번역가들이 절실합니다. 『끝나지 않은 이야기』는 아마존 미드 때문에 출간을 확정한 타이틀이고, 가능하면 2021년 상반기에 출간하고 싶습니다. 그래서 팩맨님께서 만드신 번역 원고들에 관심을 갖고 있어요. 그 외에도, 현재 개발 중인 타이틀의 편집, 내용 검토 작업 등에 팬카페 분들의 도움이 절실합니다(보통 사람들은 봐도 잘 모르는 내용들이라……).

2월 중에는 움직이기가 쉽지 않다고 하셨지요. 시간을 잡아주시면 제가 찾아뵙도록 하겠습니다. 해외만 아니라면 어디든…….

"해외만 아니라면 어디든". 2월 중에는 움직이기 쉽지 않다고 했지만, 그건 3월에도 4월에도 마찬가지였다. 현묵은 출판사 직원들과 대면하는 것이 처음엔 꺼려졌다고 했다. 지금까지 진 글만 가지고 얘기했다면, 이제부턴 자신의 모습을 보여 주며 얘기해야 하기 때문이었다. '나 따위가 무슨?' 이런 생각에 자신도 없었다.

이메일에 첨부된 PPT 자료에는 '이것이 왜 사업성이 있는지'에 대한 출판사의 판단이 들어 있었다. 톨킨 매니아층이 기본 소비 집단이지만, 드라마 방영 이후 판타지 소설에 관심 있는 독자로 소비층이 크게 확대될 것이라는 내용이었다. 여기에 아마존 프라임의 시리즈가 기회로 작용할 거란 분석도 들어 있었다. 이 번역으로 시장에서 승부를 볼 수 있다는 의미였다. 영화나 소설에서만 봤던 '공적인 업무'가 현묵의 방문을 노크하고 있었다.

이럴 땐 소울메이트 엄마에게 문의해야 했다. 엄마는 "우리 아들이 이렇게 대단하다"며 호들갑을 떨어 줬다.

"이미 검토를 끝내고 연락을 주는 거라잖아. 못 만날 게 무어야!"

"그렇겠지?"

현묵은 답장을 보냈다. 괜찮으시다면 집으로 와 달라고 했다. "해외만 아니면 어디든" 가겠다고 했던 출판사는 답장을 받고 빛의 속도로 움직였다. 첫 메일을 보낸 뒤 이틀 만인 2월 14일 집으로 찾아온 것이다. 책임자와 실무자 두 사람이었다. 현묵은 바퀴 달린 의자에 앉은 채로 그들을 맞이했다. 두 사람은 현묵의 다른 것에 대해 묻지 않았다. 책상이 있는 공부방—엄마의 직장으로 쓰이는 작은 방—에서 번역에 대해 공적인 얘기를 나눴다. 모든 일에 함께하던 엄마는 그 자리에 없었다. 대화의 대부분을 알아듣지 못할 것이기에 현묵은 혼자 보는 것이 좋겠다고 했고, 엄마도 당연하다고 받았다.

"보내주신 이메일 잘 읽었습니다. 아마존 프라임에서 시리즈를 준비하는 건 기대가 크죠. 우려도 있지만."

"어떤 우려 말씀이시죠?"

"혹시 실망스러울 수 있으니까요."

"아, 하하. 어찌되었든 시장에서는 영화만큼이나 기대를 받고 있어요. HBO 〈왕좌의 게임〉 이후 이런 수요가 대단히 크다는 것이 증명됐고요."

〈왕좌의 게임〉을 거론하지 않더라도 이미 〈반지의 제왕〉은 영화로 그 막대한 영향력을 확인했으니까. 그 대작이 전 세계 콘텐츠 시장을 지배하는 OTTOver The Top에 의해 다시 제작된다는 것은 의미심장했다.

"이 드라마가 2021년에 나올 예정이고*, 저희로선 올해 이 번역을 맡아 줄 분이 필요합니다."

"올해요?"

* 아마존 프라임은 코로나19 여파로 제작 일정이 늦어져 드라마 〈힘의 반지The Ring of Power〉 시리즈 방영 시작을 2022년 9월로 예고하고 있다.

"네, 올해 2020년이요."

"그런데 왜 저인가요? 저의 무엇을 보고?"

"이미 모든 검토를 마쳤습니다, 부매니저님."

'중간계로의 여행 부매니저'. 그것은 생애 처음으로 육성으로 불려진 현묵의 공적인 이름이었다. 2020년, 한국 나이로 스물한 살이 된, 만으로 스무 살이 채 되지 않은 2000년생 현묵이 처음으로 공적으로 호명되는 순간이었다. 어른의 말을 쓰는 카페가 좋았던 소년은 이제 어른이 됐다. 소름이 돋고 전율이 일었다. 출판사 사람들과 말하는 매 순간이 떨렸다. 동시에 엄청난 위기감 같은 것이 엄습했다.

"김번 교수님이랑 김보원 교수님도 계시고 이미애 번역가님도 계시고……"

"그분들은 이미 번역할 책이 결정됐습니다. 『반지의 제왕』을 다시 손보셔야 하고, 『실마릴리온』과 『후린의 아이들』도 다시 손봐야 합니다."

"제 번역은 아마추어 수준입니다. 저는 아무 경력도 없습니다."

"앞서 말씀드렸듯이 충분하다고 저희가 내부적으로 판단을 끝냈습니다. 톨킨의 책은 영어를 잘한다고 번역할 수 있는 게 아니라는 사실을 저희는 잘 알고 있습니다. '중간계로의 여행' 운영진이 그간 축적해 놓은 번역과 관련된 데이터베이스가 있다는 것도 잘 알고 있습니다. 저희가 여러 곳에 자문을 받을 계획입니다. 이번 번역 프로젝트는 지금까지의 것과는 확실히 다르다고 자신 있게 말씀드릴 수 있습니다."

손사래를 치면서도 현묵은 그것을 놓치고 싶지 않았다. 아니 죽어도 놓칠 수 없는 것이었다. 현묵이 이 책의 가치를 짧게 말했다.

"아들 크리스토퍼 톨킨이 지난달(2020년 1월)에 돌아가셨잖아요. 그가 없었으면 톨킨의 책 대부분은 빛을 보지 못했을 겁니다."

출판사 사람들이 답했다.

"네, 맞습니다. 『끝나지 않은 이야기』를 처음 소개하는 역사적인 일 아니겠습니까."

그때까지만 해도 현묵은 이 번역을 자신이 대부분 홀로 맡을 것이라고 생각하지 못했다.

"설마 제가 주번역가는 아니죠?"

"주번역가 맞습니다. 혼자 해 주셔야 합니다. 저희는 팩맨 님이 전부 맡아 주셨으면 하는 바람입니다."*

'이 사람들이 어쩌려고 이러나?' 현묵에겐 이런 생각이 밀려들었다.

"언제까지인가요?"

---

* 현재 이 책은 '톨킨문학선'의 대표 번역가인 김보원 교수의 감수와 수정을 더해 두 역자의 공동 번역으로 조정되었다.

"올여름까지 탈고해 주셔야 합니다."

잠시 생각하다 이내 대답했다.

"네, 그렇게 하겠습니다."

출판사 사람들이 자리에서 일어났다. 부엌 어디쯤에서 숨죽이고 있던 엄마가 후다닥 달려와 인사하며 갑자기 입시에 관한 얘기를 꺼냈다.

"저, 죄송한 질문입니다만, 번역 활동이 입시에 도움이 되겠지요?"

엄마는 2019년 여름 신약을 만난 뒤 내출혈이 거의 사라져 본격적으로 공부를 할 수 있게 된 아들의 입시에 모든 관심이 집중돼 있었다. "엄마!" 현묵은 강력한 눈초리로 엄마의 말을 끊고는 상냥한 얼굴로 출판사 사람들을 돌려보냈다. 그리고 엄마에게 이날 있었던 일을 모두 얘기했다. 엄마는 사색이 됐다.

"번역, 그거 해야지. 당연히 해야 한다고 생각해. 그런데 입시 끝나고 탈고한다고 출판사 사람들에게 말하면 안 될까?"

"싫은데."

"왜?"

"이게 중요하니까."

엄마는 더 따지지 않았다. 현묵은 번역 계약을 하기로 결정할 때 "입시는 전혀 변수가 되지 않았다"고 말했다.

"고졸 검정고시도 봐야 하고 수능도 치러야 하는데 큰일 났다? 그런 생각은 전혀 안 들었어요. 수능 따윈 사실 어떻게 돼도 상관없었어요. 대입을 준비한다는 건 진로를 고민한다는 거고, 어떤 인생설계를 한다는 의미였는데, 주구장창 방구석에만 있던 내게 그게 뭐 그렇게 중요한 일이었겠어요. 무려 『끝나지 않은 이야기』의 국내 최초의 번역가가 되는 기적 같은 일이 저에게 벌어졌는데요. 정말 행복했어요."

나는 엄마의 반응이 궁금했다.

"엄마는 난리시지 않았니?"

"그러지 않으셨어요. 가끔 잔소리를 했지만요."

"그래서 그때부터 매달린 거야?"

"그건 아니었어요. 이미 해 놓은 번역이 있었으니까요. 엄마 말대로 공부를 완전히 다 접을 순 없었어요. 나름대로 계획을 짰어요. 5월에 고졸 검정고시가 있으니 그때까진 수능을 같이 준비하면서 검정고시를 치르자고 생각했어요. 그리고 6월부터 8월까지 번역을 마무리하면 되겠다, 이런 계획을요."

이런 아들에게 엄마가 뭐라고 할 수 있었을까.

"계획대로 됐어?"

"어디 보자…… (메일 기록을 뒤져 보더니) 9월 26일 0시에 마지막 원고를 메일로 보냈네요."

"그럼 8월까지가 아니라 9월까지 넉 달 이상이었네."

"그랬네요, 세상에."

"남 얘기하듯 하네."

"어떨 땐 모든 게 남 얘기 같을 때도 있어요."

8

각성의 한여름 밤

난치병에 잠식됐던 시련의 계절이 물러나면서 (현묵의 표현대로 말하자면) "전투력이 만전滿電이 된—'만전'은 '충전이 다 된 상태'라는 뜻. '전투력이 만전이 되다'는 온라인게임에서 유저들이 자주 쓰는 '만렙이다'와 유사한 의미다— 상태였어요."

장애는 영구히 남았지만 남들보다 불리한 여건이라는 생각은, 이상하리만치 그런 생각은 들지 않았다. 고통에 갇혀 있지 않았으므로 부지런히 의자에 앉아 작업을 할 수 있었다. 현묵은 낮엔 빈둥거리고 싶은 나태함 탓에 늘 저녁이 되어서야 작업에 몰두할 수 있었다고 했다. 빈둥거리고 싶은 마음 때문이었다고 말을 하긴 했지만, 현묵은 여러 가지 면에서 밤이 편했던 것 같다. 통증과 불면은 친구처럼 늘 붙어 다녔다. 깊은 밤 옅은 잠을 비집고 들어오는 심연에서 올라오는 통증은 언제나 각성으로 이어졌다. 그런 시간의 경험이 축적되면서 정신은 밤에 더 또렷해졌다. 그리고 아침이 되면 지쳐서 잠들곤 했다. 이제 그런 통증은 사라졌지만 몸과 정신은 지금도 밤이 되어야 스위치가 켜지는 듯했다.

그렇게 언제나 저녁 8시에 책상 스탠드가 켜졌다. 노트북을 펼친다. 그리고 하퍼콜린스에서 출판한 『끝나지 않은 이야기』 원서 파일을 화면에 띄운다. 다른 윈도우에는 메리엄웹스터Merriam-Webster 사전과 케임브리지 사전을 올린다. 포털을 통해 영한사전도 띄운다. '중간계로의 여행' 고수들과 함께 작업한 번역 데이터베이스 엑셀 파일—그간 번역의 오류를 극복하기 위해 덕후들이 직접 만든 문서—을 함께 윈도우에 띄운다. 그리고 번역을 하는 한글 파일을 연다. 이렇게 여섯 개의 윈도우가 기본이다. 현묵은 여기에 늘 두세 개의 창을 더 띄웠다. 『반지의 제왕』 원문과 『반지의 제왕』 번역본 파일이다. 이를 통해 원문의 일관성을 확인하고, 기존 번역서와 일관성을 유지하기 위해 노력했다. 현묵이 작업하고 있는 『끝나지 않은 이야기』는 한국인 독자 기준으로 '최신 톨킨 번역작'이 될 것이기에 더 조심스러웠다. 현묵은 신인 중의 신인이었다. 등단하지도 않은 작가가 소설을 출간한다고 달려든 것이나 마찬가지였다. 번역 실수가 신인의 어설픔으로 이해되는 상황을 현묵은 원치 않았다. 적게는 여섯 개, 많게는 열 개의 윈도우를 띄운 채 작업을 해 나갔다. 그렇게 2020년 한여름의 밤은 하얗게 밝혀졌다.

검정고시는 5월 23일에 치렀다. 출판사는 마치 현묵의 일정을 꿰고 있다는 듯, 바로 그 즈음에 원고의 일부를 요구하는 메일을 보냈다. "지금까지 작업한 번역을 보내 주실 수 있겠습니까?"'아, 큰일 났다!' 마감 신호가 오기 시작한 것이다. 글을 써 본 사람은 알 것이다. 마감이 다가왔을 때의 거대한 압박감을. 그래서 작업을 독려해 마감을 지키게 하는 것은 출판사 편집자의 숙명 같은 일이다. 압박감이 현묵에게 밀려왔다.

지금까지 작업한 분량을 요구한 출판사의 메일이 도착한 것은 5월 13일이었다. 고졸 검정고시 열흘 전이다. 번역해 놓은 것 중 샘플이 될 수 있는 한 장을 골라 우선 출판사에 보냈다. 그리고 곧 출판사의 피드백이 왔다. 빨간펜 선생님처럼 표현과 어감을 수정해 보내기도 했다. 출판사는 "이런 식으로 표현해 보면 어떻겠느냐는 뜻일 뿐"이라고 했지만 초보 현묵은 그렇게 가볍게 받아들일 수 없었다. 발등에 불이 떨어졌다. 현묵은 탈고할 때까지 입시를 머릿속에서 지우기로 했다. 사실 그 메일을 받은 순간 공부는 다 지워졌다. 그렇게 순식간에 검정고시가 지나가고 6월이 급하게 시작됐다. 현묵의 방 창문은 베란다를 향해 있다. 책상에 앉으면 왼쪽으로 창문이 있다. 여름은 해가 길었으므로, 창문으로 들어오는 노을과 땅거미, 그리고 짙은 어둠을 뚫고 나오는 여명을 매일매일 느끼고 볼 수 있었다. 한여름 밤의 번역은 끝이 없었다.

앞서 대학 면접 장면에서 서술한 원서의 오류를 고친 일화 역시 2020년 여름밤에 이뤄진 일이다. 『끝나지 않은 이야기』를 꼼꼼히 다시 읽으며 톨킨의 다른 작품과의 일관성을 해친 게 없나 살펴보던 어느 날이었다. 습관처럼 혼잣말로 "어디 보자……" 하며 읽던 중이었다.

> 서쪽으로는 앙그렌강이 아도른강과 교차하는 지점에서 시작
> 해 앙그레노스트의 외벽까지 북쪽으로 이어지고, 거기서부
> 터 팡고른 숲의 처마를 따라 서북쪽으로 이어지다 맑은림강
> 까지 닿으며……

"말도 안 돼!" 현묵은 한밤중에 혼잣말을 했다. 그리고 오른쪽 방문에 붙어 있는 가운데땅의 지도를 고개를 돌려 바라봤다. 팡고른 숲에서 맑은림강으로 이어지는 방향은 '서북쪽'이 아니었다. 그것은 명백히 '동북쪽'이었다. 혹시 문맥적인 의미가 있는가 하고 앞뒤를 여러 번 읽어 봤지만 그렇지 않은 것 같았다. 『반지의 제왕』등 다른 톨킨의 책에 이 같은 묘사가 있는지 찾아봤지만 그런 부분은 없었다. 또 자신이 가진 판본 외에 여러 다른 판본을 찾아봤다. 1980년 최초 출간부터 지금까지 한결같이 '서북쪽'이라고 표기돼 있었다.

'직관적으로 봐도 저 방향은 동쪽 아닌가!' 이 문제는 반드시 짚고 넘어가고 싶었다. 이것을 그냥 두고 원문에 충실한 번역을 하는 것은 번역가로서도, 톨키니스트로서도 면목이 없는 일이라고 생각했다. 하퍼콜린스와의 이메일 소통은 이렇게 시작됐다. 그리고 현묵의 시도는 기어코 오기誤記의 수정으

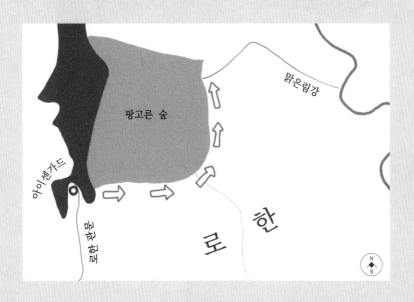

맑은림강

팡고른 숲

아이센가드

굽군 령골

한

로

N
S

현묵이 그린 가운데땅 지도 중 일부

로 이어졌다. 이것은 1980년 출판된 지 만 40년 만에 이뤄진 수정이었다.

이후 현묵은 번역을 하다가 벽에 부딪히거나 의문이 생기면 한국의 빅팬 자격으로 하퍼콜린스의 문을 두드렸다. 이 영국 출판사는 친절하면서도 매우 빠르게 정확한 답을 줬다. 답을 주는 직원의 이름도 여럿이었다. 피오나Fiona, 오드리Audrey, 스튜어트Stuart 등등의 하퍼콜린스 직원들이 보내준 답장을 보며, 이곳이 단순히 책을 찍어 내는 곳이 아니라는 것을 알 수 있었다. 하퍼콜린스는 전 세계 톨킨의 팬덤을 지켜 내는 지식의 사령부였다. 직원 한 명 한 명이 이런 답변을 척척 할 수 있다는 사실이 너무나 놀라웠다. 출판이란 정말 엄청난 일이라는 것을 깨닫게 됐다. 그 일원이 된 것이 감격스러웠고 동시에 정신이 바짝 들 정도로 무서웠다.

7월 하순, 여름의 한가운데를 지나고 있을 때였다. 『끝나지 않은 이야기』의 3장을 번역하다 이런 표현에 부딪혔다. "the sturdy heavy-booted Dwarves with their old burning grudge……" "옛적의 타오르는 원한을 간직한 굳세고 'heavy-booted'한 난쟁이들……?" '두꺼운 장화의' 정도로 해석하면 되는 것인지, 관용적 표현인지 싶어 영영사전을 뒤져 봐도 'heavy-booted'란 표현은 나오지 않았다. 용례도 찾을 수 없었다. 일반적인 관용 표현은 아니었다.

『반지의 제왕』과 아주 밀접하게 연결된 부분이어서 다른 톨킨의 저서를 단어를 찾는 단축키 'Ctrl+F'를 이용해 반복해 찾았지만 같은 표현은 발견하지 못했다. 바로 뒤 문장에 나오는 'soft-footed Hobbit발이 보드라운 호빗'과 대구되는 표현이기에 유추해서 직관적으로 해석할 수도 있었다. 하지만 뭔가 찝찝했다. 그래서 또 하퍼콜린스의 문을 두드렸다.

2020. 07. 24. 20:30

한국의 팬입니다.

'heavy-booted'라는 표현에 특정한, 관용적 의미가 있나요?

『끝나지 않은 이야기』의 '에레보르 원정The Quest of Erebor' 장을 읽던 중 간달프가 빌보의 소식을 들은 후로 세 가지 고민거리가 하나로 합쳐졌다고 회상하는 대목에서 이런 문구를 봤습니다. "옛적의 타오르는 원한을 간직한 굳세고 'heavy-booted'한 난쟁이들".

제가 알고 싶은 것은 'heavy-booted'의 구체적인 의미입니다. 아마 단순히 난쟁이들이 발에 신던 게 무겁다는 의미로 쓰인 건 아니라고 생각하는데, 혹시 그런 의미일까요?

이 이메일에서 영화 〈반지의 제왕〉의 인기 캐릭터인 마법사 간달프, 그리고 영화 초반 간달프와 막역한 사이로 나오는 호빗 빌보의 이름이 등장한다. 빌보는 프로도에게 절대반지를 물려준 바로 그 인물이다. 『끝나지 않은 이야기』에는 간달 프가 반지전쟁이 모두 끝난 뒤 주변 사람들에게 "그때 내가 왜 그랬냐면……" 이런 식으로 숨겨진 이야기를 들려주는 장 이 있다. '그땐 잘 이해되지 않았겠지만 실은 이런 엄청난 이 유와 배경이 있었던 거야'라는 썰을 푸는 식이다.

간달프의 썰은 톨킨의 또 다른 저서 『호빗』으로까지 거슬 러 올라간다. 『반지의 제왕』의 도입부로부터 60년 전의 일이 다. 용을 잡기 위해 호빗과 난쟁이의 원정대가 결성된다. 간 달프는 원정대를 결성하면서 빌보를 포함시켜야 한다고 강력 히 주장한다. 소심한 호빗이면서도 "심지어 난쟁이들과도 대 화를 나누는" "싹수가 보이는" 빌보는 원정대에 포함될 자격 이 있다고 간달프는 역설했다. 간달프의 뜬금없는 요구는 사 실 거대한 이야기의 시작이었다. 빌보로부터 반지전쟁의 승 리를 위한 경우의 수가 완성되기 때문이다. 마치 영화 〈어벤 져스: 인피니티 워〉에서 닥터 스트레인지가 타노스에게 이길 수 있는 경우의 수를 따져 보듯, "위대한 영靈이 육화된" 간달 프는 경우의 수로 바뀌게 될 미래를 내다보고 있었단 얘기다.

빌보는 용을 잡으러 가는 길에 오크의 소굴에 빠지게 되고, 이때 골룸이 가지고 있던 절대반지를 얻게 된다. 그리고 60년 을 '반지의 욕망'으로부터 스스로를 지켜 내며 기어코 111세 생 일을 맞이한다. 영화 〈반지의 제왕〉 1편은 바로 빌보의 111세 생일에 간달프가 호빗의 마을인 샤이어를 찾아오는 것으로부터 시작한다. 빌보는 온갖 번뇌가 있었으나, 어찌됐든 양자_{養子}프로도에게 반지를 물려준다. 이것이 바로 반지원정대가 결성된 결정적 계기가 된다. 하지만 반지를 없애는 일은 원정대의 미션이 아닌 프로도의 미션이 된다. 사우론의 정수 그 자체인 반지의 힘이 너무나 강력해 어떤 뛰어난 인간도, 어떤 위대한 요정도 반지를 소유하고 싶은 욕망으로부터 자유로울 수 없었기 때문이다. 원정대의 일원들도 마찬가지. 그리고 결국 프로도는 반지를 파괴하는 과업을 완수한다.

용을 잡는 데 호빗족인 빌보를 끼워 넣어야 한다는 간달프의 주장을 누군가는 조롱했겠지만, 이런 위대한 그림이 있었다는 것이 간달프의 '썰'이다. 바로 이렇게 간달프가 숨겨진 이야기를 얘기하는 장이 바로 『끝나지 않은 이야기』의 3부 3장이다. 거기에서 'heavy-booted'란 표현이 나온다.

사실 『반지의 제왕』의 출판이 가능했던 것은 『호빗』의 큰 성공 덕분이었다. 『호빗』이 히트를 치자 출판사는 톨킨에게 후속작 출간을 강하게 요청했고 톨킨이 이에 응해 집필에 들어간 것으로 보인다. 톨킨은 『호빗』의 세계를 거대하게 확장해 갔다. 절대반지도 『호빗』에서는 손가락에 끼면 투명인간이 되는 정도의 설정이었다. 하지만 『반지의 제왕』에 와서는 사우론의 모든 것과 연결된, 사우론의 정수로 의미가 확대된다. 그래서인지 톨킨의 서재에는 이런 이야기 구조를 연결하는 부분에 대한 자세한 설명들이 여기저기 습작으로 남아 있었다. 가운데땅을 더 완벽하게 이해할 수 있는 이야기를 수없이 많이 미완성 상태로 남겨 놓고 톨킨은 작고했다. 그리고 아들이 아버지의 서재에서 산재해 있는 이야기를 찾아 세상의 빛을 보게 하는 작업을 수십 년간 이어 왔다. 톨킨의 팬들이 『끝나지 않은 이야기』 같은 책을 상위 문서라고 불러 왔던 이유는 바로 그 책을 통해 가운데땅을 이해할 수 있기 때문이다.

영화 〈반지의 제왕〉을 본 독자라면 강렬한 캐릭터 난쟁이 김리를 확실히 기억하고 있으리라. 단순한 술고래지만 정의롭고 힘이 세며 전투에 능한 종족 난쟁이. 그리고 그 대척점에 있는 호빗. 그런 식으로 'heavy-booted'를 호빗의 특성을 의미하는 문장인 'soft-footed'에 대비해 난쟁이의 특성을 드러내는 표현으로 해석하면 될 일이었다.

하지만 소심한 번역가 현묵은 작업하는 내내 겁이 났다. 자신의 번역에서 영화 〈왕자의 게임〉의 'a two handed great-sword' 번역 사태와 비슷한 일이 일어나지 않으리라는 보장이 없기 때문이었다. '혹시 이 표현에 대한 내 번역이 오류의 성지가 되면 어떡하지?'라고 스스로에게 늘 물었다. 그러니 친절한 영국 출판사 친구들에게 묻지 않을 수 없었다. 하퍼콜린스의 답장은 사흘 만에 왔으니, 시차를 고려하면 역시나 번개 같았다.

귀하의 질문에 답을 드리자면, 단어 그대로의 의미와 관용적 의미를 둘 다 담고 있음이 유력합니다. 난쟁이들은 크고 무거운 신발을 신었거니와, 문제가 있을 때 무식하고 거친 방식으로 해결하곤 했습니다.

하퍼콜린스의 친절하고 지적인 직원 피오나의 메일을 받고 확신을 가지고 좀 더 문맥에 맞게 번역할 수 있었다. "옛적의 타오르는 원한을 간직한 굳세고 'heavy-booted'한 난쟁이들"을 "해묵은 원한을 불태우고 있는 완고하고 둔한 난쟁이들"이라고 번역했다. 대상인 난쟁이의 특성을 이미지화해 표현하고 있는 문장이기도 했고, 간달프가 격식을 차리지 않고 수다 떨듯 얘기하는 상황이라는 점도 감안했다.

현묵이 번역 과정에서 가장 심혈을 기울인 것은 바로 일관성이었다. 지금까지 『반지의 제왕』 시리즈 등 한국에 번역된 톨킨의 저서들과 자신의 번역이 일관성을 유지하는 것이 대단히 중요하다고 생각했다. 그래서 『끝나지 않은 이야기』 또한 참조reference로써 부족함이 없어야 한다고 생각했다. 그저 참고할 만한 번역이 아니라 따져서 비교해도 일관성이 유지되는 번역을 하고 싶었다. 참고가 아니라 참조가 되는 번역이고 싶었다. 최근(2021년 초)에 출간된 최신판 『반지의 제왕』을 번역한 전문가 김번 교수, 김보원 교수, 이미애 번역가의 번역판을 일관성의 기준으로 삼았다. 실은 이들 프로들도 이번엔 '중간계로의 여행' 고수들의 자문을 받았다. 그러니 이번 번역이야말로 팬덤의 총본산과 전문 번역가들이 머리를 맞댄 역사적 번역이었다. 그들의 번역은 별개일 수 없고 당연히 현묵은 일관성에 대해 깊이 고민하지 않을 수 없었다.

이런 작업이 중요하다는 걸 일깨워 준 사람은 바로 톨킨의 아들 크리스토퍼 톨킨이다. 크리스토퍼는 아버지의 작업을 이어받아 수십 년간 출판 작업을 하면서 각 저서를 관통하는 참조 자료 구축에 심혈을 기울였다. 방대한 가운데땅의 세계는 책 한두 권으로 다 설명할 수 없으므로, 못 다한 이야기를 보충하기 위해 계속해서 다른 책들을 참조 자료로 인용할 필요가 있었다. 그렇게 아버지의 작업은 아들로까지 이어져 크리스토퍼가 2020년 1월 96세로 작고할 때까지 끊임없이 지속됐다. 현묵은 바로 이즈음에 출판사가 자신에게 번역을 의뢰한 것도 운명처럼 느껴졌다.

『실마릴리온』, 『후린의 아이들』에 이어 『끝나지 않은 이야기』까지 줄줄이 한국어로 번역되면서 톨킨 세계의 네트워크에 대한 고려는 더 중요해졌다. 『반지의 제왕』만 있을 때와는 차원이 달랐다. 이렇게 진행되다 보면 종국에는 12권(영국 원서 기준)으로 된 대작 『가운데땅의 역사 The History of Middle-earth』가 한국어 번역판으로 출간되지 않으리란 법도 없었다.

참조 자료를 찾아가는 작업은 굉장한 노동이었지만 방식은 단순했다. 이런 식이다. 1) 'Gap of Rohan'이란 표현을 『끝나지 않은 이야기』를 번역하다 만났다. 로한은 영화 〈반지의 제왕〉 2편의 주요 무대 중 하나로 기마 민족이 사는 곳이다. 따라서 이 고유명사는 『반지의 제왕』에 나오지 않을 수 없는 표현이다. 2) 『반지의 제왕』 전체 원문을 띄우고 단축키 Ctrl+F로 이 표현을 찾는다. 찾아 보니 『반지의 제왕』에 이 표현이 여러 번 나온다는 것을 알 수 있었다. 3) 이 표현이 한국어 번역서에 어떻게 옮겨졌는지 찾는다. 이를 위해 『반지의 제왕』 한국어 번역판 파일을 띄운다. 그런데 이 단어를 번역한 그 지점을 모두 찾는 일이 쉽지 않다. 4) 따라서 원문에서 'Gap of Rohan' 표현 근처에 있는 고유명사를 찾는다. 고유명사는 한국어판에서도 그대로 옮겼을 것이기에 그것을 랜드마크 삼아 'Gap of Rohan'이 어떻게 번역됐는지 확인한다. 가령 이 표현 근처에 '에레드 님라이스산맥'이 있다면 이걸 한국어로 검색해 'Gap of Rohan'이 어떻게 번역됐는지 찾는 식이다. 5) 이렇게 찾아보니 한국어 번역판은 대개 '로한지구地區'라고 표기했다. 그러면 현묵도 이 번역을 따른다. 6) 그런데 현묵은 여기서 그치지 않았다. 한 가지 작업을 더했다. 과거 번역들의 표현이 일관되지 않는다는 점을 발견했고 "일관성을 유지하도록 시정할 필요가 있다"고 출판사에 건의했다. 톨킨의 세계는 하나의 잘 짜여진 네트워크이므로 하나하나 디테일이 중요했다.

　emissary밀사, 밀정, 첩자를 번역할 때도 『반지의 제왕』이라는 참조 자료에 충실하려고 했다. 『끝나지 않은 이야기』에서 이 단어는 사우론이 나즈굴악령을 어딘가로 파견하는 부분에서 등장한다. 『반지의 제왕』 3권에 나올 법한 내용이다. 역시 단축키 Ctrl+F를 이용해 이 표현을 샅샅이 찾는다. 총 세 번, 아니 부록까지 합하면 총 네 번 등장한다. 그리고 한국어 번역이 어떻게 이뤄졌는지 찾아낸다. 모든 부분을 다 읽어 볼 수 없으므로 랜드마크로 삼을 만한 고유명사를 찾아 그곳으로 이동한 뒤, 근처를 뒤져 emissary가 어떻게 번역되었는지 본다.

　'아!' 이번엔 두 가지 경우다. 밀사로 번역한 경우도 있고 밀정인 경우도 있다. 상대와 무언가 일을 진척시키기 위해 비밀리에 누군가를 보냈다면 '밀사'고, 상대가 모르게 첩자 역할을 하는 것이라면 '밀정'일 것이다. 그러면서 하나 더 배운다. '참조 자료도 중요하지만 문맥도 중요하구나.'

　참 고된 작업이다. 그저 번역만 해도 힘든데, 『반지의 제왕』 등 톨킨의 다른 저서에 나올 법한 단어들을 이렇게 탐색해 기어코 표현의 참조 자료를 만들려 노력하고, 어떤 것은 거기서 더 나가 출판사에 수정을 건의하는 일까지 했다니 말이다. 현묵에게 물었다, 굳이 이렇게 고되게 작업한 이유가 무엇인지.

　"어, 그러니까요. 제가 이 책을 번역했다고는 하지만 사실은 되게 부끄러워요. 톨킨의 책을 제대로 고찰할 소양이 저에겐 없다고 생각해요. 어디 가서 '이거 내가 했다'고 떠벌릴 수 있나 이런 생각을 많이 했어요. 그래서 내가 능력은 부족하지만 크리스토퍼 톨킨이 중요하게 생각한 참조 자료만큼은 그런 기준을 따르도록 노력하자, 그거라도 잘해 보자, 그래서 그렇게 했어요."

잠시 『반지의 제왕』 최신 번역판이 나왔던 즈음인 2021년 2월 17일자 동아일보에 실린 한 기사—「'반지의 제왕' 번역원정대도 떴다… 英-美 자문까지 해 오류 수정」—를 살펴보자. 거기에 현묵이 번역을 왜 이렇게 집요하게 했는지 그 이유를 짐작할 수 있는 대목이 있다.

지난해 성탄절 '반지의 제왕' 국내 팬 카페('중간계로의 여행') 회원인 김지혁 씨(31, 카페 아이디는 '베렌')는 동카 밍코바 미국 로스앤젤레스 캘리포니아대UCLA 교수에게 e메일 한 통을 보냈다. 출판사 요청으로 반지의 제왕 새 번역본의 교정 작업을 하다 난관에 부닥친 것. 이 팬 카페의 회원은 약 1만 명. 이 중 골수 팬 5명이 공동 교정에 참여했다.

김 씨는 비슷한 시기 다른 고대 영어 전문가인 마크 애서턴 영국 옥스퍼드대 교수에게도 e메일을 보내 도움을 구했다. 이들 덕분에 고대 영어의 유성음화(특정 음운이 성대의 진동을 수반하는 유성음으로 바뀌는 현상)로 인해 벌어진 번역 오류를 바로잡을 수 있었다. 김 씨는 "전문 번역가는 아니지만 어릴 적부터 반지의 제왕에 빠져 원문과 번역본을 대조하며 작품을 읽어 왔다"며 "고대 영어 전문가들의 도움을 받아 새 번역본을 펴내는 데 기여해 기쁘다"고 했다. '중간계로의 여행' 회원들은 영국 초판에 쓰인 오류를 발견해 해외 출판사에 직접 알려 줄 정도로 열성적이다. (중략)

국내 팬들이 예약판매에 몰린 건 수준 높은 번역에 대한 기대감 때문이다. 이번 번역엔 1991년 국내 첫 번역에 참여한 번역가 3명이 다시 합류했다. 이들은 1991년 서울대 대학원 영어영문학과에서 함께 공부를 하다 당시 번역에 참여했다. 이 중 한 명인 김보원 한국방송통신대 영어영문학과 교수는 "30년 전의 오류를 잡아내기 위해 최선의 노력을 다했다"고 말했다.

옥스퍼드대 영문학과 교수이자 언어학자였던 톨킨은 자신의 작품을 영어 이외 언어로 번역할 때 지침을 따로 만들었다. 이번 시리즈는 이 지침에 따라 500여 개의 번역 용어를 새로 만들었다. 예를 들어 'The Water'라는 강을 1991년 판에선 '워터 강'으로 번역했다. 그러나 이번엔 '물'의 고어인 '믈'을 써 '믈강'으로 바꿨다. 이 밖에도 인물 사이의 말투, 어미, 존대법 등 세세한 부분을 토론을 거쳐 수정했다.

당연히 현묵은 '번역 원정대'의 일원이었다. 현묵은 기사에 나온 베렌 등 당대의 고수들 틈에 자기는 그저 끼어 있을 뿐이라고 했다. 동아일보 기사에는 고대 영어의 유성음화로 인해 벌어진 번역 오류를 베렌이 UCLA 교수에게 메일을 보내 자문을 받아 바로잡았다고만 되어 있다. 그런데 구체적 내용은 기사에 없어서 현묵에게 물었다. 현묵은 스마트폰과 전자펜을 꺼내며 "어디 보자……" 하며 Scatha라는 글자를 썼다.

"스카사? 스캐다?"

"지금까지 한국 번역본엔 스카사라고 옮겨져 있어요. 어떤 용의 이름인데, 대개 다들 그 이름으로 알고 있죠. 이젠 아니에요."

"그럼?"

현묵은 어떻게 바뀌었는지 말하기 전에 그 과정을 먼저 말했다.

"베렌 님은 차원이 다른 고수예요. 그분은 이 표기가 잘못됐다고 확신하고 자문을 받기로 한 거예요. 본인이 아마 어떻게 표기해야 할지 알고 있었던 것 같은데, 모든 것을 확실하게 하기 위해 UCLA와 옥스퍼드 고대영어 전문가들에게 메일을 보낸 거죠."

"그래서 어떻게 읽는 게 맞는데?"

"옛 영어에서 sc는 지금의 sh처럼 발음해야 해요. [ʃ] 이렇게요. 그리고 th는 모음 사이에 오면 유성음이 되죠. 이걸 Scatha에 적용하면 sc의 발음은 [ʃ]가 되고, a와 a 사이에 있는 th는 쌩크thank의 θ가 아니라 더the의 ð로 발음해야 한다는 얘기예요."

동아일보 기사에 나온 "고대 영어의 유성음화로 인해 벌어진 번역 오류"는 바로 이것을 말하는 것이다. 현묵은 Scatha 밑에 한글로 이렇게 적었다. 샤다. "고쳐진 용의 이름이에요."

'중간계로의 여행' 고수 베렌은 잘못된 표기 '스카사'를 기어코 '샤다'로 정정해 냈다. 그러니까 2021년의 『반지의 제왕』에서야 비로소 그렇게 된 것이다. "베렌 님은 찐고수예요. 이를테면 최종 교정을 보는 저 공동의 자문팀에서도 주도적인 역할을 하는 사람 중 하나죠."

신문사와 인터뷰까지 했다면 『반지의 제왕』 시리즈를 낸 출판사가 섭외해 기자에게 소개했을 가능성이 크다. 공동 교정팀에서도 주도적인 역할을 했다는 현묵의 말이 맞단 얘기다. 베렌에 대해 현묵은 "어떤 그 이상의 고수"라고 표현했다. 레벨이 다르다고도 했다. 단순히 팩트를 가려내는 데서 그치지 않고, 성의 구조와 어떤 지역의 지형까지도 완전히 꿰뚫는 공간적 지식까지 갖추고 있는 사람이라고 소개했다.

"톨킨의 책엔 성의 구조나 지형이 자세히 묘사돼 있는데요. 하지만 독자가 그것을 하나의 그림으로 완성해서 머리에 이미지로 저장해 두는 건 어렵잖아요. 베렌 님은 그걸 하는 사람인 것 같아요. 영화 〈반지의 제왕〉의 2편 '두 개의 탑' 아시죠? 로한 지역 사람들이 대피하는 성이 있는 곳 있잖아요. 영화의 하이라이트인 공성전의 배경이 되는 성이요. 영화를 봤다면 그곳을 떠올릴 수 있겠지만, 책을 기반으로 한다면 전혀 다른 얘기죠. 한번은 베렌 님이 이 성을 위에서 조망했을 때 어떤 모양인지 그림으로 그려서 보여 준 적도 있어요. 이 지역과 성에 대해 설명하는 고유명사들이 나오면, 각 명사가 어느 곳을 지칭하는지도 정확히 안내해 줘요. 그러니 진정한 의미에서 '교정'이 되는 거죠. 이 지역을 설명하면서 '이곳은 높은 곳으로 둘러싸여 있으니 여기선 분지라고 번역해 옮기는 게 맞습니다'라고 말하는데, 와! 감탄했죠."

나는 카페를 돌아보며 이 사람을 알아봤다. 카페 초기부터 활동했다면 그의 덕질은 아마도 10대에 시작했을 것이다—신문에 2021년 기준 31세라고 돼 있기 때문에—. 그러니까 이 사람은 현묵의 또 하나의 멘토이지 않았을까. 카페 '중간계로의 여행'이라는 '학교'에서 현묵은 선생님들을 만나 왔다. 앞서 소개한 이젠 변호사가 된 위대한 라이터 테시, 그리고 차원이 다른 고수 베렌.

현묵은 이들에게 민폐가 될 거라며 사실 나에게 별로 설명해 준 것이 없다. 내가 꼬치꼬치 캐묻고 카페를 찾아보며 이런 사람이라는 것을 알게 됐다. 그들이 현묵의 선생님이었을 것이란 결론은 그저 나의 뇌피셜이다. 하지만 현묵의 말에는 깊은 존경이 담겨 있었다. 그건 학교에서 발견할 수 있는 사제지간의 그것보다 훨씬 돈독해 보였다.

베렌의 흔적은 생각보다 짙었다. 현묵에겐 '나우르딘Naurdin'이라는 닉네임도 있다. 현묵의 '현' 자는 '불꽃 현'이고 '묵'은

'잠잠할 묵'이다. '조용한 불'로 해석하여 이것을 요정어로 읽으면 나우르딘이 된다. 현묵은 이 나우르딘을 요정어로 쓴 이미지를 카톡 프로필로 사용하는데 그에겐 공적인 일에 사용하는 인감도장 같은 사인이다. 이 이름을 만들어 준 이가 바로 베렌이다.

"현묵아, 동아일보 기사에 말이야, 이런 부분이 있잖아. "중간계로의 여행' 회원들은 영국 초판에 쓰인 오류를 발견해 해외 출판사에 직접 알려 줄 정도로 열성적이다.' 이 부분 너지? 『끝나지 않은 이야기』 수정한 걸 의미하는 거지?"

"아니에요. 기사에 나온 건 『반지의 제왕』에 대한 것이잖아요. 그러니까 제가 아니라 제가 그렇게 할 수 있도록 영감을 준 분들이죠."

『반지의 제왕』을 읽으면 마지막 부분에 톨킨의 '부록'이 있다는 사실을 알 수 있다. 톨킨은 신화의 세계를 완성하려 했으므로 역사와 언어가 대단히 중요했다. 당연히 부가 설명이 많을 수밖에 없다. 부록은 이 책에서 상당히 중요한 부분이란 얘기다. 그런데 '중간계로의 여행'의 어떤 회원이 부록의 내용에서 오류를 발견했다. 곤도르_{Gondor}─아라고른이 왕이 된 나라─의 역사와 왕의 계보에 어긋나는 부분이 있다는 것이었다. 톨킨의 역사 정리에 따르면 미나르딜 왕은 엘다카르 왕의 증손자인데, 『반지의 제왕』 부록에는 아들이라고 돼 있다는 것이다. 이를 지적한 회원은 정말이지 대단하게도 이 사실을

『가운데땅의 역사』로부터 알게 됐다. 아직 한국에서는 출판 계획이 전혀 없는, 톨킨 세계관을 총망라한, 영국판 기준으로 12권짜리 전집이다. 아들 크리스토퍼 톨킨이 오랜 정리와 퇴고를 통해 탄생시킨 『가운데땅의 역사』에서보면 두 왕은 3대 차이, 즉 '증조부-증손자'의 관계가 분명했다. 이 회원은 하퍼콜린스에 메일을 보내고 의견을 주고받았다. 그리고 지난해 『반지의 제왕』 원서는 이 회원의 지적대로 '아들'을 '증손자'로 수정되었다! 출판사에 메일을 보내 궁금한 점을 묻고, 여기서 더 나아가 오기의 수정까지 이뤄 내는 일을 먼저 한 선배들이 있었던 것이다.

"이분들이 없었으면 제가 메일을 보낼 수 있었을까요? '서북쪽'을 '동북쪽'으로 바꿔 낼 수 있었을까요. 이분들 덕에 가능했던 거예요."

"그래, 그러니까 선생님 맞고, 학교도 맞네. 좋은 선생님이 있었고 좋은 학생이 있는 훌륭한 학교네." 고등학교에서 어떤 활동을 했느냐는 서울대의 질문에 대한 현묵의 대답이 적확한 것은 아니었다는 앞의 글은 수정해야겠다. 적확한 답이었다.

다시 번역 얘기로 돌아오면, 2021년 초 『반지의 제왕』 출간을 앞두고 고수들은 공동 교정팀을 만들고 작업을 마무리하느라 전쟁을 치르고 있었다. '중간계로의 여행' 고수들은 김번 교수, 김보원 교수, 이미애 번역가, 그리고 출판사 편집자들과 함께 구글 문서를 기반으로 한 공동 작업방을 만들었다.

그리고 하나하나 점검하며 약 20년 전의 번역을 다시 다듬기 위한 작업에 몰두했다. 그래서 동아일보는 '번역 원정대도 떴다'고 제목을 단 것 같다. 그때는 현묵이 수능과 면접을 준비하던 시기였다. 자신의 『끝나지 않은 이야기』 번역 원고도 출판사의 요청에 따라 열심히 퇴고하고 있었다. 그리고 번역원정대의 일원으로 뛰었다.

이 시기, 『반지의 제왕』 번역이 제대로 진행되어 가는 모습을 보며, 그것에 참여하고 있는 현묵은 너무나도 즐거웠으며 한편으로 마음이 무거웠다. 현묵에게 공동 교정 작업은 자신이 하는 일이 얼마나 많은 오류를 생산해 낼 수 있는 것인지 깨닫게 되는 일의 연속이었다. 스스로 대단치 않다는 것을 느꼈다. 더 잘하고 싶었다. 성장하고 싶었다. '번역의 일관성을 지켜 내자'는 다짐은 바로 그 과정에서 생겨난 번역가로서 갖춰야 할, 스스로 제시한 어떤 조건 같은 것이었다.

공동 작업에서는 현묵의 의견을 번역가들이 받아들이는 진짜 멋진 경험도 수차례 했다. 현묵이 공동으로 사용하던 구글 문서에 다음과 같은 댓글을 달았다.

"These people are kindly to beasts, for they are a good and wise folk, but they have less skill with horses than some." 이 부분이요, "곤도르인들은 친절하고 현명한 사람들이라 동물에게도 잘해 주겠지만, 말을 다루는 기술은 별로 없으니 말

이지"라고 번역돼 있는데요. 제가 보기엔 "못 다루는 건 아니지만 로한인들에 비하면 실력이 못하다"는 뜻으로 읽힙니다.

현묵은 번역문을 수정할 것을 조심스럽게 요청했다. "'말을 다루는 데에 일류는 아니니 말이지' 정도의 문장으로 조심스럽게 제안해 봅니다." 공동 작업방에 있던 이미애 번역가가 즉각 답했다. "좋습니다!" 같은 방에 있던 편집자가 최종 수정을 결정했다. "완료!"

그때를 이야기하는 현묵의 눈이 빛났다. "오 마이 갓! 이미애 번역가님이! 이 기분을 뭐라고 해야 할까요. 우상의 눈에 든 기분이랄까요. 정말 너무 좋았죠."

아라고른으로 대표되는 곤도르인들이 말을 다루지 못한다고 번역한 것이 굉장히 어색하다고 현묵은 생각한 것이다. 영화 〈반지의 제왕〉 2편에 나오는 기마 민족 로한인보다는 못하겠지만, 아라고른도 말을 대단히 잘 다루니까. 번역은 현묵의 생각대로 최종 수정됐다. "예스!" 현묵은 혼자 환호했다. 대학 합격 소식을 듣고 느꼈던 것을 넘어서는 어마어마한 기쁨이었다.

9

Since
2016. 02. 18.

자신을 공적으로 호명해 준 출판사 직원은 2020년 한여름, 7월 9일 계약서를 보내왔다. 계약서를 써 본 사람은 알겠지만, 도장을 찍거나 사인을 해야 한다. 현묵은 '샤다'의 주인공 베렌이 지어 준 '나우르딘'이라는 이름으로 사인했다. 현묵이 사인하는 모습을 보며 출판사 팀장이 낮은 탄성을 뱉었다. "아, 요정의 이름이네요!"

2020년 여름 전체를 통째로 바친 번역 작업은 9월 하순에 어느 정도 마무리됐다. 번역 마지막 원고는 2020년 9월 26일 0시에 출판사로 발송됐다. 원고를 보낸 직후 현묵은 자신의 블로그에 "Since 2016. 02. 18."이라는 제목의 글을 올렸다. 그 글에는 카페 '중간계로의 여행'에 첫 번역을 올리고 그 밑에 "아무 글도 올라오지 않아서 제가 한번 해 봤습니다. 이렇게 하는 게 맞나요?"라고 썼던 화면을 캡쳐한 이미지가 올라가 있었다.

열일곱, 고등학교에 너무나 가고 싶었던 한 난치병 소년의 첫 번역은 그렇게 쌓여서 결국 그날에 이르렀다. "이렇게 하는 게 맞나요?"라고 묻던 열일곱의 자신에게 현묵은 대답해 주고 싶었던 것 같다. "아마도 맞았던 것 같아."

10

엄마, 어무이

엄마는 오늘도 4인용 식탁의 엄마 자리에 앉아 있다. 가끔 현묵의 네 살 때가 떠오른다. 잔인한 4월이었다. 여느 때처럼 저녁을 먹고 있었다. 네 살 아이와의 식사는 정신을 쏙 빼놓는 일이었다. 엄마는 아이의 입에 밥을 넣어 줬다. 잘 받아먹던 아이가 갑자기 자지러지게 울기 시작했다. "배 아프……" 숨넘어가는 울음 사이로 아이는 배가 아프다고 말했다. 그러곤 토하기 시작했다. 조금씩 울컥울컥 뱉어 내는 게 아니라 뿜듯이 음식물을 쏟아 냈다. 아이를 업고 동네 병원에 갔다. 심하게 체한 것 같다며 수액을 놔 주고 약을 처방해 줬다.

하지만 아이는 나아지질 않았다. 아이가 혈우병이라는 것을 알고 있는 엄마는 마음이 급했다. 이것저것 책을 찾아보다 아이의 증세가 '장의 일부가 장 안으로 말려 들어가는 장중첩'이 아닌가 싶은 생각이 번뜩 들었다. 동네병원은 "그건 아닌 것 같다"고 했다.

아이는 완전히 탈진했다. 사흘째 되던 날 아이가 혈변을 쏟아 냈다. 엄마는 다시 아이를 업고 혈우병 진료를 받던 대학병원으로 달려갔다. 엄마의 생각대로 장중첩이라고 했다. 대학병원이었지만 소아의 혈우병 특히 소아 혈우병 환자의 장중첩에 능숙히 대처할 수 있는 경험 많은 의사가 없었다. 의사의 눈에 당혹스러움이 담겨 있었다. 급하게 수술은 시작했지만 문제는 지혈이었다. 정상 인자를 공급하는 고가의 약을, 종류를 바꿔 쏟아부어도 아이의 피는 멈추지 않았다. 혈우병 약을 투여하고 계속 수혈을 했다. 수술한 다음날, 엄마는 동아줄을 기다리듯 회진하는 의사를 기다렸다. 의사가 옆에 있는 다른 의사에게 작게 하는 말이 엄마에게 들렸다. "혈압이 잡히지 않네……"

재수술을 하기로 결정됐다. 아이는 중환자실로 옮겨졌다. 의사와 간호사의 얼굴에서 어떤 무력감 같은 게 느껴졌다. 네 살이라지만 세 돌도 되지 않은 아기의 몸엔 이미 여러 개의 주삿바늘이 꽂히고 온갖 고무관이 연결돼 있었다. 수술실에서 죽음의 고비를 넘겼을 아기는 회복도 되기 전에 다시 수술실로 향했다. 의사의 결정에 아기는 그렇게 엄마 앞에서 옮겨졌다. 중환자실로 들어가는 아기의 이동식 침대가 손에 닿지 않았다.

'우리 아기가 떠나는구나……' 엄마는 중환자실 앞 복도에 앉아 있었다. 복도의 끝이 아득하게 눈에 들어왔다 사라지기를 반복했다. 엄마의 엄마는 자신의 딸의 머리를 쓰다듬었다. "애야, 넌 최선을 다했어." 순간 딸은 중환자실 쪽으로 벌떡 일어났다. "엄마 물 줘~, 우유 줘요." 아이의 목소리가 들렸다.

"무슨 소리가 들린다고 그래?"

"엄마, 현묵이 목소리 들리잖아, 안 들려?"

환청이었다. 정신을 부여잡으려 안간힘을 쓰는 딸 앞에서 엄마는 할 수 있는 것이 없었다. 딸은 의사를 만나 봐야겠다며 달려갔고, 엄마는 그것을 말리지 못했다.

그리고 얼마 후, 의료진의 허락을 받은 딸은 중환자실에 자신의 아이와 함께 있게 됐다. 아이가 너무 어려서 의료진이 보살피기 힘들어서였다. 아이는 정신이 돌아오자 엄마를 찾았다. 의료진은 엄마에게 주의사항을 알려 준 뒤 중환자실에서 아이 돌보는 것을 허락했다.

끊임없이 수혈이 이뤄지고 혈우병 약이 투여됐다. 수혈을 하고 정신이 돌아온 아이는 중환자실의 꽃이었다. 의사와 간호사를 향해 손뼉을 치며 노래를 불렀다. 중증환자를 위해 설치된 온갖 기계와 중무장한 의료진 사이를 아이의 노래가 자유롭게 누볐다. 누구도 아이를 그냥 지나치지 못했다. '너무 예쁜 우리 아기.'

그리고 다음날 다시 혈압이 잡히지 않을 정도로 떨어졌다. 엄마 눈엔 핏덩어리 같은 네 살 아기, 그 아이의 몸에 남의 피가 끊임없이 들어가고 또 들어가고 또 들어갔다. 아이는 그 피를 받아 잠시 살아났지만, 그 피는 몸에 머물지 못했다. 밑 빠진 독에 물을 붓듯 수혈이 이뤄졌다. 의료진은 여러 곳에 자문을 구해 봤지만 이렇게 약이 듣지 않는 사례는 보지 못했다고 엄마에게 말했다. 그리고 또 다음날 지혈이 되는지 아침에 검사를 했다. 일종의 빈혈 검사였는데, 수술한 배 속 부위가 지혈됐다면 이 수치가 정상으로 나와야 하는 그런 검사였다. 하지만 심각한 빈혈 수준의 수치가 나왔다.

그때는 4월이었다. 대학병원 옆 대학 교정의 벚꽃은 이루 말할 수 없이 찬란하게 피었다. 어린 대학생들이 봄처럼 웃으며 무리를 지어 다녔다. 벚꽃이 눈처럼 쏟아지던 밤, 현묵의 몸에서 갑자기 열이 나기 시작했다. 39도 이상으로 치솟았다. 의료진에게 물어도 "곧 떨어질 것"이란 말만 할뿐 자세히 설명하지 못했다. 밤새 알코올 솜으로 현묵을 닦고 또 닦았다. 그러다 동이 틀 때쯤 정신을 잠깐 놓았다. 눈을 뜨니 아침 회진이 시작됐다. 그리고 반복되는 빈혈 검사를 했다. "어머니! 정상 수치가 나왔어요!" 하며 의사가 기뻐했다. 아이는 쌔근쌔근 자고 있었다.

바로 그날 현묵이만 한 다른 아이가 중환자실에 들어왔다. 중환자실에 아이가 두 명이 됐다. 하지만 그 아이는 곧 하늘나라로 갔다. 그리고 현묵은 기적처럼 다시 살아났다.

며칠 후 일반실로 옮겼다. 혈우병 약을 최대 용량으로 계속 투여하면서 완전히 좋아지기를 기다릴 때였다. 네 살 아이였으므로 잠시 복도에 나와 걷기도 했다. 아장아장, 환자복을 입은 아이는 4월처럼, 봄처럼 걸었다.

복도를 걸은 그날 밤, 아이의 발목이 부어오르기 시작했다. 관절에 내출혈이 일어났고 그것이 지혈되지 않아 관절에 피가 찼다. 염증이 잦아들지 않아 아이는 울고 또 울었다. 중환자실에서 기적처럼 살아난 그때, 아이의 엄마는 아이를 어둠 속으로 몰고 갈 내출혈을 목도했다. 혈우병 약이 듣지 않는 사례가 있다는 사실을 알게 됐다. 아이가 걷는 것이 사실상 힘들어질 수 있다는 사실과 대면했다. 아이는 그 이후로 단 한 번도 제대로 걷지 못했다. 그렇게 아이는 곧 학교 갈 나이가 됐다.

엄마는 아이를 학교에 보낼 수 없다고 판단했다. 주변엔 자신이 홈스쿨링에 관심이 있다고 말하며 여러 정보를 모았다. 아무리 봐도 똘똘한 아이를 그냥 둘 순 없으니 집에서 잘 가르쳐야겠다고 생각했다. 조금만 움직여도 내출혈이 일어나는 아이를 학교에 보낸다는 게 상상이 안 됐다. 학교란, 그 나이 또래 남자아이들이란 너무나 드세지 않나.

"그런데 갑자기 그건 아니지, 이런 생각이 드는 거예요. 중학교, 고등학교 진학이라면 현묵이랑 의논을 할 수 있잖아요. 그런데 일곱 살, 여덟 살 아이한테 학교 가지 말자고 하는 건 그냥 부모가 일방적으로 결정하는 거잖아요. 그런 결정이 너무 폭력적이란 생각이 들었어요. 초등학교는 누구나 다니는 거니까, 그러니까 부모라면 아이가 어떻게든 학교를 다닐 수 있는 방법을 찾는 게 맞다고 생각을 고쳐먹었어요. 지금 생각하면 그렇게 하길 잘한 것 같아요, 정말."

당시 현묵이네는 서울 상계동에 살았다. 그곳의 초등학교는 학생 수가 참 많았다. 학생 수가 적어서 다른 아이의 부모들과 잘 알고 지낼 수 있는 학교면 좋겠다고 생각했다. 학생 수가 적어서 선생님들이 아이들을 하나하나 잘 돌볼 수 있는 곳이었으면 좋겠다고 생각했다. 가장 중요한 건 병원과의 거리였다. 대학병원에 다녀야 하기 때문에 반드시 서울이거나 그 인근이어야 했다. 형편에도 맞아야 했다.

물어물어 참 많은 학교를 찾아봤다. 그렇게 찾은 곳이 경기도 시흥에 있는 학교였다. 전교생이 채 100명도 되지 않는 작은 학교였다. 시흥에 여러 아파트 단지들이 들어서면서 새 초등학교들이 생겼고, 단지들과 떨어진 곳에 있는 이 학교는 학생 수가 크게 줄어든 듯 했다.

공립학교여서 따로 입학 절차를 밟을 필요도 먼저 학교에 와 볼 필요도 없었지만, 엄마는 아이가 다닐 학교에 인사를 먼저 드리고 싶었다. 상담이라는 명목으로 학교에 갔다. 교장선생님이 맞이해 줬다. 학생 수가 적은 학교라 뭔가 달라 보였다. 하지만 현묵이 등장하자 선생님들의 표정이 바뀌는 게 느껴졌다. 선생님이 지나치듯 이런 얘기를 하는 게 작게 들려왔다. "뭐, 괜찮겠네……"

엄마는 귀에 와 박히는 불편한 이야기를 다 들었지만 그 불편함을 얼굴 표정으로 드러내지 않았다. 엄마는 자신의 계획을 얘기했다. 현묵을 다른 사람에게 돌보게 하는 누를 끼치고 싶지 않았다. 온전히 자신이 모든 보살핌을 다 할 계획이었다.

그렇게 함으로써 현묵이 미안한 눈빛으로 선생님과 아이들을 바라보는 일이 없길 바랐다.

"학교에 엘리베이터도 없고 따로 보살펴 줄 분도 없다는 걸 잘 알고 있습니다. 제가 아이를 데리고 와서 교실에 앉혀 놓을 거고요. 학교에 대기하고 있다가 아이를 화장실에도 데려가려고 합니다. 선생님들과 아이들에게 전혀 누가 되지 않도록 하겠습니다."

그때가 2007년이었다. 2002년 월드컵의 영광이 있은 지도 5년이 지난 때였다. 종합주가지수는 2000을 돌파했고 1인당 GDP가 3만 달러에 이를 거란 얘기가 나올 때였다. 하지만 학교엔 장애인 학생을 위한 어떤 시스템도 없었다. 교육 예산 중에 엘리베이터를 만들거나 장애인 화장실을 만들거나 문턱을 없애는 데 쓰이는 돈은 거의 없었다. 아이를 일반 학교에 보내려면 모든 것을 엄마가 감당해야 했다.

엄마는 아이를 업고 교실까지 갔다. 그리고 교실의 아이 자리에 앉혀 줬다. 수업 시간엔 학교 도서관에 앉아 책을 읽었다. 쉬는 시간엔 달려가 '화장실?' 하고 사인을 보냈다. 아이가 괜찮다고 하면 눈으로 인사한 뒤 교실 근처에 머물지 않고 도서관으로 갔다. "생각해 보면 그때가 정말 행복했어요."

엄마는 소풍도 무조건 따라갔다. 현장학습도 무조건 따라갔다. 아이를 관광버스에 태워 보낼 순 없었으므로 엄마는 아이를 태우고 버스를 따라 운전했다. 엄마의 자동차는 그렇게 엄마와 아이를 태우고 곳곳을 누볐다.

엄마는 학교에서 녹색 어머니 회장이든, 어머니 회장이든 뭐든 자리를 하나 맡았다. 매일 학교에 가니까 자기가 하는 게 좋겠다는 생각이었다. 워낙 성격이 활달해서 다른 엄마들과도 참 잘 지냈다. 현묵으로 인해 학교나 아이들에게 누가 되는 게 아니라, 현묵과 자신이 학교에 필요한 존재였으면 했다. 하지만 늘 걱정이 가시지 않았다. 아이들과 함께 있는 것을 계속 지켜보는 것은 현묵에게도 좋지 않은 일이었으므로, 가급적 엄마는 도서관 밖으로 나오지 않았다. 수업은 오전만 했기 때문에 화장실도 자주 갈 일은 없었다. 그러다 이런 얘기를 들었다. 2학년 때의 일이다.

"어떤 엄마가 그러는 거예요. 현묵이가 놀림을 받은 적이 있다는 거예요. 그 말을 듣고 철렁했죠. 그런데 놀림을 받은 이유가, 현묵이가 어떤 여자애를 좋아한다고, 그러니까 애들이 '얼레리꼴레리'를 한 모양이죠. 그런데 그때 현묵이가 '그래 나 좋아한다 어쩔래!'라고 맞섰다는 거예요. 전 그 다음부터 완전히 안심이 됐어요." 엄마 등에 업혀 등하교하는 현묵은 밝고 똘똘한 아이였다.

학교 생활의 대전환은 4학년이었던 2010년에 일어났다. 앞서 언급했듯이, 학교에 엘리베이터가 생기고 현묵을 위한 전동휠체어가 마련되면서부터였다. 3년 넘게 교실 안에 완벽히 갇혀 있었고 유일한 이동 수단이 엄마였던 현묵에겐 혁명과 같은 일이었다. 그때부터 현묵의 자신감은 다른 아이들과 동등한 위치로까지 올라갈 수 있었다. 그리고 전교 회장 출마는 엄마의 가슴속에 깊이깊이 남겨진 사건이 됐다.

11

모계유전

그렇게 좋아한 학교를 더 이상 다닐 수 없다는 것을, 엄마도 현묵도 잘 알고 있었다. 오전 수업만 했던 초등학교도 절반 이상은 등교하지 못했다. 전교 회장 출마 연설을 한 날도, 기어코 모든 것을 외워 훌륭하게 해냈지만, 그로 인해 후유증도 있었다. 현묵에게 학교 생활은 반드시 어떤 대가를 치러야만 하는 그런 것이었다. 그렇게 초등학교 전교 부회장 현묵은 중학교에 진학하지 못했다.

엄마의 공부방이 본격적으로 문을 연 것은 2013년부터다. 그러니까 현묵이 초등학교를 졸업할 즈음이었다. "제가 학교 아이들 엄마들과 잘 알고 지냈거든요. 다른 아이 엄마 중 한 분이 한 학습지 브랜드의 국장이었어요. 어느 날 '현묵이네 단지에서 학습지 논술 교사를 해 줄 분이 꼭 필요한데, 해 줄 수 있겠냐'고 묻더라고요."

엄마에겐 모든 것이 완벽한 제안이었다. 현묵이 학교에 가지 못하기 때문에 24시간 같이 있어야 하니 집에 공부방을 차리는 건 맞춤한 일이었다. 하지만 교사 연수를 마치려면 교육 외에도 별도로 일주일간 합숙을 해야 한다고 해서, 그냥 포기하려 했다. 현묵을 두고 갈 순 없으니까. 그런데 장소가 소래산 연수원이었다. 시흥 집과 지척이었다. 회사에서 출퇴근을 허락했다.

"정말 이 일을 하길 잘한 것 같아요."

엄마의 이 말에 나는 별 생각 없이 질문을 던졌다. "경제적으로도 도움이 되신 거죠?"

엄마는 다른 말을 했다. "24시간 현묵이랑만 있으면, 그게 어떻게 좋기만 하겠어요. 아플 때마다 그 모습을 보면서 울고 앉아 있을 순 없잖아요. 정말 그건 아니다 싶었어요. 내 일이 생긴 데다 하루 종일 현묵이 곁에 있을 수도 있으니 이보다 좋은 직장이 어디 있겠어요."

엄마는 일을 하게 되어 돈이 조금 더 생겼으므로 아들과 계획을 세웠다. 심각하게 아프지 않다면 틈이 나는 대로 반드시 아들을 데리고 외출하기로 마음먹었다. "현묵이는 제가 아니면 나갈 수 없잖아요. 세상을 봐야죠, 세상을."

하지만 엄마는 그로 인한 모든 혜택은 자신이 받았다고 말했다. 운전대를 잡고 아들과 나서는 모든 외출이 너무나 아름다웠다고 했다. 오래된 차의 최고 자랑거리는 FM 라디오 수신이 아주 잘된다는 점이다. 그때가 언제인지는 정확히 기억나지 않지만 엄마에겐 영화처럼 남아 있는 장면이 있다.

"말씀드리는 순간 마지막 곡이 흘러나오고 있습니다. 청취자 여러분들이 정말 많이 신청하는 곡이죠. 스모키Smokie의 〈리빙 넥스트 도어 투 엘리스Living Next Door To Alice〉입니다.”

“어머어머 어쩌면 좋아, 너무 좋아!” 7080세대라면 누구나 아는, 그 시대를 휩쓸었던 스모키의 노래가 나오자 엄마는 소녀처럼 소리를 질렀다.

“Twenty four years just waiting for a chance / To tell her how I feel and maybe get a second glance / Now I gotta get used to not living next door to Alice.”

노래가 이어지는 가운데, 아들의 목소리가 그 노래 속으로 들어왔다. “24년 동안 그저 기회가 오기만 기다렸어, 앨리스에게 내 감정을 고백하고, 한 번만 그녈 볼 수 있을까 해서, 이제 난 그녀가 옆집에 없는 삶에 적응해야 해.”

아들은 엄마의 올드팝을 한국말로 들려줬다. 그건 엄마가 알지 못하는 아들의 또 다른 면모였다. 심쿵한 엄마는 그렇게 스모키의 노래와 아들의 통역을 듣고 있었다. 엄마는 아들이 들려준 가사를 타고 수십 년 전으로, 마치 영화 〈클래식〉처럼, 타임머신을 탄 듯 돌아갔다. 현묵의 나이 정도 되는 아니 현묵보다도 어렸을 때, 이불 속에서 언니와 듣던 라디오에서 나오던 노래. 그때 담았던 어떤 남학생의 어렴풋한 실루엣까지. 그리고 꼭 위로해 주고 싶은 상처받기 쉬운 어떤 소녀의 모습까지 떠올렸다. 엄마는 자기도 모르게 눈물을 흘리고 있었다.

“어무이, 괜찮아?”

“어? 그럼그럼 눈에 뭐가 들어갔나, 야 현묵아, 실제로 이런 사람 있으면 스토커 아니냐? 가사가 참 하하.”

자동차 라디오에서 〈리빙 넥스트 도어 투 앨리스〉가 흘러나오고 아들이 그 가사를 완벽하게 되살려 준 이날은, 사실 아들의 병원에 가는 길이었다. 내출혈이 늘 엄습하는 어둡고 어두운 시절의 이야기였다. 하지만 엄마와 아들의 드라이브는, 그것이 어디를 향하는 외출이든 좋은 기억을 남겨 줬다.

현묵은 외출에 대해 이야기할 때마다 “엄마, 아빠가 이고 지고 다녔다”고 말한다. 이고 지고. 온몸의 관절이 성치 않은 현묵을 기어코 이고 지고 다니기 시작한 것은 현묵의 집에선 이미 오래된 이야기다.

“우리 현묵이가 어렸을 때 저는 매일 울었어요. 아이의 미래를 생각하니 눈물밖에 안 나왔어요. 한 번도 오늘을 살지 못하고 내일의 고통 속에 있었어요. 그런데 현묵이 2학년—2008년— 때인가 그쯤일 거예요. 어떤 책을 읽었는데, 이런 말이 있는 거예요. ‘가고 싶다고 하지 마라. 넌 이미 거기 가 있다’ 이런 내용이었어요. 사실 전 이런 종류의 잠언서를 무척 싫어하는데, 신기하게 그 말이 제 생각을 송두리째 바꿔 놨어요.

‘아, 현묵이랑 한 번도 여행을 해 보지 못했구나.’ 이런 생각이 제일 먼저 떠올랐어요. 현묵이가 좋아지면 제주로 가족 여행을 한번 가고 싶었어요. 그게 꿈이었어요. 그런데 엄두도 못 냈죠. 애가 아프니까. 그런데 생각해 보면 현묵이의 혈우병이란 게 집에 있다고 더 좋아지는 건 아니었죠. 그래 가고 싶다고 하지 말자, 난 이미 거기에 현묵이랑 가 있는 거야. 이렇게 생각하고 무작정 제주 여행 계획을 세웠어요.

저는 일단 갔다고 하면, 남들 좋다는 건 다 해 봐야 하는 성격이에요. 여행 명소, 맛집 다 가 봐야 해요. 당연히 천지연 폭포도 갔죠. 계단도 있고 좀 걸어가야 하잖아요(지금은 길이 잘 정비돼 휠체어도 접근 가능하다). 아빠한테 업고 가자고 말하니 이러는 거예요. '뭘 굳이 거기까지 고생해서……' 제가 두말 않고 현묵을 업었어요. 업고 끝까지 가서 천지연 폭포를 보여 줬어요. 현묵이가 너무 좋아했죠. 그리고 다시 업고 걸어 올라오려는데, 우리 현묵이가 활짝 웃는 얼굴로 아빠를 보며 이렇게 말하는 거예요.

'이젠 아빠가 업을 차례네.'

그날 저녁 애 아빠에게 말했어요. 현묵이를 업고 갈 수 있는 걸 우린 행복하게 생각해야 한다고. 우리가 아직 힘이 있고 현묵이가 저 아름다운 풍경을 즐겁게 볼 수 있는데 왜 그러고 있느냐고 말했어요. 애 아빠는 별로 말이 많지 않아요. 그냥 듣고만 있었죠. 그리고 얼마 후 우리는 또 가족 여행을 경주로 떠났고, 석굴암 근처까지 갔죠. 업고 가긴 참 멀고 힘한 코스였죠. 그때 아이 아빠가 아무 말도 하지 않고 누구에게도 묻지 않고 현묵이를 업고 석굴암을 다 돌고 왔어요."

이고 지고, 어떻게든 엄마는 현묵과 어디든 다녔다. 아빠가 함께일 때도 있었지만 건설 관련 일로 집을 자주 떠나 있었기에, 대개는 엄마가 이고 지고 다녔다. 먼 곳을 갈 수 없으면 그냥 외식을 했다. 대형 서점을 갔다. 그렇게 다녔던 서점에서 현묵은 놀라운 책들을 발견했다. 엄마는 사회적으로 고립된 현묵의 친구가 됐다. 현묵은 엄마의 기쁨이 됐다. 엄마와 아들은 그렇게 소울메이트가 됐다. 엄마는 현묵에 대해 이렇게 얘기한다. "참 뻔뻔할 정도로 아무렇지 않아 한다, 그래서 참 다행이고, 내 아이지만 너무 존경한다."

2019년 4월 말에서 5월 초 정도였던 것으로 기억한다. 그러니까 현묵이 아직 신약 임상시험에 참여하기 전이다. 팔다리는 손가락같이 말라 있었고 몸의 거의 모든 관절이 상할 대로 상해 있을 때였다. 그럼에도 고통의 틈이 존재했다. 엄마는 기어코 친구들을 모아 현묵과의 여행을 감행한다. 아니, 이 표현은 틀린 것 같다. 엄마와 현묵에게 나들이는 이제 없어서는 안 될 가장 중요한 일이 되어 있었다.

엄마는 현묵과의 나들이를 결심했을 때 오늘만 살기로 다짐했다. "현묵아, 오늘을 재밌게 살자. 오늘만 행복하자." 오늘의 현묵을 보고 기뻐하려고 했고, 현묵은 언제나 그에 부응했다. 그렇기에 상태가 나빠지는 아들을 데리고 여행할 수 있었다. 그렇기에 친구 두 명도 아무렇지 않게 동행할 수 있었다. 오랜 엄마의 노력이 기어코 어떤 일상을 만들어 냈다. 지인과 이웃조차 장애를 대수롭지 않게 생각할 수 있게 됐다.

봄의 한가운데 시작된 여행의 출발점은 고향인 부산이었다. 엄마와 아빠의 고향은 부산이었다. 두 사람은 경성대 캠퍼스 커플이었다. 아빠가 일하는 건축 현장이 서울에 주로 있어 이사했다. 현묵이 태어났다. 호기심으로 생전 처음 가 본 점집에서 역술인이 아들 하나 정말 잘 낳았다고 했다. 아들 운명에 천문이 있다고, 하나도 아니고 두 개나 있다고 했다. 공부 잘하는 교수가 될 것 같다고, 국무총리도 될 수 있다고 했다. 웃어넘겼지만 기분이 좋았다. 서울에서 교육을 시작해서 다행이라고 생각했다.

오래된 친구들과 부산을 시작으로 거제를 거쳐 담양으로 올라왔다. 꼭 가 보고 싶은 곳이 있었다. 죽녹원이었다. 파릇한 연녹색, 봄의 대나무와 메타세쿼이아의 잎들이 아름다웠다. 현묵에게 싱그러운 봄의 색, 연록의 파릇함을 느끼게 해 주고 싶었다. 하지만 그때의 현묵은 혼자서는 할 수 있는 것이 거의 없었으므로 정말로 이고 지고 가야 했다. 죽녹원엔 오르막이 많았다. 아줌마 세 명이서 현묵이 탄 휠체어를 밀고 끌고 올라갔다.

현묵의 얼굴엔 미안함이 없었다. 즐거운 얼굴이었다. 엄마의 바람처럼 연녹색을 즐기는 것 같았다. 엄마와 친구들은 근처 논산에서 하룻밤 자고 가기로 했다. 그쪽이 숙소가 많았다. 그런데 논산훈련소 퇴소식과 시기가 겹쳤다. 호텔에도 모텔에도 펜션에도 방이 하나도 없었다. 숙소를 찾다가 대둔산 도립 공원 근처까지 갔다. 그곳에서도 숙소를 찾는 것이 쉽지 않았다. 어떤 곳은 문을 닫았고, 어떤 곳은 계단이 많았다. 계단이 많으면 현묵이 들어갈 수가 없었다. 아무리 말랐다고는 하지만 스무 살 아이를 아줌마들이 들고 이동할 순 없었다. 설사 없는다고 해도, 관절 가동 범위가 극도로 작아져 있어서 쉽지 않은 일이었다. 계단은 현묵에게 치명적이었다. 엄마는 마음이 초조했다. 친구들에게 너무 미안해졌다. 그런데 옆에 앉은 현묵은 천연덕스러웠다.

"저기가 좋아 보이네요. 저기로 들어가 볼까요?"

"아, 아쉽네요. 다음 집엔 계단이 없겠죠?"

현묵의 웃는 얼굴을 누구도 마다하지 않았다. 엄마는 미안함을 버틸 수 있었다. 그날 대둔산 도립공원의 한 호텔은 너무나 아늑했고, 공기는 청명했으며, 노을은 선명했다.

나는 엄마와 인터뷰를 하며 힘들었던 어떤 날을 구체적으로 얘기해 줄 수 있느냐고 물은 적이 있다. 현묵이 네 살이던 2003년 4월의 기억을 되살린 것도 그 때문이었다. "사실 어떤 날을 떠올려 달라고 하셔서 말은 했는데요. 그냥 현묵이는 끝도 없이 아팠어요. 마음의 준비를 하란 얘기도 여러 번 들었어요."

그러면서 2016년 현묵이 열일곱이었을 때 있었던 장내 출혈의 기억에 대해 얘기해 줬다. 늘 심각한 내출혈 상황이 이어졌지만 너무나 자주 일어나는 일이기에 엄마도 현묵이도 그런 일들에 긴장하진 않았다. 현묵이 어느 날 옆구리가 부어오르고 심하게 체한 것같이 아파서 병원을 찾았다. 장의 일부에서 출혈이 시작됐는데 그 양이 굉장히 많다고 했다. 약을 투여하고 어느 정도 진정되나 싶어 엄마는 잠깐 집에 들렀다. 집에 도착하자마자 병원에서 전화가 왔다. "이번 건은 조금 다른 것 같습니다. 지금 바로 와 주셔야 할 것 같습니다."

아무리 약을 써도 출혈이 잡히지 않았다. 결국 의사는 허벅지 큰 혈관을 통해 관을 넣어 출혈 지점을 전기로 지지는 시술을 시도했다. 엄마는 처음엔 반대했다. 지금까지 그런 시도가 되레 더 많은 출혈을 불러오는 경우가 많았기 때문이다. 하지만 의사는 완고했다. 출혈량이 너무 많아서 뭐라도 해 봐야 한다고 했다. 전기 시술로 출혈 부분을 지진 뒤, 그 부분을 인턴 의사가 하루 종일 두 손으로 누르고 있었다. 지혈을 하기 위해 모든 방법을 다 쓰고 있었다. 인턴은 초주검이 되었다. 인턴은 배를 누르고 있고, 엄마는 그 옆에 앉아 있었다.

현묵이 희미하게 눈을 떴다. 그러고는 인턴을 쳐다보고 다시 엄마를 쳐다봤다. 지친 현묵은 말을 하지 못한 채 엄마의 손을 잡았다. 그리고 엄마의 손을 끌어다 인턴이 누르고 있는 아픈 부위에 갖다 댔다. 그리고 엄마의 손을, 그 약한 악력으로 힘껏 쥐었다. 그것이 현묵의 마지막 몸짓인 줄 알고 엄마는 너무 무서웠다. 그리고 얼마 후 다른 대학병원으로 옮겨야 했다.

새로운 대학병원 중환자실에 입원한 뒤 얼마 후, 또 거짓말처럼 빈혈 검사 수치가 정상을 되찾았다. 하지만 다시 고통이 찾아왔다. 이번엔 좀 더 센 고통이었다. 하지만 또 그렇게 지나갔다. 그리고 현묵의 몸은 조금 더 상했다. 엄마는 생각했다. '현묵아, 우리 그냥 하루하루 즐겁게 살자, 나으면 우리 또 놀러 가자.'

중증 A형 혈우병은 X염색체 결함이 유전되는 모계유전이다. 혈우병 환자의 대부분이 엄마로부터 병을 물려받는다. 일부는 알 수 없는 이유로 유전자 돌연변이가 생겨 응고 인자가 없는 상태로 태어난다. 엄마와 인터뷰를 하다 어렵사리 모계유전에 대해 말을 꺼냈다. 엄마는 씩씩하게 답했다.

"네, 모계유전이 맞아요. 처음엔 고민도 컸죠. 그런데 사돈의 팔촌까지 다 뒤져도 우리 집안엔 혈우병의 흔적이 없어요. 예전 할아버지 때를 살펴봐도 그랬어요."

"네, 다른 원인도 있으니까요?"

"깊이 고민하지 않아요, 전. 이유를 알 수 없으니까요. 전 현묵이에게 미안해하지 않기로 했어요. 현묵이가 태어난 게 제겐 가장 기쁜 일이었어요. 8월 8일에 태어났는데, 음력으로 7월 9일이죠. 둘 다 합하면 16이야. 하하, 이런 말도 안 되는 이유를 말하며 기뻐했죠. 모계유전이 힘든 게 아니라, 그런 귀한 아이가 아픈 게 힘든 거였죠."

남 얘기하듯, 엄마는 매우 편안하게 모계유전에 대해 얘기했다. 그 결론에 이르기까지 많은 고민을 했을 것이고, 정말로 많은 일을 겪었을 것이다. 이런 생각 속에서, 인터뷰어로서 내 자신의 어떤 편견에 대해서도 많이 반성했다.

2008년이었다. 근이영양증筋異營養症을 앓고 있는 10대들이 모인 캠프를 취재한 적이 있었다. 여행 한 번 다니지 못한 아이들을 위해 메이크어위시Make-A-Wish 재단이 추진한 캠프였다. 근이영양증은 근육을 이룬 단백질이 점점 없어지는 병이다. 보통 하체에서 시작해 종국엔 심장 근육까지 멈추게 한다. 환자들은 보통 스물에서 스물다섯까지 산다. 치료법은 아직 없다. 이 병은 초등학교 저학년 때 발견되는 경우가 많다. 너무나 건강하던 아이가 갑자기 걷지 못하게 된다. 이 병도 모계유전이다. 그 사실이 가족을 붕괴시키고 종국엔 이혼에 이르는 경우가 많다. 그게 우리나라의 현실이다. 이 병은 마치 '벤자민 버튼의 시간'을 매우 빠르게 돌리는 것과 같이 진행된다. 루게릭병처럼 아이의 근육은 급격히 소실된다. 캠프에서 만난 어떤 엄마는 나에게 이런 말을 했다. "아이를 잘 보내기 위해 키우는 거죠. 하지만 오래도록 아이의 엄마로 남고 싶어요."

캠프에 참여한 어떤 10대 소년은 병세가 이미 깊어졌지만 정신만은 10대의 그것 그대로였다. 사용하는 단어 하나하나가 명료했다. 공부도 잘한다고 했다. 하지만 그게 큰 의미는 없다고 스스로 선선히 말했다. 소년의 엄마는 나를 따로 불러 이런 얘기를 했다.

"아이가 기분이 괜찮나요? 기자님과는 말을 잘 하네요."

"무슨 일이 있었나요?"

"여동생 친구를 좋아해요, 우리 아들이. 이런 걸 티 내는 녀석이 아닌데, 휴대전화 화면에 여동생 친구 사진을 깐 거 아니겠어요. 어떻게 해야 할지 망설이다, 너 사진 안 지우면 캠프 안 간다고 반농담으로 으름장을 놓았죠."

"지우던가요?"

"네, 지우더라고요. 너무 아무렇지도 않게 그냥 지우더라고요."

아이의 엄마는 아빠와 헤어져 혼자 된 이후, 남에게 누가되지 않는 아들로 키우고 싶다고 다짐했다고 한다. 그래야 더 많은 사람과 가까이할 수 있다고 생각했다는 것이다. 장난처럼 주고받은 말이라고 했으나 그 마음은 어땠을까. "제일 후회되는 게 공부하라고 닦달한 거예요. 애가 공부를 잘했거든요." 그런 대화를 나눈 것이 2008년의 11월이었다. 그때 소년은 열다섯이었다. 이후의 소식을 난 알지 못한다.

갑자기 기억의 테이프가 돌아가느라 내 모습이 좀 멍해 보였던 모양이다. 현묵의 엄마가 "좀 쉬었다 하시죠"라고 했다.

엄마를 세상에서 제일 좋은 친구로 생각하는 아들을 둔, 현묵의 엄마는 행복한 사람이라는 생각이 들었다. 스무 살까진 절망의 연속이었으나, 이젠 오늘보다 내일이 더 좋을 거란 희망이 가능한 삶을 드디어 누리고 있는 이들 모자가 부러웠다. 당신과 나, 우리들 중에 이런 낙관을 갖고 사는 사람이 얼마나 될까. "네, 현묵이도 엄마를 세상에서 제일 친한 친구로 생각하더라고요. 좋은 아들을 두셨습니다. 얼마나 자랑스러우시겠어요."

엄마는 이날의 내 인터뷰 의도를 간파한 듯 농담으로 대화를 마무리지었다. "머리 좋게 태어난 것도 엄마 덕분이죠. 모계유전이네요." 엄마는 웃었다.

인터뷰 중간에 거실로 잠시 나왔던 현묵이 그 말을 들었는지, 멋쩍은 듯 머리를 긁으며 바퀴 달린 의자를 타고 지나갔다.

12

더 트랜스포머 더 무비

"4학년 아니면 5학년이었어요. 요일은 분명 화요일 아니면 목요일이었어요. 매주 화목은 물리치료를 받았거든요. 그날은 학교에 남아 도서관에서 시간을 때워야 했어요. 도서관에선 DVD를 빌려주기도 했어요. 거기서 발견했죠! 〈더 트랜스포머 더 무비〉! 완벽한 영화였어요."

초졸이면서 어떻게 이토록 영어와 친해질 수 있었는지 인터뷰 내내 현묵에게 물었었다. 사실 현묵의 영어 공부는 어학이라기보단 언어학적 탐구에 가까웠다. 나는 어떻게 그런 게 가능했는지 전부는 아니어도 그 일단이라도 설명할 수 있어야 한다고 생각했다.

현묵은 자기도 잘 모르겠다면서, 초등학교 시절의 기억을 끄집어냈다. 초등학교 시절 현묵은 영화 〈트랜스포머〉의 팬이었고, 팬카페에 가입해 나름 열심히 이것저것 찾아본 초보 덕후였다.

그런데 현묵이 말한 〈더 트랜스포머 더 무비〉는 21세기에 탄생한 화려한 CG로 가득찬 할리우드 영화가 아니다. 1986년에 개봉한 애니메이션이다. 1984년 TV시리즈를 통해 알려진

〈트랜스포머 G1〉의 극장판이다. 우리가 흔히 알고 있는 〈트랜스포머〉의 시작점까지 탐구하는 덕후의 기본 자세는 이때부터 길러진 것 같다. "와 정말, 그때 추억이 새록새록인데요."

나는 이 영화가 영어라는 언어를 탐구하는 데 어떤 영향을 끼쳤는지 말해 주길 바랐지만, 현묵은 잊었던 어떤 대단한 추억을 만난 사람처럼 그때의 기억에 빠져들었다. 그리고 인터뷰가 한창이던 2021년 여름, 두 편으로 나눠 그때 얘기를 블로그에 올려놓기도 했다. 하지만 그때의 기억에 깊이 빠져든 덕에, 나는 현묵이 가진 언어의 힘이 어떻게 길러졌는지 조금은 알 수 있게 됐다.

4학년 여름방학을 앞둔 2010년 7월 1일 목요일이었다. '트랜스포머 팬카페'에서 현묵은 11년 전 쓴 글을 꺼내 왔다. 그 팬카페는 현묵이 처음으로 가입한 동호회 카페였다. "정확한 날짜를 발견했어요. 4학년 1학기가 끝나갈 즈음이었네요. 맞아요, 목요일이었어요. 물리치료 받으러 가는 내내 이걸 붙들고 너무 좋아했던 기억이 나요." 기록하는 인간 박현묵. 스스로는 기억 못 해도 과거 자신의 기록을 찾으면 늘 정확한 시간이 나온다. 현묵은 여기저기 구체적 흔적을 남겼으니 거짓말하곤 못 살 듯싶다.

〈트랜스포머 G1〉은 말 그대로 〈트랜스포머〉의 근본이다. 그리고 〈더 트랜스포머 더 무비〉는 〈트랜스포머 G1〉을 훨씬 업그레이드한 극장판이다. "〈트랜스포머 G1〉의 극장판! 처음에는 이 영화가 내가 알던 〈G1〉이 맞나 확신이 안 서서 이리저리 케이스를 돌려 보았죠. 그런데 아무리 봐도 이 영화는 내가 어렴풋이 알고 있던 〈G1〉의 극장판이 맞았어요. 범블비도 내가 아는 〈G1〉의 범블비 모습을 하고 있고, 매트릭스 오브 리더십을 손에 쥔 옵티머스 프라임의 일러스트도 있었죠. 심지어 케이스 아트 상단에는 유니크론까지! 완전히 기분 째졌죠!" 정말 기분 째져 보였다. 언어에 흥미를 느끼게 된 이유를 묻다 우리는 〈트랜스포머〉 얘기에 같이 푹 빠졌다. 다만 영화 두어 편을 본 나로서는 도저히 현묵의 지식을 따라갈 수 없어서 사실상 강의 같은 대화였다.

아직 보지 못한 DVD가 가방 속에 들어 있던 4학년의 그날, 물리치료를 하는 반나절이 한없이 길게 느껴졌다. 인고의 시간을 마치고 귀가한 현묵은 DVD 플레이어에 (『반지의 제왕』에서 골룸이 절대반지를 대하듯) "마이 프레셔스My Precious를 넣었어요!" "콰과광! 쾅쾅!" 오프닝부터 80년대의 거친 헤비메탈 음악이 고막을 때리더니 영화 내내 헤비메탈과 하드록이 울려 퍼졌다. 행성 하나를 날려 버리는 장대한 스케일의 화면이 이런 음악과 어우러졌다.

DVD는 2주 동안만 빌려줬다. 목요일에 반납하고 그날 바로 다시 빌렸다. 1986년에 개봉한 그러니까 자신들이 태어나기

15년 전쯤 나온 영화에 다른 초등학생들은 큰 관심이 없었다. 〈더 트랜스포머 더 무비〉는 그렇게 온전히 현묵의 것이 됐다. 빌리고 보고 반납하고, 빌리고 보고 반납하고…….

〈더 트랜스포머 더 무비〉 DVD 하나로 4학년 초딩은 트랜스포머 팬카페에서 글을 많이 올리는 사람 중에 하나가 됐다. 〈더 트랜스포머 더 무비〉를 처음부터 끝까지 리뷰했고, 영화의 편집 오류에 대해 시시콜콜하게 지적하는 글을 올리기도 했다. 가령 오른쪽 팔이 부러졌는데 화면이 바뀐 뒤 3초 정도 멀쩡한 팔을 가지고 있다는 것을 발견한 뒤, 마치 어마어마한 비밀을 발견한 것처럼 그 내용을 카페에 올리기도 했다. 아빠의 디지털카메라로 그 부분을 찍고 또 찍어 '오류의 장면'을 사진 파일로 올리기도 했다.

그렇게 거의 6학년이 될 때까지 〈더 트랜스포머 더 무비〉를 끊임없이 감상하며 즐겼다. 처음처럼 매일 보는 건 아니어도 빌려서 보는 일을 끊지 않았다. 볼 때마다 새로운 것이 눈에 들어왔다. 그러던 어느 날이었다. 엄마가 이런 말을 했다. "〈트랜스포머〉를 그렇게 열심히 보는데 현묵아, 그 영어 대사를 네가 한번 해석해 보는 게 어때?"

현묵은 싫다고 하지 않았다. "어 그래 볼까? 할 일도 없는데." 현묵은 바로 그 자리에서 공책 하나를 꺼냈다. 겉표지에 '더 트랜스포머 더 무비'라고 적었다. 그리고 DVD를 틀었다. 들리는 대로 받아 적고 해석해 볼 요량이었다. 6학년의 그날은 현묵 인생 최초의 번역이 시작된 날이었다.

"돌이켜보면 이게 내 생애 처음으로 번역이라는 것을 해 본 경험이었어요. 이 짓을 하다 보니 어느새 영어 대사가 들릴 때마다 머릿속에서 우리말로 변환하려 드는 버릇이 생겨서, 이 버릇이 이후 몇 년을 가기도 했더랬어요. 아, 근데요."

"대단하네, 근데 왜?"

"하지만 과거 미화는 여기까지 해야 할 것 같아요."

"과거 미화?"

"제 번역 작업에는 중대한 문제가 많았어요. 제대로 한 게 없었어요."

현묵은 이 공책을 잃어버렸지만 자신의 기억과 카페에 올렸던 글과 최근에 본 DVD 등을 바탕으로 6학년 시절 자신의 번역이 얼마나 엉터리였는지 아주 자세히 설명하기 시작했다.

"이런 장면을 예를 들면요.

옵티머스 프라임: Listen, Ironhide. We don't have enough Energon cubes to power a full scale assault. Ready the shuttle for launch!

아이언하이드(혼잣말): Your days are numbered now, Decepti-creeps!

그럼 그때의 저는 이 정도 알아들었던 것 같아요.

Listen, Ironhide. We don't have _____ Energon cubes to power _ _____ _____ _____. Ready ___ _____ for

_____!

Your _____ ___ _____ ___, Decepti-_____!

그러니까 80% 정도는 알아듣지 못한 것이죠. 결국 이해 못한 부분, 알아듣지 못한 부분은 자의적으로 끼워 맞추면서 번역을 한 것이었어요. 말이 번역이지 사실상 영화 대부분을 자의적으로 재창조하고 있던 셈이었어요.

기억에 남는 오역들이 있어요. 어디 보자, 영화 26분께 장면인데요. 스프링어가 로켓을 장전하면서 'I got better things to do tonight than dying오늘 밤은 죽기보다 더 좋은 일거리가 있지'이라고 해요. 저는 'dying'만 제대로 들려요. 로켓을 장전하는데 죽인다고 하니, 이걸 공책에 이렇게 적었어요. '놈들을 쓸어버리자!'로요.

이건 영화 1시간 2분께 장면이네요. 메가트론은 본격적으로 결투를 시작하기 전 옵티머스에게 'No! I'll crush you with my bare hands!아니! 네놈을 맨손으로 쳐부숴 버리겠다'라고 외치거든요. 저는 'bare'를 'bear'로 알았죠. 'bear hand'가 도대체 뭔지 이런 의문과 씨름을 하다, 마지막에 '내 곰 같은 손으로 너를……' 이렇게 해석했어요. 말하다 보니 부끄럽네요.

어린이들이 보는 만화라고 생각할지 모르지만 욕도 엄청 나오고, 음악도 메탈 중심이고요. 유니크론이 위성을 잡아먹으려고 하자 범블비와 스파이크 윗위키가 그 위성을 미리 폭파하는 작전을 세우거든요. 그런데 실패하자 스파이크가 이렇게 말해요. 'Oh shit! What are we gonna do now?'"

욕도 그대로 적자고 마음먹고 '씨발'이라고 곧이곧대로 적었죠. 엄마가 지나가다 '뭘 이렇게까지 열심히 하냐'며 내 공책을 보다가 빵 터져서 한참 웃던 모습이 생각나네요.

하지만 지금 생각해도 참 잘했다 싶은 번역도 있어요. 바로 이 영화의 마지막 대사죠.

옵티머스 프라임이 죽고, 그 뒤를 로디머스 프라임이 이어받잖아요. (난 잘 몰라) 네, 어쨌든 새 리더에 오른 로디머스 프라임이 오토봇 동료들과 함께 이런 말을 마지막으로 외쳐요. 'Till all are one!' 죄다 엉망으로 번역한 거 같은데, 이건 '하나 되는 그날까지!'라고 번역했어요. 'till'이란 단어를 몰라서 영어 사전에서 비슷하게 생긴 단어를 죄다 찾아본 기억도 나네요. 굉장히 추상적인 문장인데, 정말 잘한 것 같지 않아요? '모두 하나 될 때까지!'라고 했으면 맛이 안 살잖아요.

그때 일을 기억해 보라고 하셔서 하나하나 다 기록해 본 건데요. 그때 그 공책은 없어졌지만 나름 기억이 많이 남아 있어서 저도 놀랐어요."

사실 나도 놀랐다. 6학년 때 일을 이렇게까지 떠올려서 시간을 하나하나 맞추고, 대사 하나하나를 다 다시 찾아서 정확히 그때 일을 기술하는 힘에. 현묵은 〈더 트랜스포머 더 무비〉를 통해 자신의 번역 역사의 시작점을 발굴한 듯싶었다. 당시 공책이 있었다면 '흑역사의 기록'이 됐을 것이며 "항마력—부끄러운 일 등을 견뎌 내는 것에 대한 게임 세대의 표현—이 필요한 일"이라고 말했으나, 그게 그대로 있었다면 얼마나 좋았을까라고 현묵은 내심 생각했을 것이다.

현묵의 표현을 그대로 빌리자면 "흔하디흔한 중철제본 된 초등학생용 줄 공책 한 권과 볼펜 한 자루"로 그의 번역이 시작된 것이다. 공책은 첫 장부터 마지막까지 빼곡하게 다 채워졌다. 그것도 모자라 모든 여백이 현묵의 번역으로 가득가득 채워졌다고 한다. 결국 나중엔 겉표지의 앞뒷면까지 쓸 수밖에 없었다. 가능한 작은 글씨로 적으려고 했다. 그 공책이 마치 하나의 기록이 될 것이라고 생각한 듯 다른 공책으로 옮겨 가지 않고 그것만 썼다고 한다.

신체의 암흑기인 2016년 열일곱의 2월부터 4년 가까이 96개의 『끝나지 않은 이야기』 번역을 일관되게 쌓아 올린 현묵의 지구력은 이처럼 떡잎부터 달랐다. 현묵이 공부를 대하는 방식, 그것을 유지해 내는 관성, 관성을 가능케 하는 묵직한 질량까지, 그 모든 것을 한 번에 느낄 수 있는 어린 날의 일화였다.

엄마와의 인터뷰에서 왜 이때 번역을 해 보라고 권했는지 물은 적이 있다. 엄마는 시종일관 쿨하고 활기찼으나, 때론 가진 게 없고 지식이 없어 현묵이 더 나아질 기회를 빨리 잡지 못한 것 같다는 말도 자주 했다. "벌어 놓은 돈도 한 푼 없어서 미래가 걱정이었는데 그래도 현묵이가 자기 밥벌이는 할 것 같다는 희망이 생기면서, 정말 지금이 제일 행복해요."

그러면서 현묵에게 영어를 권한 얘기도 들려줬다. "제가 대학 교육까지 받았고 애들에겐 역사와 논술을 가르치지만, 부끄럽게도 영어엔 까막눈이에요. 현묵이가 어렸을 때부터 주사를 달고 살았잖아요. 예전의 약은 전부 정맥 주사로 맞아야 했어요. 현묵이가 초등학교를 막 들어갔을 때쯤이었을 거예요. 어린 현묵이의 혈관이 안 잡히니까 이리 찌르고 저리 찌르는 일이 많았죠. 어린애가 처음엔 자지러지다 나중엔 그냥 가만히 누워 있는 거예요. 포기한 거죠. 눈물만 주르르 흘리며 주사에 저항하지 못하는 아이를 보는 게 너무 괴로웠죠. 그런데 어느 날 주사를 맞고 이상 증세를 보이는 거예요. 주사를 매일 맞는데 알레르기 같은 거면 큰일이잖아요."

당시엔 친절하지 않은 의사에게 많은 것을 물을 순 없어서 한국혈우재단에서 알게 된 분에게 부탁해 주사 부작용에 대해 정리한 자료를 복사했다. 특히 아나필락시스anaphylaxis─심한 쇼크 증상처럼 과민하게 나타나는 항원 항체 반응─ 등에 대해 혈우병 환자에 맞게 잘 정리된 자료였다. 그런데 해석이 전혀 되지 않았다. 한글 자료를 찾아보려고 했지만 찾을 수 없었다. 그래서 아들은 다른 사람의 도움 없이 영어 문서도 척척 읽고 어려움에 대처하면 좋겠다고 생각했다. 자신이 해 줄수 없으니 아들은 그랬으면 좋겠다는 바람이었다. 그래서 영어 비디오도 들려주고, 〈더 트랜스포머 더 무비〉를 볼 때 번역도 해 보자고 조르듯 제안했다. 하지만 엄마도 알지 못했다. 현묵이 그렇게까지 해낼지.

엄마가 공부를 시킨 목표는 분명했지만, 사실 현묵에겐 모든 것이 유희였다. '있어 보이는 덕질'을 위한 가장 완벽한 지름길은 영어 영상과 자료를 척척 찾아 번역하고 이것을 카페 게시판에 올리는 것이기도 했다. 이런 맥락에서 할리우드 영화 번역에 도전하기도 했고, 실제로 〈스타워즈〉 시리즈를 그런 식으로 번역해 보았다. 디즈니와 픽사에서 만든 영화는 말할 것도 없었다. 현묵은 그중에도 〈월E〉를 번역한 것도 기억에 남는다고 했다.

"그런데 어무이는 〈월E〉를 보고 있으면 아주 좋아하시진 않은 거 같아요"

"왜?"

"그 영화에 말이 별로 안 나와요."

2013년 2월 초등학교 졸업식.
현묵은 초등학교 졸업 후 진학을 포기해야 했다.

13

덕후의 클래스,
TOMEK

2021년 7월 14일 수요일 현묵을 만난 그다음 날, 카페 '중간계로의 여행'에 장문의 글이 하나 올라온다. '중간계로의 여행'은 톨킨 팬덤의 총본산이고, 톨킨 책을 내는 출판사에겐 자문 그룹이며, 그리고 현묵에겐 중, 고등학교였다. 해서, 현묵과 인터뷰를 한 후엔 언제나 카페에 올려진 글을 통해 사실 확인을 해 보곤 했다. 그런 도중에 만난 7월 15일에 올라온 게시물은 대단히 충격적이었다. 그것은 4대 매니저인 닉네임 MW가 토멕TOMEK, Test of Middle Earth Knowledge의 역사를 정리해 올린 장편의 글이었다. 놀라운 것은 톨키니스트의 지식 수준을 묻는 이 시험의 역사가 올해로 10년을 맞았다는 것이다.

2012년 3월 22일 당시 중학생 소년이던 닉네임 카노레Carnore가 가운데땅에 대한 시험을 만들자고 제안한다. 이와 비슷한 아이디어를 갖고 있던 당시 중학생 MW는 카노레와 이 프로젝트를 시작한다. 당시 매니저(2대) 테시는 이들 중학생의 제안을 받아들인다. 톨킨의 세계에 빠진 두 명의 중학생은, 마치 영화 〈죽은 시인의 사회〉의 소년들처럼 자기들만의 정신적 아지트에서 열정적으로 일을 도모했다. 그리고 기어코 시험 문제를 만들어 2013년 5월 알파테스트를 위한 준비 작업에 들어가 그해 여름 시험을 실시했다. MW는 이 글에서 당시 여름 수련회에 다녀온 뒤 고열 속에서 알파테스트를 준비한 추억도 함께 올렸다. 짧은 언급이었으나 문학적이고 영화적이란 생각이 들었다. 이후 현 매니저인 스란레골이 합류하면서 그해 11월 베타테스트가 차례로 이뤄진다. 이렇게 1년의 실험을 거쳐 2014년 제1회 토멕이 실시된다. MW는 시험이 시작된 지는 10년이 안 되지만, '톨키니스트의 교육 프로젝트 구상'이 시작된 2012년 3월 23일을 '토멕의 날'로 지정하자고 제안한다.

중학생 소년들의 구상은 상상을 초월할 정도로 체계적이었고 어른스러웠다. 이들은 토멕이라는 시험을 탄생시키기 위해선 그 상위 개념인 '교육 위원회' 같은 시스템이 있어야 한다는 것을 알고 있었다. 그래야 시험이 지속될 수 있다고 생각했다. 그림을 그릴 줄 알았다는 얘기다.

토멕이라는 시험을 위해 이들은 에오메르EOMER, Education Of Middle Earth which will be Rhapsodized by Korean Tolkienists 프로젝트를 발족한다. 한국의 톨키니스트들을 열정적으로 키워 낼 가운데땅 교육 프로그램쯤 되겠다. 시험을 통해 톨킨을 공부하는 방향을 제시하고, 궁극적으론 톨킨의 세계에 대해 더 정확하게 더 풍부하게 알아감으로써, 톨키니스트로서의 자격을 갖춰 간다는 목표였다. 체계적인 시험을 위해 MW는 우수 문항을 선정하고, 일종의 문제집 같은 것도 만들었다. 아마도 장기적으로 토익과 같은 문제은행으로까지 나아갈 것도 구상한 듯싶었다. 토멕은 '중간계로의 여행'의 수준을 보여 주는 중요한 상징이라는 생각이 들었다. 세상의 이해타산으론 도대체 이해하기 힘든, 이 소년들의 지적 유희는 놀라운 것이었다.

토멕은 현묵에게도 중요한 의미를 갖는다. 2015년 이 카페에 가입함으로써 현묵은 닫혀 있던 세상과 통하는 창을 발견했다. 그곳은 현묵의 학교였고 바깥세상이었다. 카페 활동을 열심히 따라가며 현묵은 지난해(2014년)부터 8월에 토멕이 실시됐다는 것을 알았다. 형식을 보니 한국사능력검정시험이나 수학능력평가와 유사했다. 어설프게 알아서는 풀 수 없는 문제들뿐이었다. 탈락과 합격이 따로 없었다. 다만 총점 100점에서 70점이 넘으면 출제진에 합류할 자격을 줬다. 중학생 나이였던 현묵은 시험을 출제하는 톨키니스트가 되고 싶었다. 그래서 초심자의 행운을 믿고 시험에 응시한다. 점수는 68점. 2점이 모자라 출제진이 될 수 없었다. 사실 70점이 되었다고 해도 출제진이 될 순 없다고 생각했다.

이후 현묵은 테스트보단 톨킨 공부와 번역에 좀 더 집중한다. 앞서 자세히 얘기했듯, 그렇게 2016년 2월 『끝나지 않은 이야기』의 첫 번역을 올린 것이다. 『끝나지 않은 이야기』의 공동 번역 프로젝트를 제안한 인물은 MW였다. 2012년 중학생 MW는 토멕의 기초를 닦았다. 그리고 고등학생 때 이미 카페의 책임자인 매니저가 됐다. 그렇게 현묵이 가는 길 앞에서 MW는 계속해서 성장의 계기를 만들어 주고 있었다.

현묵은 2016년 시험은 건너뛰었다. 70점이 문제가 아니라, 70점이 넘었다고 해도 출제를 할 수 있는 수준이 되었느냐가 현묵에게 중요한 일이었다. 2017년 시험에 응시해서 70점을 넘었다. 그리고 2018년부터 출제진에 합류했다. 이후 현묵은 지금까지 거르지 않고 이 일을 하고 있다. 매년 출제진은 보통 네다섯 명 정도 된다. MW는 처음부터 지금까지 줄곧 핵심이다. 그는 대부분의 시험에서 출제위원장이다. 위원장은 그해 토멕에 대한 계획을 세우고 출제진을 정한다. 이후 출제진으로부터 문제를 받아 최종 시험 문제를 선정하고 시험지를 완성한다. 응시한 이들에게 시험지를 우편으로 보내고 답안지도 받아 정리한다. 채점을 하고 시험에 대한 리뷰까지 맡는다. MW가 2021년 7월 15일에 올린 글에는 팩맨(현묵)이 몇 차례 언급된다. 일단 2018년부터 2021년까지 4년간 팩맨이 빠짐없이 출제진에 합류했음을 알 수 있다. 수능처럼 지문을 기반으로 한 재미있고 새로운 유형을 팩맨이 도입했다는 점을 이야기했다. 현묵은 신약을 만난 2019년부터는 작심하고 좋은 문제를 내기 위해 노력했다. 2020년에도 마찬가지였다. 그렇게 지금까지 없던 유형의 문제들이 토멕에 등장하기 시작했다. "시련을 이겨 내고 만전이 된 상태였으니까요, 본격적으로 고품질 문제를 만들어 보기로 결심했어요. 그래서 생각한 게 수능시험을 벤치마킹하는 방식이었죠."

현묵이 만든 문제는 굉장히 많지만 독자의 이해를 돕기 위해 한 가지 유형만 소개하겠다.

[을(문화)01~을02]. 다음 제시문을 읽고 물음에 답하세요.

아르다의 역사에서 한 민족이 다른 민족의 언어를 받아들여 사용한 사례는 여럿 등장한다. 첫 번째로 자체적인 언어가 이미 존재하지만 일부러 자신들의 언어를 놔두고 다른 민족의 언어를 일상적으로 사용한 경우가 있으며, 두 번째로 일상생활에서는 자기 민족 고유의 언어를 사용하되 인명, 지명, 기록, 혹은 외부와의 교류 따위의 특정 분야에 한정해서 다른 언어를 사용한 경우도 있고, 그 외에도 아예 독자적인 언어가 존재하지 않았기에 외부 언어를 받아들여 사용한 경우 등도 있다. 예를 들어 가운데땅으로 망명한 놀도르의 사례는 첫 번째 경우에 해당한다. 원래 망명 놀도르 요정들의 고유 언어는 흔히 '높은요정어'라고 불리는 ㉠퀘냐였다. 하지만 싱골이 자신의 백성들에게 퀘냐 사용 금지령을 내리자 회색요정들은 퀘냐를 기피하게 되었고, 놀도르 요정들도 회색요정들과 교류하기 위해 어쩔 수 없이 퀘냐 대신 회색요정의 언어인 신다린을 사용하기 시작했다. 이후 망명 놀도르 요정들은 아예 ㉡신다린을 일상 언어로 사용했으며, 『실마릴리온』에 등장하는 놀도르 출신 인물들도 전부 신다린식 이름으로 등장한다. 다만 퀘냐가 사멸한 것은 아니었다. 놀도르 군주들만이 있는 자리에서는 퀘냐가 쓰였으며, 학문용으로도 퀘냐가 계속 사용되며 그 명맥을 이었다.

이쯤 되면 벨레리안드 전체에서 신다린이 일종의 '공용어'로 자리 잡았으리라는 것을 짐작할 수 있을 것이다. 이후 놀도르 요정들과 교류하게 된 에다인도 요정들의 지식을 전수받기 위해 신다린을 배우게 되었다. 이 때문에 1시대의 전설에 등장하는 인간들의 이름은 신다린으로 된 것이 많다. 특히 하도르 가문의 경우, 오직 신다린만을 사용했다고 한다.

1시대 에다인의 직접적인 후예인 누메노르인들은 두 번째 경우에 해당한다. 누메노르인들의 모어는 에다인 조상들의 언어에서 비롯된 아두나이어였고, 백성들 사이에서도 아두나이어가 사용되는 게 일상이었다. 다만 왕족이나 귀족 등은 신다린을 사용했으며, 퀘냐도 옛 전설의 보존이나 학문, 혹은 행정의 용도로 사용되었다. 특히나 왕족들은 모국어로 된 이름 외에도 퀘냐식 이름 또한 갖고 있었으며, 공식적으로 쓰이는 지명들도 퀘냐로 지어진 것이었다. 아르아두나코르 이전의 누메노르 왕들과 타르팔란티르의 왕명도 모두 퀘냐로 된 것이다. 아르아두나코르 본인조차도 퀘냐로 된 왕호를 사용하던 기존의 관습을 전면적으로 깨길 두려워해, 공식적으로는 타르헤루누멘이라는 퀘냐 왕호로 기록되었다.

3시대의 곤도르인들도 비슷한 사례다. 곤도르인들은 당시 가운데땅 서북부에서 공용어로 쓰이던 ⓒ서부어를 주로 사용했다. 원래라면 누메노르인의 직계 후손으로서 아두나이어를 사용했겠지만, 가운데땅에 섞여들게 되면서 당시 가운데땅 인간들의 절대 다수가 사용하던 서부어를 받아들인 것이다. 이후 두네다인들의 서부어 사용 비중은 점점 증가해 3018년 즈음에 가면 두네다인의 대부분이 서부어를 일상적으로 사용했다. 하지만 곤도르에 존재하는 인명과 지명의 대다수는 서부공용어가 아닌 신다린으로 된 이름이었으며, 곤도르 왕들의 왕호는 퀘냐였다.

드워프들의 언어는 드워프의 창조주인 아울레가 창시한 크후즈둘이었다. 그들은 은밀하게 크후즈둘을 사용하며 이를 매우 아꼈기 때문에 다른 종족들은 절대로 이 언어를 배우지 못했고, 드워프들 스스로에게도 크후즈둘은 모국어보단 차라리 대대로 전승되는 지식에 가까웠다. 3시대 들어 인간과의 교류가 활발해지면서 드워프들은 인간족의 언어를 받아들여 사용했으며, 자신들의 진짜 이름을 숨기고 대외적으로는 다른 종족의 언어로 된 가명을 사용했다. 특히 김리의 친척들의 가명은 모두 북부 인간족의 언어에서 기원했다고 한다.

PM을01. 제시문의 내용을 이해한 것으로 적절하지 않은 것을 고르세요.
① 마이드로스, 핑골핀, 핀로드, 투르곤, 갈라드리엘은 모두 놀도르가 아닌 다른 민족의 언어로 된 이름이겠군.

② 바라히르, 베렌, 후린, 모르웬, 랄라이스는 베오르 가문이나 하도르 가문의 고유 언어로 된 이름이 아니었겠군.

③ 어떤 누메노르 왕이 누메노르의 고유 언어로 된 왕호를 사용했다면, 그 왕은 누메노르가 타락한 시기의 왕이라고 할 수 있겠군.

④ 곤도르의 백성인 요레스와 베레곤드의 이름은 회색요정어로 이루어졌겠군. 이실두르, 엘다카르, 온도헤르, 에아르누르 등의 이름도 마찬가지겠어.

⑤ 발린, 드왈린, 글로인은 북부 인간족의 언어에 바탕을 둔 이름이겠군. 다인과 소린도 마찬가지겠어.

출제 의도: 제시문에 언급된 민족들이 어떤 언어로 된 이름을 사용했는지 이해했는가?

풀이: ① 본문의 "『실마릴리온』에 등장하는 놀도르 출신 인물들도 전부 신다린식 이름으로 등장한다."는 단락에서 파악할 수 있듯이, ①에서 언급된 이름은 모두 신다린으로 된 것이다. 신다린은 놀도르가 아닌 신다르 민족의 언어이므로 적절하다.

② 본문의 "1시대의 전설에 등장하는 인간들의 이름은 신다린으로 된 것이 많다."에서 파악할 수 있듯이, ②에서 언급된 이름들은 신다린으로 된 것이다. 따라서 적절하다. ③ 누메노르의 모어란 아두나이어를 가리키는데, 누메노르에서 아두나이어 왕호를 사용한 왕들은 발라와 요정들을 적대시한 왕이다.

따라서 적절하다. ④ 3시대 곤도르인들의 이름은 대개 신다린으로 지어졌으나, 본문의 "곤도르 왕들의 왕호는 퀘냐였다."는 서술에서 파악할 수 있듯이 왕들의 이름은 퀘냐로 지어졌다. 따라서 요레스와 베레곤드가 신다린 이름이라는 설명은 옳으나, 이실두르, 엘다카르, 온도헤르, 에아르누르는 곤도르의 왕들이므로 이 이름들도 신다린이라는 설명은 옳지 않다. 고로 정답은 ④이다. ⑤ 옳은 설명이다. 본문의 "김리의 친척들의 가명은 모두 북부 인간족의 언어에서 기원했다고 한다."는 서술을 통해 파악할 수 있다.

나는 TOMEK '문화 영역'에서 현묵이 출제한 지문 문제에 적잖이 놀랐다. 이 문제에 나오는 지문은 현묵이 직접 만든 것이다. 톨킨이 직접 쓴 원문에만 의존하면 출제 범위에 한계가 있다고 현묵은 생각했다. 그래서 『반지의 제왕』의 내용을 기반으로 한 지문을 스스로 만들었다. 그 안의 이야기는 모두 톨킨의 저작 내용에 어긋나지 않게 '외전'처럼 구성했다. 톨킨의 세계를 이해하는 것만으론 문제를 풀 수 없고, 지문을 정확히 읽고 이해해야 풀 수 있는 문제를 만들고 싶었다.

현묵은 또한 수능의 '비문학 유형' 같은 문제를 내고 싶었다. 가령 엔진의 작동 원리에 관해 설명하는 '비문학 지문'이 있다고 치자. 그러면 문제는 이렇게 출제될 것이다. "위 지문의 내용에 비춰 봤을 때, 다음 보기의 인물들이 설명하는 엔진에 대한 설명 중 적절하지 않은 것은 무엇인가?” 그러면 보기에는 엔진에 대한 다양한 의견, 장점이나 단점, 수리 방법 등이 담긴 대화가 이어질 것이다. 그중 본문에 나온 원리에 맞지 않는 말을 하는 사람이 한 명 있을 것이다. 정답은 바로 그 사람이 된다. 현묵은 바로 그런 문제를 만들고 싶었고 그런 문제를 출제했다. 나는 갑자기 의아해졌다.

“저런 무시무시한 문제를 낼 때가 2020년이지?”

“네, 저 문제는 2020년이네요.”

“여름에 낸 거지?”

“시험이 매년 8월에 실시되기 때문에 보통 7월에 출제하게 되죠.”

“2019년과 2020년은 MW가 군대에 갔을 때라고 했나? 그때 네가 시험 관리 역할을 했다고 했지?”

“저는 그저 답안지를 받아 정리하는 정도의 일만 했죠. MW님이 출제위원장 역할을 고스란히 다 수행했어요. 제가 한 건 별 게 없어요.”

2020년 7월은 현묵이 『끝나지 않은 이야기』의 번역 계약을 맺고 매일 밤을 새우며 번역에 몰두할 때였다. 또 그해는 현묵이 검정고시를 보고 수능을 준비하던 때였다. 그런데 이런 것까지 모두 함께 했다는 얘기가 된다. “나태함에 아픔이 양념처럼 뿌려져 있는 상태”였다고 아팠을 때의 날들을 규정했던 현묵이었다. 그것은 역설적으로 현묵이 ‘나태함’에 얼마나 예민한지 보여 주는 것이기도 했다.

현묵은 MW가 자신의 문제를 칭찬한 것을 대단히 좋은 기억으로 담아 두고 있었다. "문제를 출제했는데, MW님이 '역시 새로운 피가 수혈되니 참신한 문제들이 쏟아진다'고 말해 줬어요. 너무 기분이 좋았죠. 그런데 나중에 알고 보니 저보다 두 살밖에 안 많아요. 중학교 때 토멕을 만들겠다고 다짐하고 이를 실천하고, 10년 가까이 이 세계를 만들어 가고 있는 거예요. 초기에 함께했던 사람은 지금은 카페에서 보이지 않아요."

현묵은 『끝나지 않은 이야기』 번역을 통해 놀라운 지구력을 보여 줬다. 그리고 방향성이 분명한 일관된 노력이 얼마나 단단한 퇴적물을 만드는지 알게 해 줬다. 현묵은 "롤모델 중의 하나가 MW"라고 했다. 어쩌면 현묵은 이 학교 '중간계로의 여행'에서 만난 선생님들과의 경쟁을 즐기고 있었는지도 모른다. 그렇게 어디 내놔도 부끄럽지 않은 톨키니스트로 성장하고 있었다.

'중간계로의 여행'에서 벌어지는 지적 유희는 토멕뿐이 아니다. 톨킨이 창조해 낸 요정족의 언어에 대한 능력을 평가하는, 이를테면 토익이나 토플 같은 시험 EAT Elvish Ability Test를 시도하기도 했다.

현묵이 즐겁게 참여한 것은 카페에서 종종 열리는 공모전이었다. 가운데땅과 관련된 그림, 음악, 소설(팬픽), 시 등 모든 것이 공모전의 대상이 된다. 상품이라고는 스마트폰 테마 같은 아주 소소한 것들이었으나 이곳의 사람들은 몇날 며칠, 몇 주를 쏟아부어 공모전에 뛰어들었다. 누군가는 시를 올렸고—톨킨의 운율을 한국어로 수용한—, 팬픽으로 장대한 이야기를 꾸미기도 했고, 톨킨 세계관에 대한 논문 수준의 글이 올라오기도 했으며, 노래를 만들기도 했고, 전문가급 그림과 공예 작품이 제출되기도 했다. 공모전의 권위와 공정성을 위해 회원 투표—이를테면 시청자 투표—와 운영진 투표—이를테면 심사위원 투표—를 분리해 합산하는 방식으로 수상작을 가렸다. 어떤 회원은 마치 가운데땅에서 만든 것 같은 상장을 공들여 만들어 운영진에 제공하기도 했다. 그것은 스마트폰 테마 같은 소소한 상을 더욱 멋지게 만들었다.

현묵은 2015년부터 꾸준히 공모전에 참여했다. 2016년에는 전투 장면을 담은 간단한 GIF 애니메이션을 만들기도 했다. 간단한 것이었지만 꼬박 2주를 쏟아부었다. 밤새워 애니메이션을 만들고 있으면 자신에게 찰싹 붙어 있던 고통이 한 자리 건너 앉아 기다려 주는 것 같았다. 2019년에는 공모전에서 대상을 받기도 했다. 현묵은 별 게 아니라고 하면서도 많이 기뻤다고 했다. '만전이 된' 현묵은 그렇게 뭔가 더 멋진 것을 만들고 있었다. 대상을 받은 작품은 다음과 같은 한시漢詩였다.

사우론가 蛇愚論歌

一名蛇愚論(일명사우론)　　이름하야 사우론蛇愚論이라고 하니
滅古累副官(멸고루부관)　　멸고루滅古累의 부관 되는 자라
突發火炎戰(돌발화염전)　　급작스러운 불길의 전투 때에
闍里蘊占領(시리온점령)　　시리온闍里蘊을 점령하고
改名以後突(개명이후돌)　　명칭을 바꾸니 이름은 돌埃이요
人苛憂牢獸(인가우로수)　　호는 인가우로수人苛憂牢獸로다
彬蘆頭生捕(빈로두생포)　　빈彬가家의 로두蘆頭를 산 채로 붙잡고
妖精王處置(요정왕처치)　　요정왕 되는 이를 처단하였으나
淚吽等侵入(루후등침입)　　루淚와 후吽 등지가 침입해오니
慘敗後降伏(참패후항복)　　참담한 패배를 당하고 항복하도다
以後潛跡行(이후잠적행)　　이후 종적을 감추어버리니
活躍相全無(활약상전무)　　활약상이 전무하더라

二時代始作(이시대시작)　　때는 어언 이二시대가 되어
膳物支給者(선물지급자)　　선물을 지급하는 이로 스스로를 꾸미니
力半指製造(력반지제조)　　신묘한 힘의 가락지를 제조하고
妖精國驅逐(요정국구축)　　요정들의 국가를 구축驅逐하도다
中大陸號令(중대륙호령)　　그 위세가 가운데땅을 호령하고
自稱地上王(자칭지상왕)　　지상의 왕을 자칭하였으나
破羅尊征伐(파라존정벌)　　파라존破羅尊이라는 자가 정벌하니

捕虜身世行(포로신세행) 　신세가 한낱 포로로 전락하고 말더라

西域地入城(서역지입성) 　서역 땅으로 몸을 들이고

墮落成功的(타락성공적) 　타락을 성공적으로 행하나

岳竭羅倍水(악갈라배수) 　악갈라배수岳竭羅倍水의 변을 겪을지라

爆笑中溺死(폭소중익사) 　웃는 도중에 물고기 밥이 되고 말더라

最後同盟戰(최후동맹전) 　최후의 연합군을 상대로 전란이 벌어진즉

七年間包圍(칠년간포위) 　어언 칠년간이나 독 안에 든 쥐 신세로고

環手指切斷(환수지절단) 　가락지를 낀 손가락이 잘리고

肉體再喪失(육체재상실) 　몸을 다시금 잃어버리도다

略三千年間(약삼천년간) 　약 삼천년의 세월을 은거하며

坤都樓弱化(곤도루약화) 　곤도루坤都樓국을 쇠하게 하고

勢力回復後(세력회복후) 　세력을 다시금 키운즉

環戰爭開始(환전쟁개시) 　가락지 전쟁을 일으키더라

優勢維持中(우세유지중) 　꾸준히 우세한 형국을 유지하였으나

金半指禍根(금반지화근) 　금가락지 하나가 화근이 되어

急速度破滅(급속도파멸) 　신속히 파멸을 맞는구나

身世慼凄凉(신세참처량) 　처량하기 그지없는 신세로고

　　가운데땅에 대해 잘 알지 못하는 사람에겐 저게 도대체 무
슨 말인가 싶을 테지만, '중간계로의 여행' 사람들의 호응은 컸
다. 톨킨의 세계에 대한 해박한 지식을 기반으로, 한문의 음
을 빌려(차음) 등장인물과 지역, 사건을 '조금은 엉터리로' 설

명한 것이 기발해 보였던 것 같다. 간단히 설명하자면 이렇다.

"彬蘆頭生捕(빈로두생포) 빈彬가家의 로두蘆頭를 산 채로 붙잡고". 가운데땅의 역사로 보면 『반지의 제왕』의 배경은 3시대다. 1시대의 위대한 전설이 펼쳐질 때 요정 세계엔 유명한 군주 핀로드가 있었다. 이를 차음을 통해 '빈로두'로 표현하면서도, 이를 또 '빈彬가家의 로두蘆頭'라고 엉터리지만 재치 있는 한국어 설명으로 옮겼다. "岳竭羅倍水(악갈라배수) 악갈라배수岳竭羅倍水의 변을 겪을지라". 영화 〈반지의 제왕〉의 주인공 격인 왕족 아라고른의 혈통이 유래한 곳이 멸망하는 역사적인 사건이 있다. 그 사건을 '아칼라베스'라 부른다. 이를 차음을 통해 한국어로 '악갈라배수의 변'이라고 표현했다.

현묵은 TV 프로그램인 〈무한도전〉을 보고 따라 한 것뿐이라고 했다. 개그맨 박명수가 어떤 생존게임 같은 것을 수행하다가 실패하자 비장한 한시가 나온다. 그것은 정말 엉터리였지만 너무 재치 있어서 머릿속에 담아 두고 있었다. 이를 〈사우론가〉에 활용해서 살려 보고 싶었다고 했다.

2021년, 여름의 한가운데로 갈수록 코로나19는 더 거세졌었다. 토맥에 대한 글을 7월 15일 확인하고 다음 수요일인 7월 21일. 현묵과 함께할 수요일을 위해 운전대를 잡은 내내 라디오에선 코로나 얘기뿐이었다. "오늘 확진자가 1784명으로 역대 최고치를 갈아 치웠습니다. 거리두기 4단계는 다시 연장

될 것으로 보이며……"

　나는 방역 지침을 분명히 지키는 조건으로, 만나서 인터뷰하는 것을 고집했다. 시흥의 집에 들어서니 보행보조기를 짚고 현묵이 반겨 줬다. '아 저렇게 컸었나!' 185cm인 나와 비슷한 키의 현묵을 보며 새삼 놀랐다.

　그날 우리는 토멕과 공모전에 대해 웃고 떠들었다.

　"그 아픈 와중에 사회생활 정말 열심히 했네."

　"언제나 랜선으로만요."

　"지금은 대한민국 전체가 랜선이야."

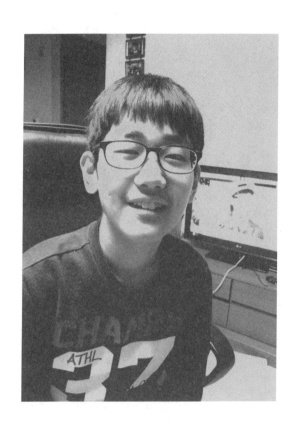

집에서만 생활하던 2014년 어느 날.
엄마가 "친구에게 잘생긴 아들 자랑해야지" 하며 찍었다.

14

김준법 임팩트

다른 혈우병 환자들처럼 어린 시절 현묵도 엄마와 한국혈우재단을 집처럼 드나들었다. 그곳에서 약이나 치료법에 대한 정보를 공유하고 물리치료도 받을 수 있었다. 재단을 통해 많은 사람을 알게 됐다. 하지만 현묵이 커 가면서 엄마는 재단을 통해 만들어졌던 모든 관계를 끊었다.

현묵과 어린 시절부터 만났던 혈우병 아이들은, 거짓말처럼 평범한 모습으로 학교를 다녔다. 약을 쓰면 효과가 분명히 있었으므로 내출혈이 발생하면 빠르게 대처가 가능했다. 그들에겐 정상 인자가 보충되는 약을 투여하면 지혈이 되는 것은 당연한 일이었다. 관절이 손상됐어도 물리치료를 통해 근골격계를 회복할 시간을 충분히 벌 수 있었다. 겉으로 보면 일반인과 크게 다를 게 없었다. 하지만 현묵의 상태는 갈수록 더 심각해졌다. 걷지 못했고 늘 죽기 직전까지 아팠다. 같은 어려움을 공유한 사람들의 네트워크에서 혼자만 낙오되는 박탈감을 엄마는 견딜 수 없었다. 어떤 고통, 가난, 탈락은 그것을 공유하는 동지로 인해 가장 큰 위로를 받지만, 그 동지가 문제를 해결하면 박탈감은 몇 배가 된다.

2013년 봄이었다. 초등학교 졸업식이 끝나고 얼마 되지 않았던 때였다. 엄마와 현묵은 혈우재단에 가서 여느 때처럼 아는 엄마들을 만났다. 그 엄마들은 인사처럼 학교에 대해 물었다. "현묵이는 중학교 어디 들어갔니?" 현묵은 그 질문에 아무렇지 않게 농담으로 답했다. "혈우재단 다녀요." 하지만 엄마의 마음은 현묵의 그런 태도와는 대척점에 있었다. '다른 아이들은 학교도 다니고 잘 사는데 왜 우리 현묵이는 이런 고통 속에 있나?' 그런 생각을 하지 않으려고 할수록 우울해지고 무력해졌다. 그런 질문과 답이 오가는 모습을 다시는 보고 싶지 않았다. 그렇게 혈우재단과 그곳을 중심으로 만들어진 네트워크와 멀어졌다. 상태가 심각해지면 대학병원에 입원하기를 반복했지만, 그것은 치료를 위해서라기보다 죽지 않기 위해서였다. 그런 날은 끊임없이 반복됐으므로 느낌상 조금 덜 아프다 싶으면 병원 가는 대신 집에 머물기도 했다. 이동을 하다 더 큰 내출혈이 터지면 되레 손해란 생각도 들었다.

2018년 봄이었다. 재단에서 알고 지내던 어떤 분이 엄마에게 연락해 왔다. 소개시켜 주고 싶은 전문가가 있다고 했다. "제가 그때 너무 예민해 있었어요. 만나 볼 의사는 다 만나봤다는 생각에 '한의원에라도 가야 할까요?' 이렇게 날카롭게 그분께 되물었어요. 지금 생각하면 너무 죄송합니다." 김준범 교수라고, 한강성심병원 의사인데 유전병을 전공한 소아청소년과 전문의라고 했다. 난치병을 앓는 개인에 집중해 맞춤 처방을 하는 분으로 유명하다며 꼭 한번 만나 보라고 권했다. 그런 권유를 받았을 때 현묵의 상태는 최악으로 치닫고 있었다.

"엄마도 저도 상태가 호전될 거란 희망을 완전히 버린 상황이었어요. 내출혈이 생겨도 그냥 방치할 때도 있었죠. 몸도 상해 있었지만 마음도 많이 상해 있었어요." 내출혈이 호전되기 전에 같은 자리에 또 내출혈이 발생하면서 온몸의 관절은 완전히 망가져 버렸다. 고관절 같은 곳이 아파서 앉아 있을 수도 없는 날이 대부분이었다. 엄마와 아빠가 도와줘 바퀴가 달린 의자에 옮겨 앉는다고 해도 근력이 거의 없다 보니 발로 바닥을 밀어 의자를 움직일 수조차 없었다. 그런 상황에서 현묵은 침대에 누워서 노트북을 배에 올려놓고 악착같이 톨킨을 공부하고 세상과 만났다. 그것마저 힘들면 노트북을 ㄱ자로 만들어 옆으로 세워 놓고, 자신은 비스듬히 누워서 랜선으로 여기저기 세상을 돌아다녔다. 지적인 욕구가 높아지고 사람들과 어울리고 싶은 마음이 커지는 만큼 현묵의 몸은 하루가 다르게 더 나빠지고 있었다.

"제 몸은 차츰 식물인간처럼 변하고 있었던 것 같아요." 근력이 완전히 줄어든 팔다리는 앙상하게 뼈만 남았다. 키가 180cm대 중반인데 현묵의 몸무게는 50kg까지 떨어졌다. 육체적으로 완전히 무기력한 상태에서 현묵은 끌려가듯 병원으로 향했다.

엄마는 아는 분의 권유에 현묵을 데리고 새로운 병원으로 갔으나, 태도는 완전히 냉소적이었다. 그날이 2018년 6월 8일이었다. 김준범 교수는 오후 시간을 통째로 비워 두고 현묵을 만났다. 아무리 초진이라고 하지만 현묵과 엄마는 오후 시간을 모두 비우고 진료해 주는 것을 처음 경험했다. "교수님이 그렇게 신경을 써 주셨는데 전 옆에서 팔짱만 끼고 있었어요. 아무리 약을 써도 듣지 않는데 뭘 더 어쩌라는 건지 알 수 없었어요. 선생님도 그런 나의 결례를 느끼셨을 텐데 진지하게 긴 시간을 상담하셨어요. 저와 현묵이 얘기를 다 들어 주셨죠."

현묵은 그날 얘기를 들려주면서 이렇게 말했다. "김준범 임팩트라고 표현해야 할까요. 그날은 어떤 특이점이었어요. 대전환이 이뤄진 날이죠." 김 교수를 만났다고 현묵의 상태가 바뀐 건 없었다. 지혈을 돕는 인자를 공급해 주는 약이 거의 듣지 않는 현묵에게 맞는 어떤 치료법을 김 교수가 가진 것도 아니었다. 대신 김 교수는 "혈우병은 개인마다 다 다르다"는 의미심장한 화두를 현묵에게 던졌다. 그러므로 모든 접근은 개인 맞춤 치료로 가야 한다고 강조했다.

김 교수가 현묵에게 먼저 제안한 것은 '기록'이었다. "교수님은 저만의 데이터베이스를 만들라고 했어요. 아픈 증세뿐 아니라 아프기 시작한 후 약의 처방에 따라 어떻게 반응하는지 아주 작은 변화라도 기술해 놓자고 했어요. 그리고 제가 아픈 패턴도 모두 기록해 놓자고 했어요. 지금까지 처방한 것보다 더 많은 약을 투여한 뒤 지금까지와 무엇이 다른지 보자고 했어요. 그렇게 '타율적 약쟁이'라는 기록이 시작된 거죠."

김 교수의 이런 지적인 처방은 현묵의 성향과 궁합이 맞았던 것 같다. 현묵은 집에 돌아가서 초등학교 시절 만들어 놓고 한동안 쓰지 않던 블로그 계정 하나를 되살렸다. 이 계정 주소에 나오는 아이디 'ghbu'는 고스트 버스터즈ghost busters를 의미했다. 초등학교 5학년 영어 시간에 선생님이 영어 이름을 하나씩 만들자고 제안했었다. 현묵은 그 누구와도 이름이 겹치고 싶지 않았다. 그래서 '고스트 버스터즈'라고 자신의 영어 이름을 지었다. 그리고 블로그를 만들었다. 블로그의 프로필은 '주사기를 들고 있는 사람의 모습'으로 했고, 블로그 타이틀은 '타율적 약쟁이'로 했다. 어린 시절부터 끊임없이 정맥 주사를 맞아야 했고, 지금도 거의 상시적으로 혈관에 주삿바늘을 찔러 넣어야 하는 자신의 모습을 그렇게 표현한 것이다.

현묵은 첫날부터 정성껏 자신의 상태를 기록했다. 하지만 그땐 몰랐다. 짐작조차 못했다. 이 블로그가 고스트(질병이라는 악령)를 버스트하는(쳐부수는) 기록으로 남게 될 것을 말이다. "교수님은 제가 다른 혈우병 환자와 다르다는 것을 계속 얘기해 줬어요. 그러면서 두 번째 전환점에 대해 제시했어요. 일종의 정형외과적 접근이었죠." 혈우병을 치료하기 위해 수많은 의사를 만났다. 의사들은 늘 현묵의 혈액이 보여 주는 수치에 집중했다. 혈우병 약에 대한 항체가 있는지 없는지, 수치상 내출혈이 잡혔는지 안 잡혔는지, 그런 뒤엔 더 이상 방법이 없다는 난색을 표현하는 것으로 이어졌다. 그것은 일일연속극보다 더 뻔한 이야기 전개였다. 그런데 김준범 교수는 혈우병의 출혈 여부 외에도 뼈의 건강 상태를 포함한 몸의 전반적인 부분에 대해 굉장히 많은 얘기를 했다.

"언젠가는 신약을 만날 수 있을 거라고 생각한다. 그런데 지금 네 몸이 너무 망가져 있어. 이래서는 신약이 나온다 한들 더 나은 삶을 살 수가 없을 거야."

"그럼 어떻게 해야 하나요?"

"몸이 조금이라도 덜 망가지도록 최선을 다해야지."

"계속 내출혈이 발생해서 그건 힘들 것 같은데요."

"일단 먹는 것부터 시작하자. 비타민D와 칼슘, 마그네슘을 처방할게. 견과류도 잘 챙겨 먹자. 그리고 틈만 나면 햇볕을 쬘 수 있게 밖으로 나가라. 지금 너의 골밀도는 80대 노인 수준이야. 작은 충격에도 뼈들이 산산조각 날 수 있어. 근육은 위축 상태가 너무 심하고."

"그렇게 버텨질 수 있을까요?"

"그렇게 버티면서 조금이라도 움직일 수 있을 때 움직이면서 그것 역시 기록으로 남기자. 관절이 어떻게 아픈지 가동 범위는 어떻게 되는지 다 기록에 남기면 좋겠네."

김 교수는 나와의 인터뷰에서 "유전병 환자에게 신체의 종합적인 관리는 매우 중요한 것"이라며 "삶의 질과 직결되는 문제여서 현묵이에게 가장 많이 요구한 것이 바로 이런 점이었다"고 말했다.

현묵이 김 교수의 말을 처음부터 온전히 받아들인 것은 아니다. '이렇게 아픈데 어떻게……' 하지만 그럼에도 현묵은 신기했다. 내출혈이 생겨서 지금까지 만났던 대부분의 의사들은 늘 같았다. "약이 듣지 않는 내 몸에 대한 난감함, 그런 얼굴이었죠. 모두가." 그런데 김 교수의 얼굴엔 그런 난감함이 묻어 있지 않았다. 일단 그게 좋았다. 그러므로 '내 병도 난감하지만은 않을 수 있다'고 막연하게 생각할 수 있게 됐다. 그건 18년을 병과 함께해 온 현묵에게 신선한 것이었다.

몸과 마음이 완전히 망가지고, 혈우병 환자들과의 네트워크에서 멀어지면서 정보에도 조금씩 둔감해졌던 현묵과 엄마였다. 하지만 늘 병원에 다녔으므로 무언가를 놓치고 있다는 생각을 한 적은 없었다. "현묵아 지금 신약이 개발되고 있다는 소식이 들려오고 있어. 머지않아 그 약에 대한 임상시험이 시작될 수도 있다." '어떤 약도 효과가 없었는데 그건 효과가 있을까요'라는 말을 하려다 삼켰다. 현 상황이 크게 바뀌는 건 가능하지 않으리라고 생각했다.

2018년의 달력도 이제 마지막 한 장을 남겨 놓고 있었다. 김 교수를 만나러 병원에 가는 날이었다. 몸은 한결같이 아팠다. '타율적 약쟁이'의 기록은 "너무 아팠고, 아픈데 또 다른 데가 아팠다"는 기록으로 이어지고 있었다. "현묵아, 현묵이 어머니, 해외 신약의 국내 임상시험이 곧 시작됩니다." 신약 임상시험에 참여하겠다는 의사를 밝힌 뒤 현묵 모자는 연락을 기다렸고 전화가 왔다. 그런데 실험군이 아니라 대조군에 배정됐다는 소식이었다. 신약을 맞는 대상이 아니라, 신약을 맞는 사람과 비교하기 위한 대조군—신약 처방을 받지 못하는 그룹—이 됐단 얘기였다. 그 연락을 받고 엄마는 또 절망에 울었다.

"너는 어땠니?"

"아 저요? 저는 그냥 아무렇지도 않았어요. 어디 다른 세계로 가는 줄 알았는데, 그냥 또 이 세계에 머무르게 됐구나, 그럴 줄 알았다, 이런 느낌이었죠."

하지만 김 교수의 말은 결국엔 틀리지 않았다. 6개월이 더 지난 2019년 6월, 다시 연락이 왔다. 이번에는 신약을 투여받는 실험군에 배정됐단 소식이었다. 신약을 만나게 한 이 임상시험 참여는 '병에 대한 기록', '신체의 포괄적 관리'와 함께 현묵의 전환점을 만들어 준 마지막 '임팩트'였다.

드디어 2019년 6월에 처음으로 신약을 만나게 됐다. 지금까지의 약은 정맥 주사로 투여해 왔다. 하지만 신약은 피하 주사 방식으로 투여하면 됐다. 정맥을 잡기 위해 혈우병 환자 현묵은 늘 고통스러웠다. 손가락같이 말라서 핏줄도 보이지 않는 팔과 다리를 수없이 찌르고 찔러야 했다. 하루가 멀다 하고 동네 곳곳의 병원을 찾아 정맥 주사를 놓기 위한 자리를 만들어야 했다. 베테랑 간호사가 없으면 주사 자리를 잡기도 힘들었다. 하지만 이제는 허벅지든 어깨든 아무 데나 맞으면 그만이었다. 피하 주사는 현묵에게 혁명 그 자체였다. 이 간편함만으로 첫 주사부터 효과가 있다는 착각에 빠져들 정도였다.

긴 터널이었다. 그 터널에는 한 줌의 빛도 없었다. 어둠보다 더 깊은 어둠에서 현묵은 지적 세계를 쌓아 갔으나 육체는 망가져 갔다. 엄마는 슬픔보다 더 깊은 슬픔 속을 살았다. 하지만 엄마는 어떻게 해서든 아들을 데리고 세상을 다녔다. 마치 영화 〈설국열차〉의 저항 세력처럼 현묵과 엄마는 결국 고통에 함몰되지 않고 앞으로 걸었다. 그리고 거짓말처럼 저 멀리에서 반딧불만 한 빛이 보이기 시작했다.

15

베란다에 서서
창밖을 보다

[타율적 약쟁이]

<u>2019년 11월 24~29일</u>(신약 투여 5개월 경과)

시작하기에 앞서 그동안 어땠는지를 보고하겠음.

그동안 좋은 상태를 유지하고 있었음. 7일에 자력으로(보행보조기에 의지해) 두 다리로 일어나서 화장실 왕래에 성공한 이후로, 움직이는 것도 전보다 훨씬 자유롭게 느껴짐. 다만 11월 둘째 주 들어서부터 오른쪽 어깨 관절이 자주 뻐근해져서(거칠게 요약하자면, '녹이 슨다'고 표현할 수 있을 듯함) 20일 즈음부터 스트레칭을 하루 한 번씩 하게 됨. 이틀에서 사흘 정도 했을 뿐인데 고작 그걸로 관절 움직임의 제약이 많이 풀렸음. 그리고 피부에 swelling두드러기이 생기는 게 눈에 띄게 뜸해짐. 지난달에는 하루에 두세 번씩 생기기도 하고 했는데, 요즘은 한 달 동안 대여섯 번이 전부. 다만, 섣부른 추측이긴 해도, 날씨 때문에 손발이 차가운 때가 많아져서 그런지도 모르겠음. 열과 피부 두드러기가 상관관계에 있는지는 모르겠지만, 그래도 일단 세워 본 가설 중 하나임.

이제 본론.

24일부터 보고할 거리가 두 가지 있었음. 일단 하나는 오른쪽 엄지발가락에 염증이 생긴 것. 내향성 발톱과 비슷한 문제인 것으로 보임. 1주일 전부터 누르면 아프긴 했는데, 본격적으로 곪음이 육안으로 보이기 시작한 것은 24일부터였음.

그리고 제일 중요한 본론. 24일 21시 15분 전후부터 왼쪽 무릎 관절의 가동 제약이 느껴지기 시작했음. 구체적으로 서술하자면, 다리가 따뜻하지 않은 상태로 수분 이상 걸터앉아 있다 보면, 무릎 관절이 '잠긴' 듯이 뻐근해져서 관절을 180도 펼치기 불편해짐. 그다지 아프진 않았고 관절을 천천히 풀어 주면 매번 괜찮아졌지만, 찬 공기에서 걸터앉아 있을 때면 어김없이 이 '관절이 잠기는' 증상이 발생했음.

다만 다리를 이불로 덮은 채 펴고 있으면 문제가 없었음. 보통 관절 출혈이 날 때와 달리 무릎을 편 상태를 유지하고 있다고 해서 아프거나 불편해지는 일도 없었고. 그래서 24일 당시에는 분명 출혈이 아닐 거라고 생각했음.

그런데 25일. 증상이 여전했을뿐더러, 오히려 샤워를 하는 등 이런저런 활동을 하다 보니 뭔가 전날에는 안 느껴지던 약한 관절통이나 관절 내 박동감이 느껴지는 것 같기도 했음. 이때부터 혹시 신약 때문에 수위가 미세해져서 출혈로 인식하지 못했을 뿐 사실 왼쪽 무릎 관절 내에 출혈이 있었던 것은 아닐까 의심하기 시작함. 그래서 낮은 수위의 관절 출혈로 기록하고, 무릎 쓰는 걸 자제했음.

그랬더니, 18시 전후로 갑자기 일체의 증상이 사라짐. 18시 이후로 아무리 수십 분을 걸터앉아도 무릎 관절이 '잠기는' 일이 없어졌음. 물론 약간의 박동감이나 간혹 느껴지는 미세한 불편감 등의 흔적은 남아 있지만, 일단 가장 큰 지표인 관절의 가동 제약이 99.8% 사라졌음. 그래서 19시를 기점으로 출혈이 자연적으로 멎었다고 기록함. 다만 아직은 하루 더 양상을 지켜보기로 함.

26일. 왼쪽 무릎 문제는 거의 다 평정된 듯함. 하루 종일 무릎에 불편함을 느끼지 못했음. 이로써 낮은 수위의 출혈인지 그냥 관절 문제였는지 모를 사건은 종료되었다고 결론을 내렸음.

모든 것이 거짓말처럼 바뀌기 시작했다. 과거의 내출혈은 물을 소나기처럼 퍼부어도 계속 타오르는 불길 같았다면, 신약을 만난 뒤 내출혈은 발로 밟아 끌 수 있는 불이 되었다. 내출혈이 제어됐으므로 염증은 길게 가지 않았고 관절과 근육을 통증 없이 쓸 수 있는 시간도 점점 늘어 갔다. 위에 인용한 글은 신약을 2주 간격으로 투여한 지 5개월 정도 지난 시점에 현묵이 기록한 것이다. 김준범 교수가 제안한 기록은 현묵의 체질에 맞는 것이었으므로 아주 성실하게 계속됐다. 저 날의 투병일지는 현묵에게 대단히 놀라운 경험에 대한 기록이었다.

바퀴 달린 의자에 앉아도 바닥을 밀어 움직일 수조차 없는,

식물인간이 될까 걱정이 될 정도로 기능하지 않던 말라비틀어진 육체에 꽃이 피기 시작했다. 현묵은 실로 오랜만에 보행보조기를 팔로 버티며 잠시 일어설 수 있게 됐다.

그 전까지 현묵은 세상에서 계속 추방당하고 있었다. 학교에서 추방당했고, 동네에서 추방당했으며, 결국 집에 갇혔다. 관절이 더 이상 가동하지 않았으므로 거실에서 부엌으로, 부엌에서 방으로 추방됐다. 그 방에서도 침대 위가 전부가 돼버렸다. 하지만 현묵에겐 그 추방된 세계를 역으로 거슬러 갈 힘이 생겼다.

현묵은 바퀴 달린 의자에 앉았다. 그리고 발로 바닥을 밀었다. 바닥을 밀 수 있을 만큼의 힘이 생겼다. 방을 나와 부엌을 들러 거실로 갔다. 거실의 끝에 도달해서는 보행보조기로 옮겨 탔다. 옷이 땀에 흥건할 정도였지만 아프지 않았으므로 버틸 수 있었다. 그래서 기어코 난공불락으로 여겨졌던 거실의 벽을 넘어 베란다에 혼자 힘으로 갈 수 있게 됐다.

보행보조기에 기대 베란다에 서서 창밖을 내다봤다. 엄마나 아빠에게 도움을 구하지도 않고 홀로 그곳에서 창밖 너머의 세상을 봤다. 현묵이 4층 집에서 내려다본 세상은 광활하고 디테일했다. 여자애와 남자애 들이 뛰어다녔고, 동네 아저씨가 쓰레기봉투를 들고 총총 걸음을 옮겼으며, 방금 단지로 들어온 차는 주차할 곳을 찾았다. 어떤 기적이었다.

2019년 12월

27일 14시 36분. 세브란스병원 화장실에서 넘어짐.

칸막이 화장실 앞에 휠체어를 주차해 두고, 엉거주춤 직립 자세로 변기까지 이동해서 볼일을 본 후에, 다시 엉거주춤 직립 자세로 휠체어로 복귀하려던 와중이었음. 그때 막 휠체어 발판이 진로에 방해가 되어서, 넘어가려고 오른발을 들었음. 즉 일시적으로 왼쪽 발만 땅에 디디고 있었음. 그러다가 왼발이 하중을 지탱하질 못해 그대로 휘청거리듯이 주저앉게 되었음. 넘어지고 나서 곧바로 상황을 파악해 보니, 다행히 놀랍게도 손목, 엉덩이, 허리, 고관절 등은 문제없었음(정확히 말하자면 엉덩이에 조금이라도 충격이 가해진 느낌이 없었음). 다만 왼쪽

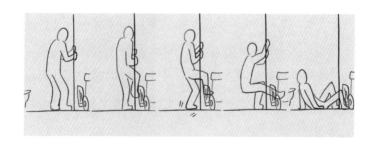

현묵이 투병 기록 '타율적 약쟁이'에 직접 그린 그림.
한때 만화가가 꿈이었던 현묵의 스케치는 간결하고 매우 정확하다.

다리(무릎 이하)를 다쳤음. 왼쪽 다리만. 처음에는 어딘가가 부러지거나 꺾였을까 봐 식겁했는데, 다행히 아프지만 조금씩이나마 다리를 움직일 수 있었고, 육안으로 봤을 때 어딘가가 꺾인 듯한 낌새는 보이지 않았음.

당시 상황을 정리하자면 무릎 바로 아래의 정강이와 발목에 부상이 생겼고, 정강이 중간에 얕게 베인 상처도 있었음. 전반적으로 왼쪽 다리(무릎 아래)를 가눌 수가 없었음. 외력이 작용하면 곧바로 흠칫할 정도로.

무릎 바로 아래 정강이에서는 계속해서 욱씬거리는 통증이 느껴짐. 통증 점수를 1부터 10까지 매긴다 치면 2.5 정도. 무릎은 천천히 움직일 수 있었으되 구부리기만 가능하고 일정 각도 이상 펼칠 수는 없었음.

다행히 엑스레이를 찍어 보니 뼈에 이상 징후가 발견되지는 않음(개인적으로 발목 관절이 혹시나 잘못되진 않았을까 걱정했는데 어느 정도 안심이었음). 이로써 아마 골격보단 근육이 아픈 것일 가능성이 높아졌음. 혹시라도 무릎이나 발목이 붓는지가 가장 큰 관심 사안이었는데, 육안으로 보기엔 붓기가 미세하게나마 있는 것인지, 아니면 없는 것인지 도무지 분간하기 힘들었음.

28일. 긍정적인 소식 하나. 발목이 0.1도 정도 움직여지기 시작했음. 첫날만 해도 발목을 움직일 수 없었던 걸 생각하면 고작 하루 만에 일종의 진전이 생기기 시작한 것.

왼쪽 무릎엔 여전히 부어오르는 낌새는 보이지 않았지만, 손으로 압박을 가해 보면, 아팠음. 또 15:04에 실수로 무릎에 힘을 주게 되었는데, 의외로 그다지 아프지 않았음.

또한 저녁이 되자 발목에 감아 둔 붕대가 풀려 버려서 그냥 이걸 무릎에다가 묶었는데, 그러자 체감상 통증이 상당히 감소했음. 의외로 발목에서 느껴지는 통증은 없었음.

결론적으로, 28일 하루 동안은 생각보다 체감상 통증도 적었고 불편도 적었음.

29일. 매우 긍정적인 소식. 발목과 발가락의 가동 범위가 전날에 비해 늘어남.

김준범 교수를 처음 만났을 때 받은 골밀도 검사에서 현묵은 "80대 노인 수준"이란 결과를 받았었다. 그런 골밀도를 가진 사람이 저렇게 엉덩방아 찧듯 주저앉았다면, 치명적인 결과로 이어질 수도 있었을 것이다. 고관절과 발목의 복잡한 구조가 무너지면서 다량의 출혈이 발생했을 것이다. 그것은 돌이킬 수 없는 일이 될 수도 있었다. 하지만 현묵의 뼈에는 아무 일도 없었다. 이 일을 김준범 교수에게 전했더니 이렇게 말했다. "용가리 통뼈를 만들어 놔서 다행이구나."

그렇게 현묵의 몸은 거리낌이 없어졌다. 통증이 없는 것만으로 '만전'이 되었으므로 현묵은 이제 모든 것을 제대로 할 수 있게 됐다고 확신했다. 신기했다. 이런 현묵의 기적 같은 이야기를 들으며 김준범 교수와 이야기를 나눠야겠다는 생각이 들었다. 몇 가지 분명하지 않은 것에 대해 자문도 구하고 싶었다. 김 교수는 "내가 도드라질 일이 아니"라며 처음엔 거절했지만 인터뷰의 의미를 다시 들은 뒤 "그렇게 하자"고 허락했다. 이메일로 한 차례 인터뷰한 뒤 전화로 보충했다. 그 내용을 옮겨 본다.

강인식(이하 '강'으로 지칭) 현묵이를 처음 진료했을 때의 상태를 기억하시나요?

김준범(이하 '김'으로 지칭) 기존 혈우병 약에 잘 반응하지 않았습니다. 심각한 출혈이 빈번하게 일어나면서 수없이 사망 직전의 단계를 경험하고 있었습니다. 내출혈로 인한 합병증인 다발성 관절염과 그로 인한 관절 구축拘縮—관절이 굳는 상태—으로 일상생활이 어려웠습니다. 현묵이의 내출혈은 굉장히 위험한 것이었습니다. 출혈이 관절이 아닌 뇌혈관에서 발생한다면 어떻게 될까요? 감각이나 운동 기능의 이상, 경련, 의식 소실 등 갑작스런 뇌 기능 이상이나 사망도 가능합니다. 다른 장기에서 일어난다고 해도 치명적인 상태로 치달을 수 있었죠. 현묵이는 어쩌면 굉장히 운이 좋았다고 볼 수도 있습니다.

강 오후 시간을 다 비워놓고 현묵이의 초진을 봤다고 들었습니다. 특별한 이유라도 있었는지요?

김 사실 병원 수익 측면에서 보면 환자 한 명을 진료하는 데 긴 시간을 할애하기 어렵습니다. 하지만 아시다시피 현묵 군은 대단히 복잡한 증세를 갖고 있었습니다. 이 같은 경우 제한된 시간 안에는 적절한 진료와 치료가 불가능해 다른 환자들을 다 진료한 뒤 별도의 시간을 낸 것이죠.

강 각 개인의 증상은 다 다르기 때문에 현묵이에게 '기록'을 해 보자고 제안한 것인지요?

김 의학이 발전할수록 유전질환뿐 아니라 다른 많은 질환들에서 개개인의 유전적, 환경적 특이성에 기초한 맞춤 치료 의학의 중요성이 커지고 있습니다. 잘 치료되지 않는 질병이나 환자들에게 맞춤형 치료는 매우 효과적입니다. 이런 치료가 효과를 보기 위해 환자의 세세한 변화에 대한 기록이 필요합니다.

강 저는 이런 기록의 방식이 현묵이의 기질과 굉장히 잘 맞는다고 생각했습니다. 교수님이 직접 댓글까지 달며 응원하신 것도 인상적이었구요. 교수님은 현묵이가 기록한 것을 보며 어떤 생각을 하셨습니까?

김 삶에 대한 강한 애착과 남다른 지적 능력을 봤습니다.

강 현묵이는 의학계에서도 굉장히 이례적인 경우로 꼽힌다고 들었습니다. 교수님은 어떻게 치료 계획을 세우셨는지요?

김 미국 유학 시절 유전질환을 전공했습니다. 당시 혈우병을 치료하는 새로운 방법을 찾는 것이 목표 중 하나였습니다. 그러나 의료인으로서 신약을 개발하는 일만큼 중요한 것은, 주어진 상황에서 환자의 상태를 가장 잘 호전시키는 일입니다. 혈우병을 포함한 다양한 유전질환의 이론적인 내용들은 그때나 지금이나 많이 알려져 있습니다. 하지만 수학 공식을 외웠다고 모든 문제를 풀 수 있는 것은 아니죠. 제가 유학하던 30년 전 미국에선 이미 다양한 질환들에서 환자 개개인의 특이적인 상태에 기초한 '맞춤형 치료'의 중요성이 강조되고 있었습니다. 유전질환 역시 환자 개인의 특성을 파악하고 이를 기존의 보편적인 유전질환 지식에 접목해 최선의 치료 방법을 찾는 것이 가장 효과적이라는 것을 그때 배웠고, 귀국 후 환자들의 치료에 반영하고 있습니다. 그러나 국내에서는 시간적, 경제적, 기술적 측면에서 많은 제약이 있는 것이 현실입니다.

강 쉬운 일이 아니었을 텐데, 기억에 남는 일이 있는지요.

김 어떤 처방을 해도 출혈이 계속되던 어느 날이었습니다. 마음이 답답해지더군요. '정말 내가 해 줄 수 있는 게 없나' 이런 생각까지 들었어요. 현묵이의 상태가 얼마나 안 좋았냐면, 당장 현묵이가 위독하다는 연락을 받아도 이상하지 않을 정도였어요. 그런 현묵이를 보고 제가 "안 아프냐?"라고 물었더니, 해맑게 웃으면서 "전생에 무슨 죄를 지어서 이러는지 모르겠어요"라고 하는 거예요. 순간 정신이 바짝 들었어요. '천진난만한 이 아이가 이렇게 버티는데……'라는 생각이 들면서 마음을 다잡았습니다.

강 국내에는 유전병을 전공한 의사가 많지 않은 것으로 알고 있습니다. 어떻게 이 분야를 전공하시게 된 건가요?

김 과거엔 그렇게 생각하지 않았던 병들도 의학이 발달하면서 이제는 유전과 관련이 있는 것으로 밝혀지는 경우가 많습니다. 생명체와 질환을 이해하는 데 유전학은 매우 중요한 기본 지식이지만, 미국 유학을 결심한 30년 전 국내에서는 유전학 전문의 제도가 없을 만큼 척박한 현실이었습니다.

강 유전질환 치료를 시도하시면서 고충이 컸다는 얘기도 들었는데요.

김 당장 현묵이만 봐도 그렇죠. 현묵이는 관련 학계와 보건 당국에 잘 알려진 환자입니다. 고가의 약을 다량 투여해도 아주 미세한 반응을 보이기 때문에 현묵이 한 명에게 많은 건강보험 재정이 쓰일 때도 있었죠. 하지만 현묵이는 일반적인 혈우병 환자의 처방으론 당시 적절히 대응할 수 없었어요. 일반적인 방법을 넘어 환자 개인의 상황에 따라 처방 횟수와 용량을 크게 늘려야 했습니다. 이로 인해 현묵이를 치료한 의료기관들은 처방 지원금 삭감을 피하기 위해 심평원(심사평가원)과 지난한 논쟁을 해야 했습니다.

강 다른 유전질환을 치료할 때도 비슷한 일들과 부딪힐 것 같습니다.

김 또 다른 유전병인 이온채널병 환자들을 치료하면서 기존 약물 치료의 효과가 매우 낮아 환자들의 고충이 크다는 사실을 국내외 의료진과 함께 확인했습니다. 그래서 유전질환 환자의 개인적 특성과 유전적 결함의 보편적 특성을 함께 고려한 '저용량 병합 요법'이라는 개념을 도입했습니다. 이것은 기존에 사용된 A, B, C, D의 약들을 환자의 유전적 결함과 개인적 특성에 따라 적은 용량으로 조합해 사용하는 것으로, 과거에 단일 제제로 치료했을 때보다 탁월한 효과가 있음을 확인해 국내외 학계에 보고했습니다.

강 기존에 쓰이던 약이 아니라면 심평원 등에서 브레이크를 걸진 않던가요.

김 네, 그런 일이 결국엔 생겼죠. 심평원에서 갑자기 이 처방에 대한 약값 지원을 전액 삭감했어요. 갑작스런 조치에 놀라 심평원에 연락해 보니, 기존에는 각각 사용되던 약을 함께 쓰는 근거가 부족하다고 하더군요. "만약 사고가 나면 누가 책임을 져야 하느냐", 이렇게 저에게 물었어요. 이미 10년 가까이 임상 진료와 국내외 논문 발표 등으로 효과와 안전성을 입증하고 서양에서도 사용되고 있는데 어떻게 더 증명하라는 것이냐고 했지만 해결이 되지 않더군요.

강 오랫동안 교수님께 치료받던 환자들은 발칵 뒤집혔겠네요.

김 그렇지요. 어떤 이온채널병 환자들은 스트레스를 받거나 달고 짠 음식을 많이 먹으면 길을 가다가도 갑자기 마비 증상이 나타나 주저앉고 마는 일이 생깁니다. 그래서 대낮에 술에 취해 길가에 쓰러져 있는 것처럼 보이기도 합니다. 굉장히 위험한 일이지요. 이 병을 가진 분들은 기존 약물 치료의 효과가 너무 낮아 소위 난치병으로 알고 살았는데, 저용량 병합 요법 치료를 통해 활동에 제한이 없어져 사회인으로 새로운 희망을 갖게 된 것입니다. 이 저용량 병합 요법을 10년 가까이 처방했는데 갑작스레 심평원에서 처방 지원금을 삭감한다고 하니 환자들에게 경제적으로 날벼락이 떨어진 거죠.

강 심평원도 그런 상황을 전혀 모르는 건 아니지 않나요?

김 급한 마음에 심평원 심사위원에게 연락했죠. 질환이나 환자들 상황을 이해하고 있는 것인지 물었습니다. 그랬더니 그분 말씀이 "이 처방에 대한 국내외 의학적 근거는 모두 교수님이 쓴 논문들뿐이고, 이 분야의 전문가가 없어 허가를 내기가 어렵다. 그간 이 처방에 문제가 없었다는 건 알고 있지만 본인은 어쩔 수가 없다. 다른 해결 방식을 찾아보면 어떠냐"고 했습니다.

강 윗사람을 움직여 주면 자기도 방법을 찾겠다는 말처럼 들리는군요?

김 국내에서 희귀 질환 환자들을 치료하며 겪은 이 같은 일이 사실 처음은 아니었습니다. 결국 환자들이 사실을 알고, 본인들의 생업, 생사와 관련된 일이므로 누구보다 앞장서 주도적이고 적극적인 대응을 했습니다. 환우 모임을 통해 의견을 교환하며 청와대에 탄원도 했습니다. 보도 자료도 냈죠. 그래서 이 사건에 대해 기자들이 알게 됐어요. 안타까운 사연, 이치에 맞지 않는 일들이 보도되기 시작했죠. 그러니까 국회든 청와대든 이 일에 대해 알아보라고 했겠죠. 그렇게 보도가 나간 지 일주일 만에 문제가 해결됐어요. 언론이 힘이 세긴 세더군요.

강 이후 어떻게 됐나요?

김 지금은 병의원 어디를 가도 처방할 수 있는 치료법이 됐죠. 현묵이도 마찬가지예요. 지금은 신약을 만나 괜찮아졌지만, 사실 저를 처음 만났을 때만 해도 기존의 방식만으론 현묵이에게 출구가 없었어요. 저는 현묵이에게 지금까지와는 다른 길이 있다는 것을 말하려고 애썼어요. 어려움도 있었지만 결과적으로 다 잘되어서 다행입니다.

강 '김준범 임팩트'라는 현묵이의 표현이 참 인상적이었습니다.

김 실은 스스로 해낸 것입니다. 현묵이보다 훨씬 상황이 좋은 유전병 환자들도 스스로 버티지 못하는 경우가 많습니다. 환자가 좌절하고 분노하고 쓰러지면 가족도 도미노처럼 무너지죠. 그런데 현묵이는 남들이 가지고 있지 못한 낙천성을 갖고 있어요. 사리분별도 분명하죠.

강 현묵이의 "용기는 본 추천인이 경험한 많은 인연을 통틀어 가장 위대하고 무한한 가능성을 확인한 사례"라고 대학 추천서에 쓰셨는데요. 가장 위대하다고 단언한 것이 놀라웠습니다. 정말 그렇습니까?

김 물론입니다. 이렇게 말하고 싶네요. 출생 후 지속된 고통과 죽음에 대한 두려움을 긍정의 힘으로 승화시키는 소년의 모습에서 나이를 떠나 모두에게 귀감이 될 수 있는 위대함을 보았습니다. 현묵이의 타고난 지력은 이 같은 경험을 바탕으로 타인의 고통을 헤아려 세상을 밝힐 수 있는 유익함으로 널리 표현될 수 있음을 확인시켜 준 것입니다.

16

답안지 없는
수학 시험

신약 임상시험이 시작된 지 두 달여가 지난 2019년 8월의 어느 날 아침. 잠에서 깬 엄마는 의식을 치르듯 4인용 식탁의 엄마 자리에 앉았다. 현묵의 방이 한눈에 들여다보이는 자리. 아들은 늘 새벽까지 무언가 하거나, 새벽까지 아프거나 했다. 그래서 언제나 늦잠을 잤다. 모로 누워 있는 아들의 어깨는 한 줌이었다. 긴 막대기를 형식적으로 붙여 놓은 것 같은 팔다리는, 그럼에도 가지런히 놓여 있었다. 곤히 자는 편안한 얼굴은 아파 보이지 않았다.

'애가 진짜 아프질 않네……' 6월부터 피하 주사로 신약을 2주 간격으로 맞았다. 이후에도 자잘한 내출혈이 현묵을 괴롭혔으나, 극도의 고통을 몰고 오는 큰 내출혈은 잡혀 가고 있었다. 부어오른 관절에 긴장했던 밤도, 복부 한쪽이 부풀어 올라 놀랐던 밤도, 이내 아침이 되면 큰 문제없이 마무리되곤 했다.

11시가 넘어서야 일어난 아들을 4인용 식탁에 앉아 있는 엄마가 불렀다.

"아들아, 굿모닝이네."

"네, 굿모닝이에요."

"몸은 어때?"

"오늘은 맴도 괜찮아요."

"너 아프지 않지 요즘?"

"크게는 아니죠."

"너 요즘 책상에 앉아서 뭐 이것저것 하더라."

"응, 고관절이 아프진 않으니까."

　신약은 현묵의 몸 곳곳에서 발생하던 화재(내출혈) 건수를 줄여 줬을 뿐 아니라, 화재가 나더라도 진압이 빨리 될 수 있도록 도와주고 있는 것이 분명했다. 내출혈의 규모가 작아지면서 다발성 관절염의 정도가 약해졌고 '회복의 틈'이 커졌으므로 현묵은 번역이든 무엇이든 좋아하는 것을 책상에 앉아서 할 수 있는 시간을 확보할 수 있었다. 여전히 바퀴 달린 의자를 밀어 움직이거나 보행보조기를 이용하지 못할 정도로 참담한 상태였지만 두 달 전과 비교하면 크게 달라졌다. 분명히 좋은 방향으로 가고 있다는 확신이 들었다. 그 변화를 현묵 모자는 함께 느끼고 있었다.

　변화의 가능성을 보자마자 엄마는 정신이 번쩍 들었다. 현묵이 고등학교에 가고 싶다며 서럽게 울었던 그 밤이 떠올랐다. 초등학교 시절 결석을 밥 먹듯 하면서도 반짝반짝 빛났던 어린 현묵의 모습이 스치듯 지나갔다. "그냥 하루하루 즐겁게 살다 가는 것도 좋지만, 저도 언젠가 늙을 거고요. 만약 할 수만 있다면 현묵이도, 아프지만 않다면 자립을 위해 준비해야 하는 것이 아닌가 그런 생각이 번쩍 들었어요. 변화가 조금 보이니까 제가 설친 건데요. 돌이켜보면 그러길 잘한 것 같아요."

엄마는 아점을 먹고 있는 아들을 보고 속마음을 얘기했다.

"현묵아, 니 오늘도 많이는 안 아프네. 공부 안 해 볼래?"

현묵은 그 말을 듣고 잠시 동작을 멈춘 듯하더니, 아무 대구 없이 계속 밥을 먹었다. 엄마는 인터뷰에서 "현묵이가 그때 아주 싫은 표정을 지었다"고 했다.

'내가 대학을? 이제 와서? 앞으로 그렇게 살 수 있다고?' 실제로 현묵은 엄마의 말을 듣고 기분이 좋지 않았다고 한다. 정확히는 두려웠다고 한다. "암흑기가 일상이 된 거잖아요. 그런 '일상'을 끝내고 세상으로 저를 복권시키는 게 너무 두려웠다고 해야 할까요. 공부를 하면 나에게 이로운 것이라는 생각이 들면서도 뭔가 모르게 되게 무서웠어요."

하지만 현묵은 엄마에게 겉으로 드러난 답을 하지 않았다. 말에 대꾸하지 않고 고개 숙여 밥만 먹고 있는 아들의 머리 위로 엄마는 이참에 하고 싶은 말을 쏟아냈다. "수능을 보고 대학을 가면 어때 현묵아? 너 학교 가고 싶잖아? 너 영어 잘하고 국어도 잘하잖아. 한국사는 엄마가 역사를 가르치다 보니 한국사능력검정시험만 준비하면 다 해결되더라. 그럼 수학만 지금부터 열심히 하면 몇 년 안에 되지 않을까?"

아들은 답이 없었다. 식사를 마치고 방에 들어가 한동안 멍하니 앉아 있었다. 그러다 그냥 수능이 어떤 시험인지 알아보기 시작했다. 그리고 그날 밤새 덕질하듯 수능에 대해 탐색했다. 다음날 늦은 아침 눈을 뜨니 오늘도 엄마는 4인용 식탁에 앉아 있었다.

"어무이, 오늘 좀 큰 서점에 갈래요?" 엄마는 그것이 무슨 뜻인 줄 알았다. 현묵과 엄마의 단골 외출 코스이자 현묵이 무언가 할 때 시작점이 되는 곳이 서점이었다.

"제가 당시 기록을 좀 찾아봤어요. 책 주문 목록이 아직 남아 있더라고요. 8월 15일 광복절에 엄마랑 갔네요. 고졸 검정고시도 못 본 상태였으니까, 그때 산 책은 검정고시 책이었어요. 수학, 과학, 사회, 도덕 기출 문제집을 샀네요." 그런데 한 번도 고교 수업을 들어 보지 못한 현묵에게 검정고시 문제집은 너무나 불친절했다. 기출 문제집이다 보니 설명이 너무 적었다. 고교 과정 진도를 빼기엔 부적절해 보였다. 이렇게 되면 검정고시를 준비하는 것이 수능 준비엔 도움이 안 될 것이 뻔했다.

정확히 일주일 후인 8월 22일, 현묵은 서점을 다시 찾는다. 그리고 수능 입시용 자습서를 샀다. 영어는 그냥 지금 상태에서 시험을 봐도 큰 문제는 없었다. 지문이 있는 국어도 "뇌의 리소스resource를 많이 잡아먹는 게 문제"였지만 풀 수는 있었다. 그래서 국어 문법, 국어 고전문학, 고등 수학 자습서를 샀다. 이것들이야말로 생전 처음 접하는 것들이어서 자습서가 필요했다.

"그런데 좀 반전이 있었어요. 국어 문법이랑 고전문학이 되

게 재미있더라고요." 언어학에 기반한 톨킨의 세계를 너무나
도 재미있어한 현묵은 국어 문법도 좋아했다. 거의 100년 전
의 영어를 탐닉했던 현묵에게 우리의 고전문학도 힙_{hip}해 보
였다. 톨킨에 대해 공부하는 것과 크게 다르지 않다고 여겨졌
다. 책을 산 바로 그날부터 현묵은, 저녁을 먹으면서 엄마를
상대로 그날 공부한 것을 강의하기 시작했다. 학원에 다닐 수
없고, 학업 동료가 없는 현묵에게 소울메이트 엄마에게 자신
이 공부한 것을 설명하는 것은 가장 좋은 복습 방법이었다.

"어무이, ㄴ, ㅁ, ㅇ 얘들이 비음이에요. 그런데 ㄹ은 한국
어에서 유일하게 유음이고요. 유음이 뭐냐면 혀끝을 잇몸에
가볍게 대거나, 혀끝을 잇몸에 댄 채로 공기를 혀 양옆으로 흘
려 보내는 소리예요."

"아니, 얘가 지금 무슨 외계어를 하는 거야?"

"그러지 말고 ㄹ 발음을 해 봐요. 정확히 그렇게 발음이 된
다는 걸 알 수 있어요. 유음이에요."

"그래, 그게 오늘 공부한 거 다야?"

"파열음은 공기가 흐르는 경로를 막았다가 터뜨리는 소리
예요. ㄱ, ㄷ, ㅂ이 있어요. ㅅ, ㅎ은 공기가 지나가는 길을 좁
혀서 그 사이로 공기가 흘러가도록 하는 마찰음이고요."

"아니 그런 걸 다 알아야 대학 가는 거야?"

"오, 대학! 대학은 말이에요, ㄷ은 치조 파열음이고 ㅎ은 목
구멍에서 나오는 마찰음이에요. ㄱ은 연구개 파열음인데, 연

구개는 다른 말로 여린입천장이라고도 하죠."

"엄마 소화 안 된다, 괴롭다."

아들은 그렇게 엄마의 제안, '입시'를 받아들였다. 엄마의 4인용 식탁은 그 어느 때보다 풍요로웠다.

고전문학도 재미있었다. 카페 '중간계로의 여행' 공모전에서 〈사우론가〉로 대상을 받은 것에서 보듯, 현묵은 옛말을 탐구하고 그것을 제멋대로 변주하는 것을 하나의 놀이로 생각해 왔다.

"어무이, 월명사의 〈제망매가〉 너무 멋있네."

"한번 읊어 봐라."

"어디 보자……"

현묵은 스마트폰에서 〈제망매가〉를 찾아 엄마에게 읽어 줬다.

"생사노生死路ᄂ / 예 이샤매 저희고 / 나ᄂ 가ᄂ다 맏도 / 몯다 닏고 가ᄂ닛고 / 어느 ᄀ술 이른 ᄇᄅ매 / 이에 뎌에 ᄠᅥ딜 닙다이 / ᄒᄃᆞᆫ 가재 나고 / 가논 곧 모ᄃᆞ 온뎌 / 아으 미타찰彌陀刹에 맛보올 내 / 도道 닷가 기드리고다"

"좀 알아듣게 해석된 건 없니?"

"있죠, 어디 보자…… 양주동 해석으로 찾아서 읽어 주겠사옵니다."

"그게 사람마다 다른 거야?"

"그런가 봐요."

"죽고 사는 길 예 있으매 저히고 / 나는 간다 말도 못다 하고 가는가 / 어느 가을 이른 바람에 이에 저에 / 떨어질 잎다 이 한가지에 나고 가는 곳 모르누나 / 아으 미타찰에서 만날 내 도닦아 기다리리다."

"슬프네."

"죽이죠."

"좋네."

현묵은 입시 준비를 하는 것이 나쁘진 않겠다는 생각이 들었다. 무엇보다 아프지 않은 상태에선 뭐든 할 수 있으니 현묵이 기준에선 못할 것도 없었다. 그래서 이것저것 따지지 말고 가능한 선에서 진도를 빼 보기로 마음먹었다.

수학은 몇 차례 시행착오를 거쳐 이렇게 플랜을 짰다. 1) 가장 믿을 만하다고 여겨지는 EBS 강좌를 하나 골라 듣는다. 2) 인터넷 강의를 들으며 수학 진도를 뺀다. 3) 한 단원을 다 들으면 실전 문제집을 사서 푼다. 4) 실전 문제집을 다 풀면 심화 문제집을 사서 푼다. 5) 이 과정을 통해 해당 단원을 완전히 숙지하는 것을 목표로 한다. 6) 실전 모의고사를 푼다.

"완전히 숙지했다는 기준은 뭐야?"

"아…… 저녁 먹을 때 어무이한테 설명해 줄 수 있는 거, 그게 기준이에요."

"어머니 힘드셨겠네."

"네, 아마도."

아프지 않은 현묵의 속도는 빨랐다. 공부를 시작한 지 석 달이 채 안 된 11월 초쯤이었다. 고1 수학 진도는 일단 뺐다. 현묵은 자신의 실력이 어느 정도인지 궁금했다. 그래서 그해 치러진 고1 전국연합학력평가 시험지를 하나 구해서 풀기 시작했다.

"옆에서 누가 보는 사람도 없고 감독관도 없고, 정해진 시간에 풀어서 채점을 해도 큰 의미가 없다고 생각했어요. 그래서 얼마든지 시간이 걸려도 좋으니 이 시험지를 완전히 내 힘으로 풀자, 이렇게 목표를 잡았어요." 책상에서 풀고, 침대에서 풀고, 밥을 먹으면서도 풀었다. '답안지는 없다, 모든 문제에 다 답을 달아야 끝나는 죽음의 코스다.' 이렇게 좀 아이 같은 주문을 스스로에게 걸었다. 그렇게 꼬박 하루가 걸려 전국연합학력평가 수학 시험지를 모두 풀어냈다. 이것은 현묵의 첫 고교 수학 시험이었다. 정해진 시간을 너무나도 많이 넘겼고 그래서 여기서 나온 점수는 아무 의미가 없을 것이나, 현묵의 시험지에는 모두 정확한 답이 적혀 있었다. "뭘 잘했다라기보다, 그냥 내가 지금 하고 있는 게 틀리지 않았구나, 그런 생각에 정말 기분이 째지는 줄 알았어요."

학력평가 문제를 홀로 풀기 며칠 전, 현묵은 한국사능력검정시험도 치렀다. 시험 날짜는 2019년 10월 26일이었다. 시험은 집 근처 고등학교에서 치러졌다. '장애인 편의 신청'을 했으므로 별도의 고사장에 배치됐다. 그 고사장엔 현묵을 포함해 장애인이 두 명이었다. 현묵은 한국사능력검정시험 고급 편에 응시했다. 70점이 커트라인이었다. 현묵은 89점을 맞았다. 1급에 해당하는 높은 점수였다.

"이게 덕질과는 또 달라서 점수에 굉장히 집착하게 되더라고요. 어무이가 습관처럼 90점은 맞아야 한다고 그러는데, 그게 너무 스트레스가 되는 거예요. 모의고사를 보는데 70점대가 나왔을 때는 정말 엄청난 자괴감과 분노가 폭발하는 느낌이었어요. 정말 웃기게도 막 베개를 패면서 화를 내기도 했어요." 덕질할 땐 몰랐던 현실 세계의 점수와 경쟁. 오직 즐거움으로 덕질에 매진했던 현묵에게 한국사능력검정시험은 일종의 현실 세계로 가는 통과의례 같은 것이었다. 그 관문을 통과하자 전국연합학력평가 수학 시험지를 구해 풀 용기도 생겼다. 그래서 죽자고 잡고 풀었다.

앞에서 바로 이 시점에 일어난 일에 대해 얘기한 적이 있다. 11월 6일은 현묵이 보행보조기를 짚고 베란다에 홀로 서게 된 날이었다. 지독한 고통으로 현묵은 작은 침대 위로 추방당해 있었다. 그랬던 현묵은 빠른 속도로 빼앗겼던 땅들을 되찾기 시작했다. 바퀴가 달린 의자에 앉아 발에 힘을 줘 바닥을 밀었다. 무릎도 발목도 고관절도 크게 아프지 않았다. 보행보조기가 거실에 있었다. 현묵은 보행보조기의 손잡이에 손을 올렸다. 그리고 무릎과 고관절과 허벅지 근육에 힘을 줬다. 180cm 중반의 구부정한 막대기 같은 몸이, 완전하지는 않지만 일자에 가깝게 펴졌다. 현묵은 베란다 앞에 섰다.

8월 15일 처음으로 서점에서 문제집을 샀다. 10월 26일 한국사능력검정시험을 봤다. 11월 초 고1 전국연합학력평가 수학 시험지를 구해 풀었다. 그리고 11월 6일 보행보조기에 기대 베란다에 섰다. 현묵이 그날 창밖으로 본 풍경에는 이런 일들이 함께 펼쳐지고 있었다.

그리고 운명같이 출판사에서 연락이 왔다. 2020년 1월, 신약 임상시험에 참여한 지 7개월이 지난 시점이었다. 현묵은 어쨌든 2020년 5월 고졸 검정고시까지 마무리 지음으로써 엄마에게 조금이나마 위안을 줬다. 검정고시는 5월 23일 아름다운 봄날의 어떤 고등학교에서 진행됐다. 현묵은 '장애인 편의 신청'을 했으므로, 장애인 전용 고사실에서 시험을 봐야 했다.

고졸 검정고시는 현묵에게 시험이라기보단 어떤 체험이었다. 엄마의 손을 완전히 떠나 학교에서 반나절 이상 있는 경험은 사실상 처음이었다. 한국사능력검정시험을 봤으나 그땐 짧게 한 과목을 보고 나왔을 뿐이었다. 쉬는 시간엔 혼자 마음대로 돌아다닐 수 있는 자유를 만끽했다. 2020년의 학교엔 엘리베이터가 있었고 턱이 없었다. 수동휠체어는 현묵의 발을 구동기로 삼아 학교 여기저기를 탐색하고 다녔다. 복도의 창문 너머로 바깥 풍경이 펼쳐졌다. 5월의 연록이 햇빛을 통과시키며 새파랗게 뻗어 가고 있었다. 장애인 화장실 시설도 만족스러웠다. 이렇게 오랜 시간을 보호자 없이 누구에게 도와 달라고 말을 걸지 않고 움직일 수 있다는 것은 정말 무지막지한 것이었다. 그러므로 그날의 검정고시는 현묵에게 어떤 자유였다. 자유는 반드시 필요하다고 느낀 날이었다. 그것은 시험보다 훨씬 소중한 가르침이었다.

사실, 이날 시험을 보기 전 현묵은 쫓기는 마음이었다. 출판사의 메일을 받았기 때문이었다. 어려운 번역 작업이 거대한 산처럼 기다리고 있으니 마치 큰 빚을 진 것처럼 편치 않았다. 하지만 학교에 있는 그 반나절만큼은 온전히 자유로웠고 기뻤고 환희에 찼다. 대학도 갈 만하다는 속삭임이 현묵의 귓가에 맴도는 듯했다.

집에 돌아와 가채점을 했더니 전 과목 만점이었다. 엄마는 삼겹살을 구웠다. 엄마는 혼자서 캔맥주를 들고 건배했다. 엄마는 자기소개서에 한 줄 쓸 것이 생겼다고 좋아했다. 하지만 현묵은 그것이 진짜 실력을 보여 주는 것은 아니라는 것을 잘 알고 있었으므로 기쁘지 않았다. 그리고 얼마 뒤 현묵의 공식 점수가 나왔다. 현묵은 전체에서 한 개만 틀렸다. 과학에서 한 문제의 정답이 중간에 수정됐다고 출제위원회는 설명했다. 2020년 5월 검정고시는 이 문제로 매우 떠들썩했다. 고교 과정을 벗어난 문제라는 지적이 잇따랐고, 정확히는 답이 없다는 것이 여러 응시생들의 주장이었다. 당국은 "답은 있다"는 주장을 앵무새처럼 반복했다. 하지만 원칙을 어기고 정답을 수정한 것에 대한 해명은 없었다. 여러 수험생이 게시판에

항의글을 올렸다. 현묵도 이것은 부당하다고 여겼으므로 긴 항의글을 올렸다. 하지만 모든 글에 대한 답은 같았다. "검토한 결과 정답 수정은 문제가 없었다."

엄마는 화가 많이 난 듯했다. "현묵아, 이게 수능이었으면 이렇게 넘어갈 수 있겠니? 검정고시 보는 사람들은 사람도 아니니? 엄마는 너무 화가 난다."

"그럼 수능은 잘 보면 되겠네." 현묵도 실은 씁쓸했으나, 사실은 그것에 마음을 빼앗길 겨를이 없었다. 번역일이 기다리고 있었기 때문이다.

그렇게 번역은 6월과 7월과 8월을 지나 9월 26일에 마무리됐다. 9월 26일 0시에 마지막 원고를 보내고 현묵은 첫 번역을 카페에 올렸던 2016년 2월을 돌아봤다. 번역의 아주 작은 돌을 괴어 놨던 날이 생각났다.

그리고 현묵은 다시 입시로 돌아왔다. 2020년 수능은 코로나19의 여파로 12월에 진행됐다. 현묵은 장애인이 응시할 수 있는 서울대 '기회균형선발특별전형2'를 찾아 도전했다. 2021년 1월 서울대 면접을 봤고, 2월에 합격 통보를 받았다.

2021년 12월.
엄마와 경기도 화성 궁평항에서
찬 바닷바람을 맞으며 셀카를 찍었다.

17

벚꽃 날리는
중앙도서관 계단

서울대 전형은 자기소개서와 추천서를 요구했다. 중, 고등학교도 그 흔한 학원도 한 번 다니지 못한 현묵에게는 추천서를 써 줄 사람이 없었다. 엄마는 대학에서 강의를 하고 있는 친구에게 SOS를 쳤다. 현묵의 사정을 어느 정도 아는 친구였고 어엿한 대학 교수니까, 친구가 추천서를 써 주면 좋겠다고 생각했다. 하지만 친구는 다른 제안을 했다. "현묵이의 의사 선생님 어떨까. 그간 얘기를 들어 보면 그분은 좀 특별한 것 같던데. 현묵이의 변화를 누구보다 잘 알고 있고. 현실적으로도 내가 쓰는 것보단 그게 더 입시에 유리한 선택이 아닐까."

엄마는 선생님께 죄송해서 부탁을 드릴 수 없었다. 부탁을 하려면 현묵이 해야 했다. 엄마는 현묵과 상의했다. 현묵은 한참을 고민했다. 그런 말을 꺼내기 어려운 것은 현묵도 마찬가지였다. 하지만 달리 방법이 없었으므로 '저지르자'는 마음으로 김준범 교수에게 연락했다.

"제가 서울대학교에 원서를 넣으려고 합니다. 추천서를 교수님께서 써 주실 수 있을까요. 주변에 부탁드릴 분이 없어서요."

"알겠다. 서울대 입학 여부를 떠나 노력하는 모습이 자랑스럽다. 싸나이면 충분히 해 볼 만한 일이다. 포기하지 않으면 안 되는 일이 없다. 매년 스무 통도 써 줄 테니 될 때까지 해 보자."

김 교수의 추천서는 확신으로 가득했다. "박 군이 보여 준 지혜와 성실함, 그리고 그의 용기는 본 추천인이 경험한 많은 인연을 통틀어 가장 위대하고 무한한 가능성을 확인한 사례입니다." 나는 이 표현이 너무나 완벽하다고 생각했다. 많은 사람에게 추천서를 써 줘야 하는 학교 선생님은 이런 최상급 표현을 쓰지 못한다. 지금까지 추천서를 써 줬던 뛰어난 학생들과, 앞으로 써 줘야 할 학생들을 생각하면 이런 표현, 이런 확신은 나오기 힘들다. 이런 최상급 표현은 추천서를 '단 한 번' 쓴 사람에게서나 나올 법한 확신이었다. 이 추천서는 다른 사람에게 뜻하지 않은 충격을 줬다. 특히 현묵의 엄마에게 그랬다.

"추천서를 보고 밤새 울었어요."

"아플 때 일이 많이 떠오르셨나 봐요?"

"선생님이 우리에게 그렇게 희망을 주셨는데, 사실은 모두 거짓말이었구나. 우리 현묵이가 그렇게 절망적이었구나. 그러면서도 우리와 언제나 희망을 얘기했구나. 우리가 그렇게 살아왔구나. 우리 현묵이가 매번 죽음 직전에 갈 정도로 아팠구나. 이런 설움이 막 물밀듯이 밀려오면서 감정을 추스르기 힘들었어요."

지원자를 치료한 의사 선생님의 추천서가 입시원서에 첨부됐다. 김준범 교수의 추천서는 면접관들에게 일종의 결정타가 됐을 것이라고, 나는 믿는다. 그 뒤에 등장한 실물實物 현묵은 그것이 모두 사실임을 그 존재 자체로 증명해 냈을 것이고.

현묵은 인문대 신입생 중 유일한 장애인이었다. 2013년 2월 초등학교 졸업식을 끝으로 중단됐던 학창 생활은 만 8년 만인 2021년 3월에 다시 시작됐다. 하지만 2021학번들은 캠퍼스를 밟아 볼 기회가 거의 없었다. 코로나19로 수업이 전면 비대면으로 진행됐기 때문이다. 적어도 1학년 1학기 수업 중에서 대면으로 진행된 것은 없었다. 오랫동안 현묵의 삶을 지배했던 랜선 사회생활은 대학에서도 그대로였다. 신입생 오리엔테이션조차 줌Zoom 회의 방식으로 치러졌다.

줌으로 연결된 것이었지만 동급생을 보고 그들과 이야기하는 것이 재미있었다. 파릇한 청춘들은 랜선으로도 금방 친해졌고 게임도 했다. 어떻게 그랬는지 모르지만 몇몇은 이미 서로 반말을 하는 사이가 되어 있었다. 현묵은 아직 그렇게까지 가까이 가진 못했다. 인문대는 여학생 비율이 압도적으로 높아 더 다가가기 힘든 면도 있었다. 카페 '중간계로의 여행'에서 활발하게 활동했지만 그것은 모두 채팅으로였다. 동영상으로 연결되는 관계에 대해 현묵은 초등학교 졸업 이후 8년간 경험하지 못했다. 사람의 관계라는 것도 예열이 필요한 일이었다.

1학년 현묵에게 기억에 남는 대면 수업의 경험이 전혀 없었던 것은 아니다. '삶과 인문학', 제목만 들어도 인문대 신입생들은 반드시 들어야 할 필수 과목인 것을 알 수 있는 이 수업에서 현묵은 대학 생활의 일단을 봤다. 대학이라는 곳을 계속 다녀도 괜찮겠다는 생각을 했다. 신입생으로 아직 과가 정해지지 않은 현묵은 '생동반'이라는 반에 배정됐다. 인문대의 신입생을 여러 반으로 나누어 이렇게 각각 이름을 붙인 것이다. 현묵이 속한 생동반은 영문학과가 지도와 관리를 맡았다.

'삶과 인문학' 수업에서 처음으로 이른바 대면 활동을 했다. 중앙도서관 소극장에서 셰익스피어의 연극〈십이야十二夜〉를 DVD로 관람한 것이다. 영국 무대에 올려진 연극이었다. 열 명 정도의 학생이 코로나 상황에 맞춰 띄엄띄엄 앉아 연극을 봤다. 현묵은 전동휠체어를 탔으므로 가장 앞줄에 앉았고 눈에 잘 띄었다.

난 인터뷰 도중 장난처럼 물었다.

"몇 백 년 전 영어는 잘 들리더냐?"

"아니요. 자막이 있었죠. 영국인이 정철의 시를 듣는다고 생각해 보세요. 들리는 게 말도 안 되죠."

나는 이 말을 듣고 현묵이 왜 정철을 비유로 들었는지 처음엔 정확히 알지 못했다. 인터뷰를 마치고 내용을 정리하다 그때야 알게 됐다. 셰익스피어의〈십이야〉는 16세기 말에 쓰여졌다. 정철은 16세기 말을 살았다. 엄밀한 비유였다.

"너무 재미있었어요. 과몰입해서 봤어요. 소리 내 웃기도 하고.”

　현묵이 맨 앞줄에서 〈십이야〉를 보고 있는 모습이 지도교수의 눈에 들어왔다. 지도교수가 보기에 현묵은 DVD를 ‘보고’ 있는 것이 아니라 연극을 ‘관람’하고 있었다. 현묵은 시청자가 아니라 청중이었다. 홀로 웃고, 홀로 찡그리며, 극장에서 연극을 눈앞에서 보고 있었다.

　연극이 끝나고 난 뒤 학생들은 짧은 계단으로 소극장을 빠져나갔다. 하지만 현묵은 그렇게 이동할 수 없었으므로 지도교수가 엘리베이터로 안내했다. 엘리베이터에서의 짧은 시간이었지만 사제지간의 대화가 이어졌다. 서 있는 지도교수와 휠체어에 탄 현묵의 대화는 물리적인 눈높이가 달랐으나, 대화의 톤은 그 높이가 같았다.

　“오늘 〈십이야〉를 몰입해서 본 건 현묵이뿐이었던 것 같네?” 어렵고 쑥스러워 바로 대답을 못했다. 지도교수가 푸념 섞인 말을 이어갔다. “아이들에게 다음번엔 〈빌리 엘리어트〉를 틀어 줘야 할 것 같아.”

　현묵은 답했다. “제가 이런 걸 좋아합니다.”

　“이런 거?”

　“저는 연극의 말이 옛날 말 같지 않고 〈개그콘서트〉 대사 같았어요.”

　그리고 엘리베이터 문이 열렸다.

　모든 것이 비대면이었으므로 과에선 교수와 조교, 학생들로 그룹을 짜서 저녁을 먹는 시간도 갖기로 했다. 연극을 본 날은 5월 14일이었다. 저녁을 할 사람은 자율적으로 남으라고 했더니 현묵을 포함해 네 명이 남았다. 어떤 학생에겐 그날이 교수님을 따라 저녁을 먹기엔 너무 아까운 날이었겠지만, 현묵에게는 과 친구와 교수님을 만날 기회를 놓치는 것이 너무나 아까운 날이었다.

입학 후 처음으로 오프라인에서 동기생을 만난 날이었다. 앞에 앉은 두 친구는 서로 말을 놓았지만 현묵은 왠지 놓을 수 없었다. 둘 다 여학생이었으므로 어떻게 해야 할지 더 알 수 없었다. 한 친구는 입학 후 벌써 남자친구가 생겼다고도 했고 한 과목을 드롭drop—수강 신청한 과목을 취소하는 일—했다고도 했다. 그러자 다른 친구가 자기도 드롭했다고 맞장구쳤다. 그 자리에 남은 학생 중 한 과목도 드롭하지 않은 것은 현묵뿐이었다. 현묵은 드롭이라는 것이 매우 엄중한 일이라고 생각했다. 하지만 수강 신청한 과목을 초반에 들어보고 자신과 맞지 않는다고 생각하면 과감히 드롭하는 것도 학생의 권리였다. 그날 드롭을 하는 것이 대학생의 일상이라는 것도 알게 됐다.

그렇게 집에 돌아와서 과제로 주어진 〈십이야〉 감상문을 썼다. 현묵은 스스로 "케케묵은 것을 좋아한다"고 말한다. 오래된 이야기를 좋아하는 현묵의 성격은 셰익스피어에도 맞아떨어졌다. 영국이 자랑하는 문호 톨킨을 좋아하니, 셰익스피어도 좋아할 만하다고 생각했다. 마치 〈개그콘서트〉처럼, 우리네 마당놀이처럼, 해학과 풍자가 깔린 〈십이야〉에 대한 청중의 감상을 현묵은 솔직히 적었다. 그리고 리포트 말미에 이렇게 적었다.

1학기 동안 유일하게 생동반 학우들과 지도 교수님을 현실 공간에서 '그냥' 만나 '그냥' 이야기를 나눌 기회였다. 비대면 수업을 하면서 물리적으로는 편하면서도 정신적으로는 '정말 이게 대학의 전부인가' 하는 생각이 들고는 했다.

지도교수는 꼼꼼하게 피드백을 줬다. "감상문을 보니 현묵 학생이 가장 즐겁게 연극을 관람했다는 인상이 틀리지 않았다"고 지도교수는 현묵의 리포트에 메모를 남겼다. 그러면서 라파엘로의 〈아테네 학당〉 그림을 A4용지 한 면에 꽉 채우고 그 밑에 "따로 또 같이 자신의 세상에 빠져 있는 이 고대 사상가들처럼 코로나 중에도 건강한 대학 생활 하기 바랍니다"라고 적었다.

〈아테네 학당〉. 플라톤은 손가락으로 하늘을, 아리스토텔레스는 땅을 가리키는 그림. 수많은 학생들이 자유롭게 논쟁하는 모습. 학당의 계단에 앉아 있는 디오게네스의 모습. 대학의 계단. 그것은 현묵이 꿈에서도 그리던 대학에 대한 '상상도'였다. 백팩을 맨 학생이 원서를 들고 중앙도서관 계단을 오르내리는 모습. 계절은 셔츠에 얇은 스웨터 정도면 되는 봄이면 좋을 듯했다. 그곳에서 여러 학생들과 즐겁게 떠들고 놀며, 학업으로 경쟁하는, 마치 드라마 〈하버드의 공부벌레들〉에서나 나올 오래된 스테레오 타입의 대학 풍경에서 현묵은 하루하루를 즐기고 싶었다.

지도교수가 첨부한 라파엘로의 그림은 바로 현묵의 마음 깊은 곳에 있는 풍경을 완벽하게 시각화했다. 현묵은 아마도 학창 시절 그 계단을 오르거나 내려가진 못할 것이다. 하지만 침대 안에서도 밀도 있는 성취를 이루며 세상과 소통했던 현묵에게 그런 물리적 제약은 또 별일이 아닐 수도 있다. "장애로 날 규정하고 싶진 않아요. 장애로 나의 10대를 모두 정의하고 싶진 않아요. 장애 때문에 내가 무엇을 못한 적은 없다고 생각해요. 못했다면 그건 나태함 때문이었죠."

현묵이 2021년 신입생 시절 가장 즐거웠던 하루는 학교에 홀로 남겨졌던 4월 9일이었다. 벚꽃이 흐드러지게 핀 어느 날이었다. 그날은 금요일이었다. 다른 친구들처럼 현묵에게 불금의 계획은 없었다. 그날은 50분짜리 수업이 단 하나 있었다. 학교에 볼일이 있었으므로 장애학생 휴게실 다솜누리에서 줌으로 50분짜리 수업을 해치웠다.

학교에 온다면 다솜누리에서 공부를 하는 것이 좋다. 그곳에선 전동휠체어를 쉽게 충전할 수 있다. 도서관이라면 쉽지 않은 일이다. 도서관의 동선은 기본적으로 계단을 중심으로 이뤄져 있다. 나무로 만들어진 멋진 계단 관정마루는 중앙도서관의 신관 격인 관정관의 중심이었다. 그곳은 마치 라파엘로가 그린 아테네 학당처럼 멋진 장소였다. 그곳에선 종종 멋진 전시회가 열리곤 했다. 또 2층으로 가는 거의 유일한 통로였다. 하지만 현묵에겐 접근이 불가능한 곳이었다. 그곳은 계단으로 되어 있어 전혀 닿을 수 없는, 금단의 장소였다.

4월 9일은 날씨가 너무 화창했으므로 계단이 많은 중앙도서관을 벗어나 자유로운 학교 탐방을 하기로 마음먹었다. 전동휠체어는 충전을 마쳐 만전이 됐다. 수업은 12시 50분에 끝났다. 엄마는 아마도 오후 늦게나 도착할 것이다. 전동휠체어는 중앙도서관 근처에 있는 장애인 휴게실을 출발했다. 도서관을 아래위로 가로지르는 큰 계단으로 학생들이 쉴 없이 오르내렸다. 백팩을 매고 원서를 껴안고 있었다. 학생들 위로 꽃잎이 떨어지고 있었다.

전동휠체어는 계속 달렸다. 학교의 유명한 연못 자하연을 통과했다. 오리엔테이션 자료에선 용이 승천할 정도로 멋있어 보였지만 자라 정도나 겨우 살 만한 작은 연못이었다. 그래도 그 뒤로 피어나기 시작한 연록의 나무들이 아름답게 고개를 숙이고 있었으므로 연못은 숲에 둘러싸인 듯했다.

전동휠체어가 갈 수 있는 모든 곳을 현묵은 달렸다. 캠퍼스 후문으로 이어지는 높은 언덕길도 전동휠체어로는 전혀 어려운 일이 아니었다. 그 누구에게 도움을 청하지 않고, 그 누구와 동행하지 않아도 되는 완벽한 자유였다. 모든 것이 빛났다.

모든 것이 완벽했다.

휠체어는 멈추지 않았다. 이번에는 서울대박물관에서 전시회를 관람하기로 했다. 법대와 사회대를 거쳐 긴 길을 바퀴는 굴러갔다. 현묵이 보려고 했던 것은 〈동식물의 표본과 기록에 대한 전시〉였다. 박물관에 도착해 보니 이 전시는 2층에서 하고 있었다. 길을 묻고 전시실 안으로 들어가려고 하는데 직원이 앞을 막았다.

"정말 미안합니다 학생, 이곳엔 엘리베이터가 없습니다."

"네? 박물관엔 엘리베이터가 없군요."

"그것이 이 건물 구조가 엘리베이터가 들어서기에 적절치 않고……"

직원은 미안한 표정으로 길게 설명했다. 하지만 그것은 그 직원이 미안해하거나 부끄러워할 일은 아니었다. 현묵은 그냥 1층에 있는 상설 전시회만 보고 가겠다고 했다. 1층엔 발해시대 실물 유물과 광개토대왕릉비 탁본 같은 것들이 있었다. 직원은 지속적으로 미안함을 표시했다. 하지만 현묵은 원래 계획했던 전시를 보지 못하길 다행이라고 생각했다. 당시 박물관을 찾은 사람은 현묵 혼자였다. 현묵이 보려고 했던 동물과 식물의 표본은 그 자체로 매우 을씨년스러운 것이므로 다른 사람과 같이 본다면 괜찮았겠지만, 이 휑한 박물관에서 혼자 본다는 것은, 마치 유럽의 오래된 으스스한 박물관 안을 혼자 돌아다니는 것과 다를 바 없다고 생각했다. 그래서 '정말 다행이다'라고 결론 냈다.

시간이 흘러 벚꽃이 핀 서울대 교정에도 땅거미가 지기 시작했고, 곧 현묵을 데리러 온 엄마의 차가 교정에 들어섰다. 짧은 시간이었지만 현묵은 진정한 의미의 캠퍼스 생활을 한 것이었다. 아마 이곳에서의 생활은 벚꽃 흩날리는 중앙도서관 계단처럼, 꿈과 현실이 분명히 구분될지 모른다. 하지만 그 계단에 서지 않고서도 벚꽃이 머리 위에 흩날릴 수 있다는 사실을 현묵은 알고 있었다.

18

스물둘,
생애 첫 커피

2021년 2월쯤 현묵에 대한 제보를 우연히 받았다. '심각한 난치병을 앓았고 중, 고등학교도 나오지 못했다. 10대의 대부분을 침대에서 보냈다. 그러다 신약을 만나 기적처럼 다시 공부할 수 있는 여건이 됐다. 『반지의 제왕』 등 톨킨의 세계를 탐닉하는 청년이며, 아직 번역되지 않은 원서의 오류를 찾아내 영국 출판사에 연락했고 기어코 고쳐 냈다. 면접관들에게 큰 울림을 줬다.' 이 정도가 제보의 내용이었다. 혈우병으로 인해 지체 장애가 남았는지도 정확히 알지 못했다. 처음엔 걸을 수는 있을 거라 생각했다. 이름도 나이도, 심지어 성별도 몰랐다.

개인 정보에 대한 접근이 불가능했으므로 일단 서울대에 학생에 대한 인터뷰 요청을 했다. 이름도 모르는 학생을 찾아 달라는 요청이 통할 리 없었다. 요즘은 그런 세상이 아니다. 다만 나에겐 이 문제를 해결할 수 있는 이력이 조금 있었다. 나는 2007년부터 2008년까지 서울대를 출입하며 취재했었다. 당시 '한국의 스티븐 호킹'이라 불리는 이상묵 교수를 기사로 소개했고 이 기사는 출판으로 이어질 정도로 파장이 꽤 있었다. 이 교수의 이야기는 미국 《뉴욕타임스》 1면에까지 실렸다. 이 교수 이야기를 세상에 알린 경험과 이력 덕에 나는 이번에도 서울대에 나의 인터뷰 의도를 설명하는 데 많은 시간을 들이지 않을 수 있었다. 그때 만들어진 서울대 교수들과의 네트워크도 도움이 됐다.

서울대는 나의 요구에 "개인 정보나 입시 정보를 주는 것은 엄격히 금지된다"면서도 "학생에게 의사를 물을 방법을 찾겠다"고 답변했다. 나는 일을 빨리 처리하는 대신 모든 절차를 지키며 천천히 일을 성사시키는 쪽을 택했다. 언론 대응 등을 총괄하는 대학본부 대외협력부처장을 통해 정확히 인터뷰 의도를 알렸다. 부처장은 인터뷰 취지에 깊은 공감을 나타내며 인문대 학생부학장에게 이 같은 사실을 알렸다. 그리고 곧 나는 학생부학장과 면담할 수 있었다. 학생부학장은 이야기를 찬찬히 듣더니 지도 교수와 연락해 보겠다고 했다. 대외협력부처장과 학생부학장은 현묵의 이야기가 대학 홍보 차원을 넘어, 의미 있는 질문을 던질 수 있는 계기가 될 것이라는 점을 이해해 줬다.

그리고 얼마 후 서울대로부터 연락이 왔다. "학생에게 우리가 먼저 연락해 인터뷰에 동의하면, 기자님과 연결시켜 드리겠습니다. 학생이 원치 않는다면 쉽지 않을 수도 있습니다."

동의했다. 그리고 한 달 정도 지나 학생부학장으로부터 연락이 왔다. "학생에게 메일을 보냈는데 연락이 안 오네요. 제가 직접 통화해 보겠습니다.”

　그때까지만 해도 학교는 현묵의 존재를 잘 알지 못했다. 아마도 면접관으로 참여한 교수와 지도 교수만이 현묵이 어떤 학생인지 대략 알았을 것이다. 입학생의 정보를 교수들이 공유하진 않기 때문이다. 게다가 코로나로 대면 수업이 전면 중단돼 있었다. 가끔 학교에 나오긴 했으나 서로가 서로를 알기 어려운 세상이었다. 그렇게 현묵의 이야기는 훼손되지 않은 채 잘 숨겨져 있었다.

　어렵사리 연락처를 받아 현묵에게 전화했다. 현묵은 선선히 만나자고 했다. 그렇게 현묵과의 만남이 시작됐다. 처음엔 방송에 기사를 내보내려 했다. 하지만 처음 만난 날, 책을 써야겠다고 마음을 바꿔 먹었다. 방송 기사로 쓰기엔 현묵의 이야기가 너무나 깊고 컸다. 기사로 나간다면 장애인의 인간 승리로 포장될 가능성이 커 보였는데, 그것은 내가 싫었다.

　현묵 모자에게 책을 쓰고 싶다고 말을 꺼냈다. 쑥스러워하는 얼굴이었으나 대답이 나오는 데 시간이 걸리진 않았다. 역시 선선히 그러자고 했다. 인터뷰는 2021년 여름을 관통해 넉 달 가까이 이어졌다. 인터뷰를 하고 있는 게 아니라 현묵에게 무언가 배운다는 생각이 들었다. 단순히 지식이 아니라 ‘어떤 태도의 문제’에 대해 깨달음을 얻어 가는 과정 같았다. 어떤 강론보다 강렬했다. 그것은 ‘진짜 실물’, ‘진짜 이야기’였기 때문에.

공부라고 표현하면 적확한 것일지 모르겠으나, 현묵의 이야기는 어떤 공부가 분명한 방향성을 가지고 매우 오랫동안 일관되게 지속된다면 그것 자체가 살아 있는 것이 되어 놀라운 힘을 발휘하게 된다는 사실을 웅변하고 있다.

어려움, 아니 어려움이라기보단 비극이라고 해야 할 것이다. 현묵의 사례는 비극과 마주하는 법에 대한 이야기일 수 있다. 비극 안에 양념같이 희극을 넣는, 비극에 함몰되지 않고 그 위에 떠 있을 수 있는 유연함을 배우는, 그래서 어느 순간 그 비극을 역전시킬 기회를 얻는, 그런 이야기일 수 있다.

2021년 6월 16일 수요일. 우리가 두 번째 만난 날이었다. 현묵과 점심을 하기로 했다. 현묵은 전동휠체어가 있으니 어디든 갈 수 있다고 했다. 계단이나 턱만 없다면. "전 정말 가출은 꿈도 못 꿨어요. 가출하기엔 세상이 너무 울퉁불퉁하니까요." 전동휠체어와 엘리베이터가 현묵에게 날개를 달아 줬다면, 계단은 그 모든 것을 한 번에 무력화시킨다. 그래서 현묵의 블로그엔 계단—경사로가 없는—에 대한 깊은 거부감이 담긴 표현들이 적지 않다. 그래서 이날은 현묵이 전동휠체어를 타고 올 수 있는 대로변의 큰 건물에 있는 식당을 예약했다. 그곳에서 수다를 떨며 스파게티와 돼지 바비큐립을 함께 먹었다.

"다 먹었으면 커피 주문할까?"

"저…… 사실은 제가 커피를 한 번도 마셔 본 적이 없어요."

"혹시 카페인에 민감한 체질이라서 못 마셔 본 거니?"

"아니요 전혀. 정확히는 마셔보지 못했으니 모른다가 정답이겠네요."

"부모님은 커피 드시지?"

"네, 그럼요"

"그럼 일단 마셔 봐."

난 커피를 한잔 마셔 보길 권했다. 커피 없이 그 많은 밤을 지새웠다니, 말도 안 된다고 생각했다. 덕질이 취미인 녀석이니 진한 커피로 각성하는 밤이 어울릴 거란 생각이 들었다. 무엇보다 이 맛있는 커피의 세계를 모른다는 게 안타까웠다. 반드시 커피를 마셔 보게 하고 싶었다. 한 번도 마셔 보지 않았지만 현묵은 늘 그렇듯 이날도 망설이지 않았다.

"예이~!" 약간의 장난끼를 동반한 긍정의 저 대답을 나는 좋아한다. 그렇게 우리는 아메리카노를 마셨다. 커피는 진했다. 한 모금이 목으로 넘어가는 순간 카페인이 온몸에 퍼지는 것 같은 그런 진한 맛의 커피를 우리는 즐겼다.

"아, 이런 맛이었군요?"

"쓰니?"

"아뇨."

그렇게 현묵은 처음으로 커피를 마셨다.

현묵은 2019년 스무 살 여름에 신약을 만났다. 그리고 고통에서 조금씩 빠져 나왔다. 2020년 현묵은 검정고시를 보고 수능을 치렀다. 그해 크리스토퍼 톨킨이 엮은 아버지의 유고 『끝나지 않은 이야기』를 번역했다. 그리고 서울대 2021학번 새내기가 됐다. 그리고 커피를 처음 마셨다.

현묵이 알을 막 깨고 나온 공룡 같다는 생각이 들었다. 아직은 작고 모르는 게 많지만, 어디까지 클지 가늠할 수 없는 존재 같았다. 김준범 교수가 왜 현묵을 꼬마라고 불렀는지, 왜 자신의 인생을 통틀어 만난 인연 중 "가장 위대하고 무한한 가능성"이라고 했는지 현묵이 첫 커피를 마시는 모습을 보고 실감했다. 다음날 오전 현묵에게 문자메시지를 보냈다.

"카페인으로 잠 못 잔 건 아니지?ㅋ 괜히 걱정ㅎ"

"잠만 잘 왔어요. ㅋㅋㅋ"

그날 6월 16일 수요일을 시작으로 현묵과 계속 수요일에 만났다. 마치 '모리와 함께한 화요일'처럼 어느새 수요일이 특별하게 느껴졌다. 7월 21일 수요일이었다. 여느 때와 같이 아침 9시쯤 현묵이네 집에 도착했다. 집에 현묵이 없었다. 대신 엄마가 먼저 나를 맞이했다.

"현묵이는 커피 사러 갔어요."

"현묵이가요?"

"그럼요, 대개는 다 현묵이가 사 와요."

그러고 보니 현묵이네 집에 갈 때마다 인터뷰를 진행하는 책상 위엔 테이크아웃용 종이컵에 담긴 아이스아메리카노가 놓여 있었다. "주변에 턱도 많고 울퉁불퉁한 길투성이던데,

괜찮을까요?"

"그걸 피해 가는 완벽한 내비게이션을 가지고 있죠, 현묵이여기에." 엄마는 손가락으로 머리를 가리키며 말했다. "요즘현묵이가 '나 역마살이 들었나 봐' 하고 말하며 외출하는 것을보면 정말 너무 행복해요."

말이 끝나기 무섭게 현묵이 들어섰다. 무릎 위에 놓인 캐리어에는 커피 세 잔이 담겨 있었다. 우린 책상에 마주 앉아 커피를 마시며 얘기를 시작했다. 이날은 현묵이 먼저 말을 꺼냈다. "요즘은 어디든 외출해요. 전동휠체어를 타고 갈 수 있는 모든곳에 혼자 가요. 공원이든 도서관이든 병원이든. 남의 도움을받지 않고, 그게 부모님이라고 할지라도 도움을 청하지 않고어딘가를 나 혼자 갈 수 있다는 게 엄청난 쾌감을 안겨 줘요."

그랬구나. 도움을 청하는 것이 정말 힘들었던 거였구나. 넉살 좋게 남에게 도움을 청하고, 민폐라고 생각하는 순간에도아무렇지도 않아 하는 웃음을 짓는 일은 사실 현묵에게는 너무나 힘든 일이었던 것이다. 그것은 엄마도 알지 못한 현묵의감정이었다. "어떻게 쟤는 미안해하지도 않아요. 그래서 너무다행이고, 그게 너무 좋았어요"라고 엄마는 말했지만, 실은 그렇게 보이기만 했을 뿐이었다. 아무렇지도 않았던 것이 아니라그냥 상황을 타고 넘었을 뿐이었다. 그것으로 가족은, 주변은현묵에 대해 안심했지만 본인의 마음은 조금씩 다쳤을 것이다.

그래서 혼자서 어디든 가고 혼자서 무엇이든 하는 법을 최대한 빠른 속도로 익히고 있는 것이었다. 계단과 턱이 없는 동선을 모두 꿰고 역마살이 든 것처럼 어디든 가는 것이 요즘 일상이 됐다. 코로나로 모든 것이 비대면인 요즘 같은 때, 현묵은 역으로 세상을 더듬어 찾아가고 있었다. 그렇게 내가 현묵을 찾은 것이 아니라, 내가 찾을 수밖에 없게끔 현묵은 이미 세상으로 나와 있었다.

현묵은 2021년 6월 16일을 시작으로 매일같이 커피를 마신다.

현묵은 신약을 만난 뒤 처음으로 보행보조기에 의지해
베란다에 서서 바깥 풍경을 바라보았다.

19

Night Fever,
버킷 리스트

서울대 자연대학 이상묵 교수는 '한국의 스티븐 호킹'이라 불린다. 그를 처음 본 사람들은 대부분 '참혹하다'고 느낀다. 하지만 5분만 지나면 경이의 눈빛을 보내게 된다. 그는 척추 장애인이다. 목뼈 4번(C4)이 사고로 완전히 손상돼, 목 아래 는 완전한 식물인간이다. 팔과 다리는 전동휠체어에 꽁꽁 묶여 있다. 운동신경이 완전히 죽어 있으므로 사지는 흐느적거릴 수밖에 없다. 그러니 꽁꽁 묶어 놔야 한다. 그는 오직 뺨과 입만 움직일 수 있다. 그것만으로 휠체어를 완벽히 조정하고, 입김으로 작동하는 마우스와 음성인식 프로그램을 이용해 일반인보다 더 빠르게 업무를 본다. 그가 코딩을 하는 모습을 보면 경이로움 그 자체다. 그리하여 사람들은 그를 동정하다 결국엔 고개를 숙이게 된다.

그는 MIT 출신의 해양학 박사로 1년에 서너 달은 바다 위에서 보내며 심해저 탐사를 하던 역동적인 사람이었다. 2006년 마흔여섯의 일이었다. 미국 데스밸리, 해수면보다 낮은 곳에 위치한 뜨거운 사막은 해저 지질을 탐사하기 위한 최고의 장소로 알려져 있다. 그곳에서 타고 있던 차가 전복됐다. 이 교수의 영혼은 호킹과 비슷한 기능을 가진 육체로 갈아타야 만 했다. 그러나 그는 스스로 자신을 '리사이클 맨recycle man, 재활용 인간'이라 칭하며 긍정의 힘으로 일어섰다. 사고 6개월 만에 강단에 복귀했고, 지금까지 15년 넘게 수많은 프로젝트를 이어 오고 있다.

이상묵 교수가 나에게 들려준 재미있는 이야기가 있다. 미국은 척추 장애인을 위한 재활 프로그램을 치료 이상으로 중요하게 여긴다. 장애를 없앨 순 없으므로, 그것을 받아들이고 장애 이전의 삶으로 최대한 가깝게 돌아가는 것을 목표로 한다. 그것은 단순히 심리를 치료하고 물리치료를 받는 것을 의미하지 않는다. '계속 살아가는 것'을 의미한다. 여기서 핵심은 IT 기술이다. 기술을 이용해 세상과의 링크를 찾아내고, 그것을 통해 비장애인들과 교류하고 더 나아가 경쟁해야 한다. 그것이 재활의 진정한 의미다.

이런 재활의 정신을 이상묵 교수는 본인이 재활 치료를 받은 랜초 로스 아미고스Rancho Los Amigos 국립재활병원에서 배웠다. 랜초는 세계적인 재활 병원이다. 랜초를 거쳐 간 전설적인 사람은 너무나 많지만, 그중에서도 제이 크래머Jay Cramer의 이야기가 가장 인상적이었다고 했다. 목뼈를 다치기 전 제이는 건강했지만 그저 그런 배우 지망생이었다. 하지만 암벽 등반을 하다 추락해 척추가 손상된 후, 오히려 더 강한 삶의 에너지를 끌어올려, 멀쩡한 다리가 있을 땐 감히 도전하지 못했던 스탠딩 코미디에 도전했다. 그리고 큰 성공을 거뒀다. 제이의 컴퓨터 배경 화면엔 암벽 등반을 하다 바위 위로 떨어졌던, 사고 당시의 끔찍한 모습이 담긴 사진이 띄워져 있다. 그날 자신이 다시 태어났기 때문에, 그날을 잊지 않기 위해, 그날과 매일 대면하는 것이다. 제이는 사고 이후 스탠딩 코미디언이 됐고, 멋진 배우자—두 다리가 없는 장애인 육상 국가대표인—를 만났으며, 멀기만 했던 가족의 소중함을 알게 됐다. 재활은 삶의 복원을 넘어 꿈의 구현으로까지 이어지는 과정이었다.

제이의 척추는 이상묵 교수와 달리 부분 손상이었으므로 재활로 조금씩 팔과 손을 움직일 수 있게 됐다. 이렇게 한 문장으로 얘기하고 있지만, 얼마나 지독한 재활 과정을 거쳤을지 누구도 알기 힘들 것이다. 그렇게 제이는 운전면허에 도전했다. 핸들을 쥘 수 있는 악력이 살아나진 못했지만 IT 기술과 접목된 핸들엔 모든 것을 가능하게 만드는 기기들이 모여 있었고, 제이는 차를 움직일 수 있게 됐다. 그는 운전 연습을 한다고 주변에 자랑하며 코미디언답게 이렇게 말하곤 했다. "면허를 따면 혼자 클럽에 갈 수 있잖아요. 형은 매일 집에 일찍 들어가자고 해서, 저 앞의 미녀를 항상 그냥 두고 집에 가야 한단 말이야."

현묵에게 내가 쓴 이상묵 교수에 대한 책 『0.1그램의 희망』을 보내 준 적이 있다. 내가 어떤 글을 썼는지 정보를 주고 '너에 대한 책을 써도 되겠느냐'는 허락을 얻기 위해서였다. 우리는 이 책의 내용에 대해선 대화를 나눈 적이 없다. 그러다 어느 수요일 인터뷰가 진행되던 날, 누구의 도움도 없이 완전한 자유 의지로 캠퍼스를 돌아다닌 이야기를 하면서, 현묵은 제이의 이야기를 꺼냈다. "제 변덕에 따라 저 스스로 움직이고 무언가 하는 것은 바로 제이가 말한 그거예요. 어무이가 집에 먼저 가도 상관없는 그런 자유지요. 저 앞의 미녀를 두고 집에 가지 않아도 되는 자유 말이에요."

현묵은 아마 제이처럼 언젠가 운전면허를 딸 수 있을 것이다―2022년 2월에 기능시험에 합격했다―. 김준범 교수는 "현묵의 장애가 타고난 게 아니라, 혈우병으로 인한 다발성 관절염으로 관절이 손상되고 구축되어 지체 장애로 이어진 것"이라고 설명했다. 이제 출혈이 통제되므로 염증 없이 일상생활을 할 수 있다. 망가진 관절과 근육을 다 되살릴 순 없지만, 근력을 끌어올릴 순 있다. 꾸준한 재활로 '목발을 짚고 다닐 수 있는 상태'를 목표로 삼을 만하다고 했다. 그렇게 되면 현묵은 언젠가 벚꽃 휘날리는 도서관 계단을 오르내리게 될 것이다. 그 아래엔 현묵의 차가 서 있을 것이다. 현묵은 엄마가 없다는 이유로, 미녀를 눈앞에 두고 집에 가지 않아도 될 것이다.

현묵은 2021년 여름방학에 어떤 목표를 세웠다. 전동휠체어로 갈 수 있는 모든 곳을 간다! 거창하지 않지만 그것은 현묵의 화려한 버킷 리스트였다. 버킷에 담긴 첫 리스트는 '만화 카페 가기'였다. 디지털 파일로 된 만화를 마우스로 움직여 보는 게 아니라, 종이로 된 만화책을 만지며 보고 싶었다. 그것은 현묵의 오랜 바람이었으나 그 일을 하는 게 그간 참 힘들었다. 동네 만화 카페의 진입로엔 턱과 계단이 없었다. 다만 경사가 있고 바닥이 고르지 않았다. 그래서 몇 차례 사전답사까지 했다. 현묵의 전동휠체어로 충분히 엘리베이터까지 가는 게 가능했다. 그렇게 동선을 완벽하게 파악한 뒤 만화 카페에 들어가 만화를 볼 수 있게 되었다. 현묵은 만화 카페에 들어가 한 시간 동안 책장만 쳐다봤다. 수많은 만화의 겉표지를 눈에 넣는 것만으로 충만했던 만화 카페와의 첫 만남이었다. 그러고 나서야 만화책을 꺼내 종이의 질감을 손으로 느끼며 만화를 읽어 내려갔다.

다음 버킷 리스트는 더 대단한 것이었다. 네온사인이 많은 밤거리를 비지스Bee Gees의 〈나이트 피버Night Fever〉를 들으며 정처 없이 쏘다니는 것이다. 1977년 〈스타워즈〉와 같은 해에 개봉된 뒤 모두의 예상을 깨고 〈스타워즈〉와 흥행을 겨룬 〈토요일 밤의 열기Saturday Night Fever〉. 그 영화의 OST에 수록된 곡 중 하나가 〈나이트 피버〉다. 아마도 현묵은 〈스타워즈〉 덕질을 하다 비지스까지 이르게 되지 않았을까.

이 영화의 OST는 너무나 유명하기 때문에, 누구든 책을 읽고 있는 지금 검색해서 들어 본다면 무슨 노래인지 바로 알 수 있을 것이다. 스무 살의 앳된 배우 존 트라볼타John Travolta가 낮에는 페인트 가게 점원이지만 밤에는 클럽을 누비는 댄서로 나온다. 1970년대를 수놓은 디스코 음악이 영화를 지배한다. 영화의 젊음과 그 젊음이 내뿜는 자유분방함은 강렬했다. 현묵은 그 음악을 픽Pick했다. 이어폰을 끼고 네온사인이 넘실거리는 밤길로 떠났다. 목적지도 없고 네온사인만 있는, 계단이 없다면 그곳은 모두 〈나이트 피버〉로 흘러넘쳤다. 비지스는 쉼 없이 현묵을 부추기고 네온사인은 유혹했다.

Night fever, night fever,

We know how to do it.

Gimme that night fever, night fever.

We know how to show it.

Here I am.

Prayin' for this moment to last,

Livin' on the music so fine,

Borne on the wind,

Makin' it mine.

밤의 열기, 밤의 열기,

어떻게 하면 되는지 알죠.

밤의 열기, 밤의 열기를 줘요.

어떻게 보여 주면 될지 알죠.

여기 내가 있어요.

이 순간이 지속되길 바라죠,

너무 멋진 음악 속에 있죠,

바람에 실려

이 열기를 내 것으로 만들죠.

　이미 현묵의 영혼은 네온사인을 뚫고 들어가 클럽의 무대 위에 있었다. 그 밤은 뜨겁고 화려했다. 전동휠체어의 배터리가 다 닳도록 현묵은 그 속을 방황하듯 배회했다.

　그 즈음이었다. 여름방학이 끝나기 전, 학교에 어떤 공고가 떴다. 서울대 예술주간에 인문대 학생은 시 낭송을 하고 음대 학생은 악기를 연주하는 콜라보 행사를 연다는 것이었다.

　"이 얼마나 강렬한 레트로 감성이에요."

　사실 나도 놀랐다. "2021년에도 이런 걸 하는 거야?"

　현묵은 망설이지 않고 곧바로 지원했다. 지도 교수에게 피드백을 받았고, 인문대 선배들의 멋진 시 낭송을 옆에서 지켜볼 수 있었다. 무엇보다 자신의 모습을 카메라에 담을 수 있었다. 현묵은 월트 휘트먼Walt Whitman과 로버트 블라이Robert Bly의 시를 낭송했다.

Driving to Town Late to Mail a Letter

Robert Bly

It is a cold and snowy night. The main street is deserted.

The only things moving are swirls of snow.

As I lift the mailbox door, I feel its cold iron.

There is a privacy I love in this snowy night.

Driving around, I will waste more time.

늦은 시각에 편지를 부치러 시내로 차를 몰다

로버트 블라이

눈이 내리는 추운 밤. 대로엔 인기척이 없다.

움직이는 것이라곤 휘날리는 눈발뿐.

우편함의 뚜껑을 열며 차가운 쇠의 감촉을 느낀다.

이런 눈 내리는 밤 속 나 혼자만의 은밀함이 무척 좋다.

차를 이리저리 몰면서 시간을 좀 더 날려야겠다.

시 낭송 공지를 본 것은 현묵이 밤거리를 쏘다니고 얼마 안
된 시점이었다. 로버트 블라이의 시는 마치 현묵의 여름방학
을 완벽하게 묘사한 것 같았다. 미녀를 앞에 두고 먼저 집에
가지 않아도 되는 그날까지도, 시는 노래하고 있었다. 예술주
간 시 낭송은 현묵에게는 또 다른 확장이었다. 세상 어딘가
로 정처 없이 떠나, 그곳이 어디든 그곳에 존재하고 싶은 현

묵의 열망이었다.

　시 낭송 촬영은 9월 25일과 10월 1일 이틀에 걸쳐 진행됐다. 이미 줌으로 열 차례의 지도와 리허설을 거쳤기에 이제 학교에 가서 카메라 앞에서 낭송만 하면 됐다. 여러 학생이 참여했기 때문에 시간을 나눠서 각각 촬영했다. 현묵은 저녁 6시에 촬영 배정을 받았다. 음대 근처 숲길이 촬영 장소였다. 휠체어가 접근하기 만만치 않은 경로였다. 학교에 일찍 도착한 현묵은 전동휠체어를 100% 충전했다.

　그곳으로 가는 길에 계단은 없다. 하지만 대단히 가팔랐다. 오르막이 심해 몸이 뒤로 넘어갈 것 같았다. 현묵의 전동휠체어는 접이식이어서 무게가 무겁지 않다. 그래서 가파른 길을 내려갈 때면 휘청하기도 했다. 이런 길을 올라가다가 혹시나 뒤로 넘어가기라도 하면 죽을 수도 있겠다는 과도한 생각도 들었다. 하지만 누구에게 도움을 청할 일도 아니라는 생각이 들어 무작정 전진했다.

　그리고 장소에 도착했다. 하지만 더 이상 나아갈 수 없었다. 낮은 계단으로 연결된 아름다운 산책길이었기 때문이다. 지도교수와 학생들이 기다리고 있었다. 앞에 인문대 여자 선배가 촬영을 하고 있었다. 선배는 벤치에 누워서도 찍고 앉아서도 찍고 서서도 찍었다. 현묵은 다음 순서였다. 계단을 물끄러미 바라보며 현묵이 멋쩍은 듯 말했다. "저는 산책길에서 찍지 않아도 될 거 같아요. 휠체어가 들어갈 수 없어서요. 그냥 여기서 찍으면 어떨까요?"

하지만 지도교수는 손을 내저었다. "아니에요. 모두 같은 곳에서 찍고 싶은데요. 장정이 여럿인데 같이 전동휠체어를 들어 움직이면 되지 않겠어요?"

그 제안이 나빠 보이지 않았다. "아, 네, 전 난간이 있기 때문에 조금 도와주시면 난간을 잡고 두세 걸음 움직일 수 있을 것 같습니다. 여기 계신 분들이 제 휠체어만 아래로 옮겨주실 수 있을까요?" 현묵은 보행보조기를 짚고 일어서듯 난간을 짚고 비지땀을 흘리며 아름다운 산책길로 이어진 낮은 계단을 내려왔다. 주변에 있던 학생들이 현묵의 전동휠체어를 산책길로 내려 줬다.

날씨가 좋았다. 바람은 부드러웠다. 추분을 막 지난 그날의 해는 조금 더 빨리 지고 있었다. 모든 것이 아름다웠다. 대기하던 방송반 학생들이 조명을 켜고 반사판을 설치했다. 조명은 예상보다 훨씬 더 강렬했다. 눈을 뜨기도 힘들었다. "눈이 부시네요."

지도교수가 답했다. "눈이 부셔야 카메라에 얼굴이 들어와요. 연극배우들은 늘 눈이 부실 수밖에 없죠."

카메라에 현묵의 얼굴이 들어왔다. 그날의 시는 곧 현묵이었다.

박현묵 임팩트

현묵에게 처음으로 공적 호명을 한 인물은, 『끝나지 않은 이 야기』의 한국어판을 출간하는 출판사의 장현주 팀장이다. 장 팀장은 『반지의 제왕』 프로젝트를 총괄한다. 그는 『끝나지 않은 이야기』 번역을 성사시키기 위해 현묵을 찾아내, 그 이 름을 공적으로 불렀다. 그로 인해 현묵은 번역가라는 호칭을 얻게 됐다. 그것은 현묵에게 큰 임팩트였다. 장 팀장은 이런 이야기를 들려줬다.

아르테에서 『반지의 제왕』을 맡은 후 하루도 빠짐없이 팬카페 '중간계로의 여행'을 드나들며 '눈팅'을 했습니다. 톨킨에 대 한 지식이 부족했던 저로서는 작업을 도와주실 분들을 찾아 야 했고, 또 팬들이 원하는 책의 수요를 파악해 신규 계약을 진행할 책임도 있었습니다. 그러던 중 『끝나지 않은 이야기』
를 꾸준히 번역해 올리신 한 분을 발견했지요.

『끝나지 않은 이야기』는 스토리로 서술되는 『반지의 제왕』과
달리, 온갖 설정에 대한 주석과 해설이 넘쳐 나는 거대한 신화
입니다. 영문학 교수님들이신 『반지의 제왕』 역자들조차 선뜻
번역에 나서지 못하던 상황이었습니다. 그런 책을, 아무런 대
가 없이 2년여 간 꾸준히, 성실하게, 지속적으로 번역해 올린
분이 인상적이었습니다. 게다가 번역기를 전혀 사용하지 않고
본인이 최선을 다해 한 자 한 자 써 내려간 느낌을 받았습니다.
팬카페에서 현묵 씨 이름(닉네임 '팩맨')으로 올려진 글들을
모두 찾아 읽어 보았습니다. 짧은 글과 문장 속에서도 진중
하고 사려 깊은 태도가 느껴지더군요. '이분과 함께라면……
그동안 너무 힘들어서 도저히 번역될 수 없을 거라던 이 책
을 기어이 번역해 세상에 내놓을 수 있겠다' 이런 생각이 들
었습니다. 그때가 2020년 2월경이었던 것 같습니다. 그래서
연락을 취했지요.

첫 미팅 약속을 잡았을 때, 자신이 몸이 불편하니 집으로 방문
해 달라는 말을 하셔서 아무런 정보 없이 댁을 방문했는데, 솔
직히 무척 놀랐습니다. 통화를 했을 때나 메일을 주고받으면서
현묵 씨가 10대라고는 상상하지 못했거든요. 그리고 휠체어에
앉아 있는 현묵 씨가 너무나 편안하고 웃는 얼굴이어서 놀랐습
니다. 『끝나지 않은 이야기』는 톨킨 문학선에서도 가장 중요한

책에 속합니다. 그런 책을, 아직까지 번역서 한 권도 내 보지 못한 아마추어 팬카페 회원에게 바로 맡길 수는 없습니다. 미팅을 요청할 때까지도 번역을 맡길 확신은 못 하고 있었어요. 하지만 그날 미팅을 마치고 나오면서 '그래, 이분이라면, 원고를 수백 번 뜯어고치는 한이 있더라도, 과정의 어려움이 있더라도 마지막 최종본만큼은 정말 훌륭한 원고를 만들어 낼 수 있겠다'는 생각이 들었습니다. 아무리 과정이 힘들더라도, 현묵 씨는 결코 포기하지 않고 기어이 좋은 원고를 만들어 줄 것 같은 느낌이었어요.

경험 많고 유능한 번역가들의 글은 책으로 만들기 어렵지 않습니다. 그렇기에 바쁘고 일 많은 편집자들은 경험 없는 신규 번역가를 꺼립니다. 과정의 어려움과 고단함이 눈에 뻔히 보이기 때문이지요. 그렇게 뻔히 예상되는 온갖 어려움을 감수하고 번역 계약을 진행할 수 있었던 것은, 저자께서 '임팩트'라고 표현하신 그 뭉클하고 감동적인 마음 때문에 그랬던 것 같습니다. 처음 미팅부터 계약까지 5개월가량 걸렸습니다. 그 5개월 동안 여러 가지 우려와 불안이 당연히 많았습니다만, 이제 출간될 『끝나지 않은 이야기』는 좋은 책이 될 것 같습니다. 번역가와 편집자의 정성과 노력이 넘치도록 담겨 있기 때문입니다. '장애인의 인간 승리'로 읽히길 원치 않으신다는 말씀, 격하게 공감합니다. 현묵 씨의 이야기는, 자신을 다시 한번 돌아보게 만들어 주는, 그런 힘이 있었습니다.

장 팀장으로 인해 나는 '임팩트'란 단어를 다시 소환할 수 있었다. 현묵에겐 장 팀장이 임팩트였고 장 팀장에겐 현묵이 임팩트였다. '김준범 임팩트'가 삶 전반에서 강력한 지각 변동을 의미하는 것이었다면, '장현주 임팩트'는 공적인 세계로의 데뷔 같은 것이리라. 그 사이 테시의, 베렌의, MW의 임팩트가 현묵의 경로에 작용하고 있었을 것이다. 그리고 기어코 현묵도 누군가의 삶에 영향을 줄 수 있는 사람이 되어 있었다. 임팩트는 작용과 반작용이다. 현묵은 자신이 받은 작용을 마치 물리학의 세계처럼 상대에게 되돌려 주고 있었다.

이 책을 다 읽은 당신은, 혹은 책의 에필로그를 먼저 읽어 보고 있는 당신은, 무언가 다른 선택을 하고 싶은 30대 직장인일 수 있고, 온갖 신화적 은유를 꿰뚫고 있는 번역가를 찾아내야 할 편집자일 수 있으며, 너무나 뛰어난 하지만 서로 닮은 지원자들 중에 특별한 사람을 뽑고 싶은 면접관일 수 있고, 말로는 설득이 되지 않는 중고등학생 자녀를 둔 40~50대 중년일 수도 있다.

현묵은 우리가 처음 꿈을 꾸었던 때로, 바로 그곳으로 데려가는 힘이 있다. 어떤 계산에 압도되지 않고 오히려 그런 세속적 계산을 무색하게 만들었던 나의 꿈이 시작했던 지점. 그곳에서 꼼지락거리고 부딪히고 싸우고 자신을 내던지던 내가 바로 그곳에 있었다. 그 출발점이 하나의 '점'이라면 대부분의 우리는 그 점을 추억하고 있을 것이다.

그 점은 어떤 방향을 향해 전진해 왔을 것이다. 점이 전진하여 만들어진 선은 대개 조금 그어지다 흐려지거나, 다른 점으로 갈아탈 것이다. 원래 그렇게 사는 것이라고 우리는 당연한 듯 서로를 위로한다. 하지만 현묵의 '선'은 아주 보기 드문 직선이다. 그렇게 그은 선이 편집자를 만나고 대학 입시를 만나고 어떤 성취와 만나게 되었다고 나는 믿는다.

앞서 프롤로그와 1장에서, 현묵이 서울대에 제출한 추천서와 자기소개서를 있는 그대로 소개했다. 자기소개서는 계속 현묵에게 물었다. "당신은 고등학교 때 무엇을 했습니까?" "당신의 고등학교 생활은 서울대에 들어오기에 충분한 것입니까?" 하지만 현묵은 단 하루도 중, 고등학교에 다니지 못했다. 현묵은 10대의 대부분을 침대에서 보냈다. 초등학교 졸업 후 현묵은 학교에서 집으로, 거실에서 방으로, 방에서 침대로 계속 추방당했다. 육체는 그 기능을 거의 잃어 갔다.

난치병으로 인해 침대에 갇혀 버린 현묵의 10대는 입시에 아무 소용이 없던 시절일까? 아니 그 정반대였다. 오히려 그때의 기록은 서울대 면접관 교수들을 압도했다—난 그렇게 생각한다—. 톨킨의 세계를 알아내기 위해 탐구하고, 탐구하고…… 영국의 공식 판권을 가진 출판사에 문의하고, 그 과정에서 수십 년간 고쳐지지 않던 오류를 발견하고, 그리고 기어코 현묵의 지적대로 바뀐 단어가 인쇄돼 책이 찍혀 나오기까지의 과정.

이것은 "고등학교 때 무엇을 했습니까?"라는 서울대의 질문에 대한 현묵의 대답이었다. 여기까지였다면 아마 입시로 충분했을 것이다. 하지만 현묵의 선은 그 이상으로 뻗어 나간다. 오류를 고쳐 내는 일은 톨키니스트로서 현묵의 꿈, 『끝나지 않은 이야기』 번역을 이뤄 내는 일로 가는 여정이었을 뿐이었다. 어느새 누군가 알아볼 수 있을 정도로 단단하게 쌓아 올려진 탑이 된 기록물들은, 그것을 원하는 사람에 의해 발견됐다. 번역가를 찾기 위해 광야를 걷던 장현주 팀장은 그것을 발견하고 기뻐했고 아마추어지만 가장 가능성 있어 보이는 번역가와 모험적인 계약을 맺게 됐다. 그리고 현묵은 성큼 꿈에 다가섰다. 이런 놀라운 이야기는 이야기 사냥꾼이라고 할 수 있는 나에 의해서도 발견됐다.

현묵이라는 선은 여기서 그치지 않는다. 현묵은 장애로 자신을 규정할 수 없다고 수차례 얘기했다. 장애라는 핸디캡을 밑자락에 깔고, 그로 인해 우대받고 싶어 하지 않는다. "나의 10대는 나태함에 아픔이 양념처럼 뿌려진 상태"라고 표현한다. 죽음 직전까지 자신을 몰아붙이는 고통 때문에 침대에 누워 있는 것도, 그로 인해 아무것도 하지 않는다면 현묵에겐 '나태한 상태'일 뿐이었다. 나태함에 대해 이렇게 적대적인 태도를 지금껏 본 적이 없다. 현묵은 신약을 투여받고 그저 통증이 없어지는 것만으로, 그래서 의자에 앉아서 무언가를 할 수 있는 정도가 된 것만으로도, 중증의 장애가 그대로임에도

"만전 상태가 됐다"는 말을 자주 했다.

2021년 10월의 비가 오는 날이었다. 쌀쌀하고 축축했다. 현묵과 점심을 먹기로 했다. 현묵의 집에서 그리 멀지 않은 식당가였다. 전동휠체어를 타고 오는 길이 비 때문에 험악했을 것이다. 1층 엘리베이터 앞에서 현묵을 만났다. 엘리베이터가 세 대나 있는 신식 건물이었으므로 모두가 매너 있게 휠체어를 먼저 가도록 배려했다. 4층에 있는 이탈리안 레스토랑이었다. 웨이트리스는 웃는 얼굴로 4인용 식탁의 한쪽 의자 두 개를 모두 치워 줬다.

밥을 먹으며 서울대 도서관에서 셰익스피어의 〈십이야〉 공연을 관람한 것에 대해 얘기했다. 교수는 현묵을 배려해 가장 앞자리로 안내했다. 다리가 성한 이들은 쉽게 오르내릴 수 있는 소극장이었으나 휠체어를 탄 현묵에겐 굉장히 긴 동선을 요하는 건물이었다. 그 길을 내내 교수는 함께 걸었다.

현묵과의 인터뷰에서 '배경으로서의 장애', 그러니까 '기본 설정으로서의 장애'는 떨쳐 낼 수 없는 것이었다. 그것은 현묵의 이야기를 '극복의 서사'로 완성하기 위한 필수불가결한 요소다. 하지만 그것이 아무리 감동적이어도, 그런 이야기가 갖는 상투성이 분명히 있다. 우리는 이런 유의 이야기를 할 때 그 상투성에 기대려고 한다. 그래야 이야기가 잘 팔리기 때문이다. 눈물이 날 것 같은 인간 승리 이야기. 현묵은 바로 이런 서사를 집요하게 거부했다.

현묵은 '장애의 시계'와 분리된 '현묵의 시계'를 가지고 있다. 톨킨을 만났을 때 그 시계는 본격적으로 자기가 할 일을 하기 시작한다. 『반지의 제왕』은 모든 것과 연결된 문이었다. 그 문은 많은 방으로 연결된 미로의 출입구였다. 대개의 사람들은 문의 출입구에서 쳇바퀴 돌듯 '재미를 반복하는 것'에 집중한다. 유튜브 영상을 돌려 보거나 게임을 반복하는 유희에서 그친다. 사실 그것은 평범한 일이지 비난받을 일은 아니다. 대부분의 사람들은 그렇게 삶을 살아가고 있다.

하지만 현묵은 유희의 장소를 벗어나 전진하는 것을 택했다. 현묵의 지적 탐구가 시작되면 '장애의 시계'는 어느덧 천천히 갔다. 빛의 속도로 여행하는 우주선 속의 시계가 천천히 가듯 '장애의 시계'는 거의 멈춰 버렸다. 그리고 '현묵의 시계'가 돌기 시작했다. 저 심연에서 올라오는 잔인한 고통도 그때만큼은 현묵의 육체에서 빠져나와 그 옆자리로 가 앉아 있었다. 현묵은 톨킨의 원문과 번역서와 영영사전과 영한사전을 무한히 탐색했다. 국내에 번역된 적 없는 톨킨의 원서 *Unfinished Tales*를 번역하기 위해 그 세계를 공부하고 또 공부했다.

침대가 자기 세상의 전부인 10대의 난치병 소년에게 누군가는 "그따위 번역이 무엇이 중요한가"라며 혀를 찼을 것이다. 소년 역시 그 번역이 어떤 쓸모가 있는지 알 수 없었다. 다만 그것은 톨키니스트가 되기 위한 기본이라고 생각했다. 중, 고등학교를 단 하루도 다니지 못한 소년에게 톨키니스트라는 호칭은 학생과 비슷한 자기 정체성을 갖게 했을 것이다. 그렇게 스스로 학생이 된 소년은 바로 그 지점에서 어떤 학교를 짓기 시작했다. 톨킨 팬카페 '중간계로의 여행'은 물리적 모양의 학교가 되어 줬다. 그곳에서 톨킨을 탐닉하던 선배들은 선생님이 되어줬다. 어떤 매력적인 카페 회원은 아이돌이 되어 줬다. 현묵은 그렇게 매일 학교에 출석했다.

어떤 즐거움에 함몰돼, 유튜브의 알고리즘을 따라 맴도는 것에서 한 걸음 더 나아가 '기어코 전진해 나가는 것'이 10대 소년의 할 일이었다. '장애의 시계'가 돌아갈 때 현묵의 몸은 고통에 묻혀 버린 살덩어리였다. 하지만 스스로 그 살덩이에 고통 대신 영혼을 불어넣었다. 영혼은 현묵의 온전한 본체가 되었다. 그렇게 10대 소년은 장애로 규정되지 않을 수 있었다.

천천히 그리고 단단히 쌓인 지적 성취물. 그것의 가치를 매기는 데서 장애인 전형과 같은, 장애인 우선 엘리베이터 같은 배려는 필요 없었다. 그것은 객관적으로 매우 괜찮은 성취였으므로. 나는 이때서야 비로소 깨달았다. 현묵의 말의 의미를. 장애를 걷어내고, 체급마저 고려하지 않는 가장 경쟁력 있는 것에 대해 얘기하고 싶었던 것이었다.

감
사
의
글

현묵과 얘기하다 보면 질투가 날 때가 많았다. 내 앞에 앉아 있는 청년은 꿈을 이룰 수 있는 젊음과 지식을 갖추고 있었다. 장애는 느껴지지 않았다. 현묵과의 인터뷰는 차라리 하나의 체험이었다.

현묵에게 소울메이트가 되어 준 엄마, 그 존재에 난 늘 감사했다. 아픈 아이를 이고 지고 집요하게 나들이를 나섰던 엄마는 아들과 여기까지 걸어왔다. 또한 모계유전이라는 나의 질문에 웃어 준 것에 미안하고 감사하다.

현묵에게 다른 길을 제시해 준 김준범 교수에게 경의를 표한다. 현묵에게 김준범 교수가 어떤 의미냐고 물었더니 '김준범 임팩트'란 구절로 정의해 줬다.

처음엔 이 글의 방향이 분명치 않았다. 이야기는 놀라웠지만 사방팔방으로 뻗쳐 있었다. 그것을 한 올 한 올 빗어 준 건 강명효 편집자였다. 현묵이 비지스의 〈나이트 피버〉를 들으며 네온사인이 빛나는 밤을 전동휠체어를 타고 한없이 다녔다는 대목을 보고 편집자는 눈물을 흘렸다고 했다. 나는 그제야 그게 이야기의 핵심이란 걸 깨달았다.

그리고 이 책의 시작점, 이야기의 제보자, 나의 아내 한애란에게 이 책을 바친다. 아내가 없었다면 이 책은 탄생하지 못했을 것이다.

아프기만 한 어른이 되기 싫어서
ⓒ 강인식 2022

2022년 4월 5일 초판 1쇄 발행

지은이 강인식
펴낸이 류지호 · **편집이사** 양동민
기획·책임편집 강명효 · **편집** 이기선, 김희중, 곽명진
디자인 firstrow · **제작** 김명환
마케팅 김대현, 정승채, 이선호 · **관리** 윤정안

펴낸곳 원더박스 (03150) 서울시 종로구 우정국로 45-13, 3층
대표전화 02) 420-3200 · **편집부** 02) 420-3300 · **팩시밀리** 02) 420-3400
출판등록 제300-2012-129호(2012. 6. 27.)

ISBN 978-11-90136-65-5 (03810)

• 잘못된 책은 구입하신 서점에서 바꾸어 드립니다.
• 독자 여러분의 의견과 참여를 기다립니다.
블로그 blog.naver.com/wonderbox13 · 이메일 wonderbox13@naver.com